Mindy Mejia

你希望我成为的一切

EVERYTHING YOU WANT ME TO BE

[美] 明迪·梅西亚 著　郭国玺 译

中信出版集团 | 北京

图书在版编目（CIP）数据

你希望我成为的一切 /（美）明迪 · 梅西亚著；郭国玺译. -- 北京：中信出版社，2019.3

书名原文：Everything You Want Me to Be

ISBN 978-7-5086-9119-0

Ⅰ. ①你… Ⅱ. ①明… ②郭… Ⅲ. ①长篇小说－美国－现代 Ⅳ. ① I712.45

中国版本图书馆 CIP 数据核字 (2018) 第 137371 号

你希望我成为的一切

著　　者：［美］明迪 · 梅西亚
译　　者：郭国玺
出版发行：中信出版集团股份有限公司
　　　　（北京市朝阳区惠新东街甲 4 号富盛大厦 2 座　邮编　100029）
承 印 者：北京盛通印刷股份有限公司

开　　本：880mm × 1230mm　1/32　　印　　张：11.5　　字　　数：246 千字
版　　次：2019 年 3 月第 1 版　　印　　次：2019 年 3 月第 1 次印刷
京权图字：01-2018-4572　　广告经营许可证：京朝工商广字第 8087 号
书　　号：ISBN 978-7-5086-9119-0
定　　价：48.00 元

献给迈伦、布兰奇、维克和西尔玛，

你们在明尼苏达州南部的山上耕作，

留下了勤劳、忍耐、欢笑和爱。

我所有的故事，都从你们开始。

目录

海蒂

2008年3月22日，星期六

出走的感觉真是糟糕透了。

我站在这里，站在我无数次在数学课上幻想的那个地方，就在明尼阿波利斯机场离港航班信息牌前，每一个细节都跟我的想象一模一样。我穿着旅行套装——黑色紧身裤、芭蕾平底鞋，还有一件能够让我的双手缩进袖子里的大运动衫，穿上它会显得我的脖子更加修长和纤细。我有一个漂亮的皮箱，包里有足够多的钞票，我可以飞往任何我梦想过的地方。我可以去任何地方，做任何事情。那么，我为什么感到如此身不由己呢？

今天凌晨三点钟，我已经偷偷溜出了家门。我在餐桌上留下了一张便条，上面写着："我稍后会回来的。爱你们，海蒂。"当然，"稍后"意味着从现在开始的任何时刻。或许，是十年以后。我不知道。或许，它永远都会让我的家人心里隐隐作痛。或许，我永远都走不了太远。"爱你们，海蒂"这句话有点儿说过了头。我的家庭不是那种会经常给家人留下爱的便条的家庭，但即使他们怀疑有什么不对劲儿的地方，他们也绝不会想到，我正乘坐飞机飞往其他城市。

我仿佛听到妈妈这么说："这不像是海蒂的做派。老天，要不了两个月她就毕业了，而且她还在学校的话剧中扮演麦克白夫人。我知道这件事一直让她很兴奋。”

我赶紧把这个想象的声音推开，再次看了一下目的地，希望能感受到我以为终于逃离松树谷后的那种兴奋。我以前只坐过一次飞机，是我们全家去拜访凤凰城的亲戚的那次。我记得座椅上有很多按钮和灯，飞机上的卫生间看起来就像是一艘宇宙飞船。我想买点儿推车上的零食，但妈妈的包里有水果卷，那是我们除花生之外唯一能吃到的东西，但就连花生我都没吃到。格雷格知道我不喜欢花生，于是就把我的那份也吃了。但是后来一路上我都很生气，因为我很确定我会喜欢飞机上的花生。这已经是八年前的事了。

今天将是我第二次乘飞机，飞向我的第二次人生。

而且，假如任何一个航班上有空位的话，不管是飞往拉瓜迪亚机场还是肯尼迪国际机场，我现在都不会站在这里，感觉自己动弹不得、悲惨至极。这就是在复活节前一天冲动地决定离家出走所带来的问题。整个机场看起来像是在经历黑色星期五，等待安检的队伍一直排到外面的临时停靠区。飞往纽约的最早一班航班是星期一早上六点，那样要等太久了。我必须在今天离开这个州。

我可以飞往芝加哥，但那里似乎离我家太近，太靠近西部了。上天啊，飞往纽约的航班上怎么可能连一个空位都没有了呢？不管飞到纽约哪个机场，我都知道要搭什么车到市区，花多少钱选择在哪家青年旅馆过夜，以及如何到达最近的地铁站。我花了好多时间在互联网上记住纽约市，多到我感觉已经搬到那里去了，我甚至认定我今天早上离家时就是要去纽约的。现在，我不知所措地看着这个愚蠢的离港航班信息牌，希望能找到退而求其次的目的地。假如我不能直接飞往纽约，我至少要到达一个离纽约较近的城市。有一个 2：20 飞往波士顿的航班。波士顿离纽约有多远呢？

虽然我知道这样做有些愚蠢，但我还是不停地瞥向门口，看着人们涌进机场，他们的手里抓着一大堆杂乱的行李、钥匙、钱包和机票。没有人过来阻止我，甚至没有人知道我在这里。即使他们知道，会有人真的在乎吗？除了我父母，这个世界上没有任何人会那么爱我，会闯过重重大门，喊着我的名字，绝望地到处寻找我，不让我逃跑。

当我走向飞往波士顿的航班柜台时，我努力不让自己哭出声。一位皮肤晒成古铜色的个性开朗的女士告诉我，在经济舱里还有一个座位。

“我要买票。”

票价是 760 美元，这是我除了买电脑之外最昂贵的一笔支出。我把驾驶证和八张崭新的百元美钞递给了她。那惹出这件事的可怕信封里，还剩两张钞票。我盯着它们，在那么大的白色空间里，这两张钞票显得如此渺小和孤独。我不能把它们放进我的钱包。我钱包里的每一分钱都是我自己挣来的，我不想让我的钱与这个信封里的任何东西沾上边儿。我一定是沉溺在又一波的沮丧里，没听到那位女士接下来说的话。

“小姐？”她靠近我，显然是要引起我的注意。

现在，她的身边还站着一位男士，他们两人双双盯着我，我就像在梦中被老师提问，却连老师曾经布置了家庭作业都不知道的学生一样。

“您今天为什么要去波士顿？”那位男士问道。他看着我的小皮箱。

“去参加一个茶会。”我想，这个回答非常机智，但他们两个却都没有笑容。

“您有第二种证件吗？”

我在钱包里找了一下，拿出了我的学生证。他看了一眼学生证，又看了看电脑。

“您的父母知道您在哪里吗？”

这话让我有点儿惊慌，尽管我知道我已经是一个合法的成年人了。几个故事版本出现在我的脑海里。我可以说，我的父母已经在波士顿等着我了，或者我的爸爸已经在波士顿等着我了。他跟我妈妈分开很久了，他刚刚把钱寄给我，让我去和他一起过复活节。或者，我可以直接采用孤儿策略，但是我的眼泪阻止了我。一股暖流涌上了我的喉咙，我知道，我无法脱身了。尤其是在他们已经对我起了疑心的时候。于是，我情绪失控了。

“你们为什么不好好管管自己的事？”勃然大怒的乘客。机场似乎是上演这出戏的绝好舞台。

我身后的人不再抱怨，开始观看这场表演。

“请您理解，霍夫曼小姐，关于当天现金购买的机票，尤其是单程机票，我们必须履行一些程序。我将不得不要求您跟我走一趟，我们要核查一下情况。”

哪怕他打电话给我的父母，把这一天变得比原先糟糕一万倍，我也不想被关进国土安全办公室。假如他发现从信封里拿走钱的人是谁，会怎样呢？他们有办法做到这一点吗？我伸手抓回柜台上那几张钞票和我的证件。

“如果是这样的话，那就请你和你的机票一起滚蛋吧。”

“需要叫警察吗？”那个女人已经十分不悦了，她拿起电话，在没有得到回答之前已经开始拨打电话。

“别费心了，我走好了。看到了吗？我要走了。”我抓起自己的包，用手背抹了一下双眼。紧握的拳头把那些钞票攥成了汗球。

“你为什么不冷静一点儿呢，霍夫曼小姐，我们会——”

“要冷静的该是你吧？”我狠狠地瞪着那个家伙，打断了他的话，“我不是恐怖分子。很遗憾，你们不想要我那 800 美元来买一个到波士顿的烂座位。”

排队里有人大声喝彩，但大多数人只是注视着我推着自己的行李走开，或许还在猜测我要把哪种类型的炸弹走私上飞机。“真是什么人都有啊，维尔玛。”队伍里的人推推搡搡。“你不会对她有任何怀疑的，对吗？”

我跑到了停车场，不知道我是如何走到自己的卡车的，也不知道我是如何给服务生付钱的，这一切是如此混乱。我的心在怦怦跳。我一直向后看，心想安保人员是不是正在追出来。然后，当我上了高速公路，就开始哭起来。我差一点撞上一辆小货车，双手颤抖得很厉害。直到半小时后，我才意识到，我正驾车开往松树谷的方向。双子城已经消失不见了，我的目光所及之处，是一片绵延不绝的荒野。

当你需要另一个人的时候，就会发生这样的事。

当你坠入爱河时，你就会遇到这样一堆鸟事。

去年秋天，当我升入毕业班的时候，我非常高兴。如此自由，超越一切。那时的海蒂随时打算征服这个世界，该死的，她本来可以无所不能。而现在，我成了一个可怜兮兮的爱哭鬼。我已经变成了我一直讨厌的那种女孩。

广播突然中断，仪表盘上的灯闪烁起来。该死。在其他车辆呼啸而过的时候，我一阵惊慌。在看到正前方的岔道之后，我把车转到了一条分岔的碎石路上，放开油门，让卡车滑行减速。当我把卡车完全停下来之后，发动机噗噗地转动着，然后彻底熄了火。我试了试钥匙，纹丝不动。我被困在一片荒原里。

我倒向另一边的座椅，趴在粗糙的座椅上抽泣起来，直到想吐。然后，我跌跌撞撞地下了车，走到排水沟旁，把一肚子的咖啡和胃酸吐得干干净净。

一阵凉风吹过田野，我前额上刚才冒出来的那些汗被吹干了，身上的不适感也随之消失。我爬着离开了那堆秽物，坐在排水沟旁，任凭潮湿松软的地面把我的裤子和内裤浸得冰凉。

我在那里待了很久，直到连寒冷都感觉不到。直到我再也流不出眼泪，但其他的情绪却开始蔓延。

除了高速公路上疾驰而过的汽车，这里只有我一个人，我意识到——冷静下来之后，我第一次意识到——我不想到地球上的其他任何地方去。我不想让自己被困在一个局促的飞机座椅上，飞到一个陌生的城市去，而当飞机降落之后，我将无处可去。我不想站在一个灯火明亮的舞台上，让全场观众注视着我的每一个动作。我不想孤独地躺在自己的床上，而妈妈却给我做那些让我根本没有胃口的食物。周围这片空旷的土地上有一种让我感到抚慰的东西，荒芜的土地上长着光秃秃的树，地里遍布着成片成片顽固不化的雪。

没有人知道我在这里。突然之间，这个事实让我觉得如此美妙。我可以把这段经历告诉我这辈子遇到的每一个人——**没有人知道我现在在这里**——他们会笑笑，翻个白眼，然后拍拍我的背。他们会说："说什么傻话。"但这的确是真的。我这辈子都在扮演角色，成为他们希望我所成为的那种人，关注着周围人的一举一动，而在内心深处，我一直觉得自己坐在这里：蜷缩在一个死寂寒冷、一望无垠的荒原里，一个人影都没有。既然我来到了这里，这一切就有了意义。一切都豁然开朗起来，就像是电影中的场景，当女主人公意识到她爱上了那个愚蠢的家伙之后，或者，当她实现了她那打败全美无敌手的梦想之后，音乐声响起，她毅然大步离开房间。现在就像是那样的情形，只是没有音乐声。我仍然坐在荒郊野外的排水沟旁，但我内心的一切突然发生了改变。

我再次听到了母亲的声音。我记得她昨夜说过的话，当时，我正在她的肩头不停地抽泣，所以我没有听到或听懂她说了什么。

> 离开舞台吧，宝贝，她说。你不能一辈子都表演给别人看。别人只会耗尽你的一生。你必须认识你自己，想清楚你想要的是什么。我无法替你做这些。没有人可以。

我非常清楚地知道我是谁，或许是生平第一次，我准确地知道我想要的是什么，以及我如何做才可以得到它。这是一件再清楚不过的事。就像是从一场梦中走出来，你以为这一切都是真实的，实际却是梦境，而你感到自己身边的真实世界变得特别清晰。我站起身来，准备把这个可怜兮兮、不停哭泣的女孩永远地摆脱掉。总算要摆脱了。

杰拉尔德的旧摄像机就塞在我的箱子上方。我把它拿了出来，支在了小卡车后面，装上了一盘全新的录像带后，按下了录制按钮，把我自己置于镜头的前方正中央。

“好了，大家好。”我擦了擦双眼，深深地吸了一口气。“是我，我叫亨利艾塔·休·霍夫曼。”

在我与松树谷彻底诀别之后，没有人会忘记我是谁。

戴尔

|

2008年4月12日，星期六

这个死去的女孩仰面躺在废弃已久的艾里克森谷仓一角，她的尸体一半浮在湖水中，湖水漫过了正在下陷的地面最低处。她的双手放在躯体上，底下是一件血迹斑斑的褶皱连衣裙。裙摆下面，她那双裸露的腿伸进湖水中，两条腿都肿胀得和她的腰一样粗，像两头海牛一样漂浮在肮脏的湖水中，令人触目惊心。她的上半身与那两条腿已经彻底分开。我以前见过分尸也见过浮尸，但我从来没见过两种惨状出现在同一具尸体上。尽管她的脸部已经遭到严重毁损，难以确定身份，但在整个郡，只有一份女孩失踪的报告。

"一定是海蒂。"我的副手杰克断言道。

警局接到了桑德斯家最小的儿子打来的一个电话，他和几个女孩偷偷溜到这里玩儿的时候发现了她。那里有一摊新的呕吐物，就在那扇变形的门后，他们其中一人在逃出去前忍不住吐了。我们刚进来时杰克也干呕了几声，不知道是因为那摊呕吐物，还是因为尸臭。往常我总是拿这个来嘲笑他，但不是现在，不是在看到这种画面时。

我从皮带上取下了照相机，开始拍照，从各个角度全都拍了一遍，并且还要避免滑进她身边的水里。

“我们还不知道这到底是不是海蒂。”我没有听从突然而至的直觉，因为我们必须严格照章办事。

一进门，我就给市里的刑事鉴定实验室打了电话，向他们请求派遣一个法医团队对每一个残存的证据进行装袋和标注。在他们到达之前，我们大概还有一个小时可以单独和她在一起。

“这有可能是其他人吗？”杰克绕着她的脑袋走来走去，他小心地挪着脚步，他以前是橄榄球防守截锋球员，脚下的木板被他的体重压得嘎吱作响。他又向前靠近了一些，我能看得出来这位执法人员正在飞快地转动大脑。

“她的脸已经这个样子了，不可能做出肯定的身份确认，尤其是尸体已经膨胀了。没有发现戒指或其他首饰，没有明显的文身。”

“她的包在哪儿？我从未见过不带包的女孩。”

“或许被人抢走了。”

“这个地方不是抢劫或谋杀的好地方。”

“不要言之过早，先确认身份吧。”我蹲到了她的旁边，用戴了手套的手指轻轻拨开了她的嘴唇，我发现她的牙齿完好无缺。“看来可以从牙齿入手。”

杰克检查了一下连衣裙，想找到衣服口袋，但没有任何发现。

“死因，最有可能是被刺死的。”我拉起了她的一只手，看到刀伤不是正中心脏就是在心脏的正上方。

“最有可能？”杰克哼了一声。

我没理会他，把尸体的胳膊向上举高了一些，直到露出了上面肤色稍白一点儿的地方与下面肤色稍红一点儿的地方的相接处。

“看到了吗？”我指了指死者胳膊上分隔红白两色皮肤的那条线，“那是尸斑。当血液停止流动时，会因为地心引力和低处的洼地而下沉。假如红色的皮肤没有出现在它应该出现的底部，我们就能判断出一具尸体是被挪动过的。”

我们又检查了她身上的其他地方。“看起来没问题，这很可能就是犯罪现场。”

我继续教授诀窍，把这具尸体仅当另一具遗体来仔细研究。我见过数百具尸体，当然主要是在越南。此刻我宁愿回到越南，也不愿去想这具惨烈的尸体到底属于谁。

我向杰克展示了指压测试。

“如果你用手压一下皮肤的白色部分，皮肤变红了，那么，死者的死亡时间不超过半天。”

“所以，死者的血液停止流动的时间在 12 个小时之内。”

“嗯，嗯。”当我用戴手套的手指压了死者的皮肤后，它仍然是白色的，皮肤下面没有显示出一点儿血色。所以，这具尸体至少是从清晨起就在这里了。

谷仓的地板嘎吱嘎吱地发出了警告，我们都慢慢向后退。

“这个地方要塌了。”

“我觉得不会。至少在过去的十年里，它就一直是这个样子。”

夏季的时候，从开渔日到霜冻期，我几乎每个周末都会看到这个谷仓。它背靠着克罗斯比湖的东岸，就像在注视着水面下快速游动的太阳鱼。尽管我用“看到”这个词或许有点儿过头了。当然，我知道它就在那里，因为它是一个钓鱼的地标，而且公共沙滩正好在湖对岸，但我从未在此驻足，去看一眼艾里克森家的旧谷仓。这就是人们经常对待身边事物的态度。莱斯·艾里克森在二十年前废弃了这座谷仓。当时，他把湖岸的大部分土地卖给了政府，在一英里[1]之外他土地另一侧的活动板房旁建起了新的谷仓。除了发洪水的年份里被湖水淹上来之外，这里唯一的访客只有那些像桑德斯这样的十几岁的男孩，他们想找个私密的地方做爱或抽大麻。

这个地方标榜的就是隐私。那是一个大大的房间，有约20英尺×30英尺[2]那么大，除了房间一角有一堆干草浸入了水中之外，整个房间就只剩下屋顶那空旷的椽木了。双倍宽的大门在另一边。在墙上有一个大洞，那是以前的窗户所在的地方。

今年春天，在暴雨和春雪融化后，湖水上涨，把地板的四分之一都淹没了。房间里到处是烟头和用完了的卷烟纸盒，还有一些疑似自封袋或避孕套的东西。

杰克追寻着我的目光。

“你觉得凶器在这里？”

“法医团队会对此进行确认的。他们可是一丝不苟的。”美国有些郡有自己的刑事鉴定实验室以及专门的分析师和调查人员，但我们没有。我们郡的案件大多属于轻刑犯罪，多半的重罪都是贩毒和家庭暴力，不值得花钱养一堆人。现在距上一次我把明尼阿波利斯的人找来帮忙已经过去一年多了。

1　1英里约合1.6千米。——编者注

2　1英尺约合0.3米。——编者注

“假如这不是海蒂，那一定是个过客。附近五个郡都没有失踪人员的报告。”

“你把罗切斯特市从中排除掉了？”

“嗯。”他想了一下回答道。

“看看是否可以在门口外面发现点儿什么。”我把相机递给他，小心翼翼地返回湖边。少了杰克站在那里，地板几乎不会发出任何声音——与他相比，我觉得自己在干了三十年警察之后已经瘦得只剩皮包骨了。我蹲在那个女孩的身边，用一只手托着下巴，寻找着我刚才没看到的东西。她浑身苍白，脸微微地转向一侧。她的眼窝里淤满了已经凝干的血，还黏着几根头发。伤口主要分布在眼部和两颊上，除了小的戳刺伤口之外，还有一处从太阳穴划到下巴的斜长刀痕。一个大大的感叹号。除了胸部的刺伤之外，她身体的其他部位非常干净。有人想让这张脸变得面目全非。

我扫了杰克一眼，在确认他听不到我的说话声之后，我向前靠了靠。

“亨利艾塔？”每当我叫她的姓氏时，她总是很恼火，这就是我为什么这么叫了她整整十八年的原因。自从她从医院出生回到家的那天起，每个人都叫她海蒂，那时，她那可爱的光头上戴着一个蕾丝蝴蝶结。这个记忆几乎要让我方寸大乱。于是，我清了清喉咙，在确定杰克仍在忙着之后，才勉强喊了一声我平常打趣不肯叫的名字。“海蒂？”

我并不期待着得到任何回应，或者看到上帝派来信鸽之类的，但有时你必须大声说出一些话，看看这些话如何落地。这些话让我觉得心如刀割。我注视着她的身体、褐色的长发，以及轻薄的连衣裙，在这个季节穿还是太早了。不管我对杰克说了什么，这些细节告诉我，当我第一次走进谷仓的时候，我看到的这个人是谁。

今天早上，当巴德走进我的办公室并告诉我，他要报案海蒂失踪的时候，我们两个都认为，她是离家出走了。那个女孩一直想做的，无非是离开这个小镇，但巴德的太太没有如此肯定。海蒂本周末将在她所在的高中主演一个戏剧，那是一出莎士比亚戏剧，莫娜一点儿都没想到海蒂会在完成演出之前离家出走。莫娜还说，海蒂不可能在距离毕业只有两个月的时候离家出走。她的话有道理，但要我相信一个青少年会按常理出牌，炼狱都得结冰。我按标准程序发布了失踪人口通告，同时，我一直认为巴德和莫娜将会在下个星期就收到海蒂发来的电子邮件，解释说她正在明尼阿波利斯或芝加哥。

现在，当我注视着那具可能是我的钓鱼伙伴心爱的女儿的尸体时，一个更严峻的问题开始折磨我，这个问题将会轻而易举地毁掉巴德的一生，就像我们从距离这里不到五百米的地方钓到太阳鱼和鲤鱼那样容易。

是谁谋杀了海蒂·霍夫曼？

*

刑事鉴定实验室团队抵达，救护车在赶来谷仓的杂草丛生的小径上跋涉时，我已经接到了二十四个来电。我只接了松树谷的镇长布莱恩·赫夫纳的电话。

“是真的吗，戴尔？”

在鉴定人员像一群野餐的蚂蚁似的对整个谷仓进行彻底搜查时，我起身走到路边给他们让道。

“是的，是真的。”

“意外事故？”布莱恩听起来还怀抱希望。

“不是。”

“你是说，我们这里有一个在逃的谋杀犯？”

我走了出去，在谷仓边吐了一口痰，想要以此淡化我嘴里那股死亡的味道。这里的野草没有任何被人踩过的痕迹，一阵微风吹过，野草像波浪一样涌向湖面。

“我是说，我们这里发生了一起露天杀人案，死者身份尚未确认，这就是全部的信息。”

“你必须做个声明。全州的新闻电视台都在给我们打电话。”

布莱恩总是对一切事情都大肆渲染。他很可能只是接到了《郡报》编辑部的几个电话。事实上，或许是他的太太想知道所有的细节，这样她就可以在莎莉咖啡馆向人们散布消息，因为那里是她每天上午烘焙英格兰松饼的地方。我和布莱恩还是在我们都在做政府官员的时期认识的。在每一次选举时，我们都会互相支持，他是一个好镇长，但我每次跟他见面时都熬不过一杯酒以上的时间。他总是对芝麻大的小事抱怨不已，又总是千方百计地打听我经手的案子和“犯罪趋势”。有时候，他会让我想起那些情绪激动的狗，舔你的手舔个不停。

“你刚才已经听到我的声明了，布莱恩。一旦受害者的身份被确认，我们就会对外发布信息。”

“我需要知道，我们镇是否有危险，戴尔。”

"我也是。"

我挂了他的电话，把手机放进口袋，因为其中一位救护人员走了过来。

"警长，我们已经准备把她抬上车了。"

"好，我稍后就来。我要先检查一些东西。"

"有线索？"那个女孩充满希望地看着我。我以前从未见过她。她不是本郡的人。

"没有什么线索。"我走回到谷仓，"只有抓到和没抓到凶手的差别。"

*

鉴定人员在谷仓的水里彻底搜查了一遍，把那些还没有弄清楚的东西全都装进了瓶子和袋子里。他们找到了一个空酒瓶、一盏煤油灯、五个空香烟盒、一些普通的纸板火柴和三个用过的避孕套。

我注视着他们把门和窗户贴上封条。

杰克走到我身边。"没找到凶器。"

"对。"我们等待着鉴定团队完工和清理现场。他们已经发现了一些头发，也准备检验那些避孕套，看看里面是否能检验出一些留下来的DNA。除此之外，他们会把其他东西留着，直到我们说还需要什么或结案。

在他们的车消失在地平线之后，只剩下风掠过田野的声音和湖面上偶尔传来的麻雀的叫声。那样想比较轻松。

"她在离门很远的墙角那里。"

"所以，她要么是被逼到了那个角落，要么是有人发现了她在那里。”杰克的想法与我的思路不谋而合，这是我选择他当副手的原因。

“她的手上没有任何可见的伤口或抓痕，所以，她没有做太多的反抗。”我走向谷仓的门，站在那里向外看，好像我要离开似的。农田沿着绵延的小山消失在四周的地平线上，空旷的田野上覆盖着最后一些积雪。从谷仓里放眼望去，看不到一座房子和建筑。“他把她杀掉，然后走出去。没有留下刀。他必须逃离这里，处理掉他手中的凶器和血衣。”

杰克指着那条环绕着湖岸通向湖滨和码头的路径。“那是很可能的路线。他在某个地方停了车，然后原路返回。”

“要么是越过田野上了高速公路，要么是经过艾里克森家上了七号公路。这两个地方离这里都只有一英里左右。”

“他为什么要把车停在那么远的地方？这不合常理。”

“是的，不合常理。但大多数凶手都是很愚蠢的。他们通常不会有预谋地去杀人，因此，他们不会思考诸如最佳的逃跑路线之类的细节。”

杰克发出咕哝声，是为了让我知道，他对越野逃跑的说法不无怀疑。

“我们需要用警犬排查一下那块地。方圆两公里内都要排查一遍。给罗切斯特的米克打个电话，然后搭船用金属探测器搜湖。凶手可能会在回到车里的路上扔掉手里的刀。”

“我同意你的建议。我会让他们把湖里和岸边的每一寸地方都排查一遍的。”

我们离开了现场，开着巡逻警车经过坑洼不平的田野，来到了威妮弗雷德·艾里克森的别墅。杰克继续向城里驶去，而我则去按了按她家的门铃。没人应答。这不意味着她不在家。周围的大多数居民都会在地平线上扬起第一缕灰尘时就把纱门打开，但威妮弗雷德有她自己的主见。有时，她会离开几周，不在镇上露面，我曾经就不止一次被派到她家去查看她是否死在了厨房里。她从不会应答，直到我都准备破门而入时，她才来开门，头上所剩不多的几缕银发缠着卷发夹，嘴里叼着莱斯的老烟斗，问我是否知道这扇门值多少钱，我是不是打算给她买扇新门。几天之后，她又会出现在中央大道上，和气得让你心情舒畅。自从她杀掉了丈夫后，就一直那么古怪。

我给她留了一张关于会携带警犬搜查的便条，然后掉头回城里。

我一进办公室，电话便像火灾警报一样接连响起，但是南希没在办公室。我在休息室找到了她，她正在煮咖啡。杰克在一边吃三明治，一边手握电话听筒。

“我在等着罗切斯特的人的电话。”他咬了一口三明治之后告诉我。我很高兴，这家伙的胃口没有受到那具被肢解的尸体的影响。

“给我也弄点儿咖啡，好吗，南希？”

“电话铃声停不下来，戴尔。从二十分钟前你被电话叫过去之后，它们就一直像洪水一样涌进来。”

“来电的都有谁？”杰克问道。

“我遇到的每个人。这只是开始，我告诉他们，管好自己的事。但那些报纸，还有谢尔都打电话问你要不要他过来。”

谢尔是我们的四位全职副手之一。整个警局只有十二名警察，在谋杀案调查期间，这样的警力太薄弱了。

“他怎么这么快就知道了这个案子？”

“他是桑德斯家的亲戚。那孩子刚到家，他们的电话就打过去了。”

“不要让他来了，告诉他我们应付得了。接下来有紧急情况杰克可以接手。”

“但我得帮这案子立案。”杰克抗议说。

“我来立案。”

“调查部的头儿是我，戴尔。”

“但我是这个郡的警长。”

我一般是不会拿级别来压他的，而此刻他对我似乎有些不满。没关系，这是我的案子。南希端着一杯咖啡跟我走进了办公室。

“接下来二十分钟内都不要接任何电话。必须封锁这个案子的所有消息。在我允许之前，不要对任何人泄露一个字或做任何暗示。我们可以确定的是一名女性被刺死。仅此而已。”

“你了解我的，戴尔。我是个守口如瓶的人。”

她像是要走，但又回过头来。“事情很糟糕吗？”

我看了一眼电话上的号码，叹了一口气。“事情正在变得更糟。”

“我很遗憾，戴尔。我这就去准备一份新闻稿，一旦死者身份确认，我就发布。”

南希随手关上了门。我叹了一口气，看着墙上的照片。在照片中，我在密歇根湖上，手里抓着一条30磅[1]重的北美狗鱼，这条鱼是我在

1　1磅约合0.45千克。——编者注

淡水湖里抓到的最大的鱼。巴德说那是我的怪物，然后就在第二天，他自己抓了一条 26 磅重的鱼，差点破了我的纪录。老天啊。我按下了通话键，脑子里来不及想别的。

电话刚响了一声，他就接了。“是她吗？”

我咬着牙，深深地吸了一口气。“你已经听说了。”

“莫娜担心得魂不守舍。你都知道什么消息？”

“还不能确定死者的身份。”

“不能确定还是不肯说？”巴德的声调没有任何提高或改变，但在我们成为朋友这二十五年以来，我从未听过他问我这样的问题。

“是不能确定，巴德。脸上有一些……伤痕，我们不能确定其身份。”对此，他没说什么，尽管我知道，在他的脑海里，那个可能是他女儿的死者已变得相当难看。

据巴德回忆，海蒂最后一次被人看到是在星期五晚上，在她学校的演出结束之后。巴德和莫娜那天去观看了演出，演出结束后他们拥抱了她，还告诉她不要回家太晚，但海蒂一直没回家。

“你记得海蒂前一天晚上穿的是什么衣服吗，巴德？”

“她的戏服，是一条裙子。”

“是一条细肩带裙吗？”

“不，是一条白色的裙子，上面有假血。她还戴了一顶皇冠。”

“她会在离开学校之前换掉戏服吗？”

“我想会的。”

“她有一条黄色细肩带裙吗？上面有些褶皱之类的？”

“我要是知道就好了。”巴德转身向莫娜求证。我能听到他们的说话声低沉而紧张。

“不，莫娜说她没有那样的裙子。”他重新拿起电话说道，声音中有种如释重负的感觉。我没有同感。

“嗯。还是对她可能搭谁的车离开学校毫无头绪吗？”

“我和莫娜一直觉得可能是波西娅。她也参加了演出，但她说后来没见到海蒂。”

“好的，巴德。听我说，我得请你同意让我们取得海蒂的牙科病历。我会让南希拿表格给你。无论这女孩的身份如何，你都将会是第一个知道。我向你保证。”

他的喉咙颤抖着发出了一点儿声音，似乎是向我表示感谢，然后就挂掉了电话。

我来不及想刚才向我最好的朋友问了哪些事，就马上打电话给罗切斯特的人，确认了尸检将安排在明天一早。虽然明天是星期日，但这也没关系，因为停尸房从不打烊。

南希在处理文书工作和那些照片，我用杰克那个复杂的新软件帮这个案子立了案。杰克的新软件实在很难用，但现在不是抱怨的时候。在好不容易打开了卷宗之后，我把目前得到的极少资料填了进去。少得可怜，几乎什么都没有。

女性。

白种人。

刀伤和头部可能受创。

尸体是被两个当地青少年发现，地点为废弃的艾里克森旧谷仓，时间为 2008 年 4 月 12 日，周六下午 4:32。

我咽了一下口水，抚着下巴，看着这一大片空白。在我的记忆中，我第一次开始担忧起来，思考着我要在空白处输入些什么内容。女孩子不会莫名其妙遇害，至少在沃巴什郡是这样的。在这里，没有从急驰而过的汽车里向外射击杀人的可能性，愤怒的男孩也不会在高中校园里扫射。那些疯狂的城市里的事是另一个世界的事，离我们这里太远了，这也是许多居民留下的原因。当然，松树谷的临街商店有一半都是空着的。因为当庄稼价格低迷的时候，人们有可能无法还清买房的按揭。但在这个地方，人还是比其他东西更重要，这样的观念仍然根深蒂固。一定有件重要的事，让这个女孩来到荒无人烟的艾里克森谷仓。不管到底是什么事，它的重要性也足以让一个人为此将她杀死。

*

天色已晚，于是我步行回家，但谁知道我为什么要这么做呢。最近我每天晚上只睡四个小时，这种情况曾经只是在大案发生的时候出现。我的家是主街巷子里的一套双层公寓。越南的阮姓一家住在公寓的一层，经营着一家酒行。他们其实是本郡唯一的亚裔，尽管他们炒菜的味道辛辣刺鼻，跟中餐馆完全不同，但人很温和，从来不会把水管敲得梆梆响，不会像那个因中风而去世了的老妇人那样让我闭嘴。不过我还是尽量低调，尤其是在那些无法入眠的午夜。有时候，我会听一听唱片，但已经很久没看过电视；看电视只会让我觉得自己已经死了。我从报纸上看新闻，从广播上收听各类球赛，因此，除了阮家的猫喜欢从窗户跳进来然后卧在窗台上面这件事之外，其他事都不值得我关心。尽管我从来都不喜欢猫，但这只猫还好。它从不昂首阔步地向我讨要食物，也不会在屋里到处蹭痒。它只是坐在客厅另一侧的电视上，我则坐在这一侧的沙发上，我们就这样相安无事。

我整夜未眠，坐在床上反复思考着那具尸体的所有细节。就算我睡了一会儿，我也不记得了。我做了很多笔记，列出了需要谈话的人的名单，看着钟表慢慢地走到早上七点，猫也开始晃动它的尾巴了。

*

“那么，古德曼警长，是谁的尸体有此荣幸让您造访呢？”

弗兰西斯·奥卡达医生一点儿也没变。当然，她的头发现在已经变成了银色的发髻，后背也有些驼了，但她仍像那些死者的邪恶女王似的，在停尸房里从容活动，她仍然把我的姓氏分开来念——把古德曼（Goodman）念成“好人”（Good man）—— 仿佛只有她一个人才理解这个特别好笑的玩笑似的。

“在过去的一小时里，这也是我坐在休息室时一直想问你的问题，弗兰。”

“是的，你一定觉得这位年轻人真讨厌。”她的头向角落里那具尸体的方向示意了一下，一位技术人员正在那里工作，“在昨晚的棒球训练时，他竟然敢动脉瘤破裂。他应该礼貌一点儿，先确认你的时间安排。”

我一言不发地走到了那张验尸台的旁边。我母亲经常告诉我和姐姐们，沉默是金，雄辩是银。对于那些目中无人的法医来说，这一招也非常管用，不管结果是否令人讨厌，弗兰都会帮我确认身份。巴德和莫娜正在等待消息。

尸体又发生了一些变化。在实验室的灯光下，尸体的颜色变成了灰色，而肿胀程度也更严重了。此刻她看上去已经不像任何人了，更别提海蒂了。

“这女孩一到这里，我就把她送去做了 X 光检查。这是她牙齿的图像。”她把片子放出来给我看，“这是你的疑似受害人亨利艾塔的片子。”

“是海蒂。”我一边纠正道，一边走上前去验视那些片子。

“看看这些龋洞。”她指着两个相对的位置，“补牙的地方吻合得天衣无缝，牙齿两侧的轮廓一模一样。”

弗兰的手指停留在下腭一颗长得有点儿歪的牙齿上。“没必要再去做 DNA 检测了。她就是亨利艾塔。”

“她是海蒂。”在说这句话的时候，我比自己原本要表达的情绪更加愤怒。

“从尸体腐烂的状况来看，我估计她在被发现之前已经死亡了 12 至 18 个小时。”弗兰换上一副新手套，然后她的声音柔和了一些，“你认识她？”

“现在这一点并不重要，对吗？要了解这起谋杀案，我需要一份全身尸检报告。血液、毛发以及她身上的任何可能提供指向性的东西。我需要尽快，你明白吗？准备好后就立即打电话给我。”我边说边准备走出门。

“你为什么不待在这里亲自看一下尸检过程呢？”

我回头看了一眼，发现她正直视着我，像一个守护者一样站在那具面目全非的尸体旁边。两天之前，这具躯体还是海蒂。

“我还有事要做。”

当我把车开到车道上时，巴德的卡车已经停在那里了，尽管此时还只是星期日清晨，教堂可能还没开门。他们的拉布拉多犬“熊仔”跑了过来，喘息着凑近我的裤腿，当我抬头走向房子时，它开始像往常那样用爪子在耳朵后挠痒痒。我没看它。当我走到便道一半的地方时，莫娜忽然打开了门。

她身上围着一条印花围裙，头发用手绢在后面扎了起来。她是我所认识的这个年龄的女性里唯一一个留着长发的，这让她似乎没有任何年龄感。她长着一张自信而冷静的脸，并有与之相符的举止，但今天，她的眼中有着藏不住的恐慌。

“怎么样？”她说话了。

“莫娜。”我摘下了帽子，“巴德也在家吗？”

“你说吧，戴尔。”她的手指毫无节奏地敲打着她的大腿外侧，而她的身子则像一块木板一样僵硬地站立着。她的手指似乎已经不属于她的身体似的。我的脑海里忽然闪现出海蒂的身体一半在水里、一半在外面的可怕样子。

“我可以进去吗？”

“当然，戴尔。”巴德出现在莫娜的身后，把门开得更大了。他扶着妻子的双肩，让她往后退，好让我进去。她甩开了他的手，在我们前面走进了客厅。

一进门，黄油和巧克力的香味就扑面而来。厨房里全是零食——盘子里摆满了小卷饼、巧克力片和糖霜饼干。

巴德随着我的视线看过去。“昨天，当我们接到关于那具尸体的电话时，她正在厨房做教堂义卖的零食，然后——”他无助地耸了耸肩，“她没有停下来，虽然她不去教堂了。我不知道她昨夜到底有没有合过眼。”

他的声音听上去很遥远，仿佛我不是就站在他身边，我不知道这种距离感是因为我还是因为他。

我走进了客厅，站在壁炉旁，镶嵌在金色相框里的海蒂和格雷格高三时的照片挂在壁炉台上。海蒂交叉着双臂斜靠在一棵大树上。她穿着一件白色的印花衬衫，嘴角微微扬起了一丝不易察觉的微笑。她看上去很开心。不，不是开心，是满足。她看上去是一个知道自己想要什么并且知道如何得到自己想要的一切的那种女孩。她是那种眼看就要走向成功的孩子，会在松树谷之外的地方开始新的生活，她会嫁给某个前途无量的律师，只在节假日才会回到镇上，炫耀她那光鲜的工作和一两个孩子。她不是会死掉的孩子。我瞥了一眼格雷格的照片，他怀抱着“熊仔”和一把猎枪。他在参军之前就理了寸头，一毕业就迫不及待地乘军舰去了阿富汗。他才是有可能死掉的那个孩子。他让巴德和莫娜日夜担心，所以，假如他不幸死亡的消息传来的话，他们是有心理准备的。

巴德和莫娜并肩坐在沙发上，他紧紧地握着她的手，两个人一起等待着。这个客厅我来过多少次了？几百次。每一次，巴德都会让我觉得这就是我家的客厅，墙上挂的照片里的人都是我的家人。我深深地吸了一口气，开始正视着他。他的头发已经变得银白，他的上衣比过去更加紧绷地贴着他的腰腹。他死死地盯住我的眼睛，于是，我开口告诉了他。

“牙医把海蒂的牙科病历送到了罗切斯特，孩子的尸体在那里，他们把海蒂的牙齿与受害人的牙齿做了对比。一切吻合。那就是海蒂。”

莫娜像是被人从后背重击了一下似的，身体向前晃了一下，巴德放开了她的手，但两个人都没有发出一点儿声音。

“天啊，我很抱歉，巴德。”我想闭嘴，但却挤出了这样一句话，“莫娜，我无法形容我的感觉是多么糟糕。我向你保证，我会找到这个狗杂种的。”

莫娜看着褪色的绿地毯。“牙齿？”

巴德的目光越过我，直视着墙上的照片。“发生了什么事？她是怎么……”

“她是在湖边废弃的艾里克森谷仓被发现的，那里看起来就是案发现场。有人持刀袭击了她，死因是胸口的刀伤。”

在我叙述这件事的过程中，巴德一动不动地坐在那里，而莫娜则不停地默默颤抖着。

“你说，你从脸部看不出是她。”

我这张该死的嘴。我一直尽量想把这件事说得简单，以免他们难以承受。

“袭击者也用刀划伤了她的脸，但也可能是在她死亡之后划的。在尸检结束之前，这一切我们都还不得而知。”

莫娜发出了低声的哀号。巴德如梦初醒般伸手去扶她，但她甩开了他的手。

“离我远点儿！”

她踉踉跄跄地回到了厨房，捶打着墙壁，靠在墙上啜泣起来。她走得越远，她的悲泣就越响亮。莫娜不是一个强悍的女人，可是性格非常坚韧。在我认识她的这么多年里，我好像从未见她掉过一滴眼泪。听着莫娜悲痛的哭声，对我来说，这无异于是世界上最糟糕的事。

我靠近巴德，他仍然像石头一样僵坐在沙发里。

“巴德，星期五那天，海蒂在演出之后打算去干什么？我需要知道那晚尽可能多的信息，你要尽量把知道的都告诉我。”

他好像没有听到我的话似的，但一分钟后，他用粗糙的手掌抹了一下脸，清了清喉咙，目光直直地看着地板。

“她说要出去玩儿。她要跟几个孩子一起庆祝首演之夜。”

“她没有说要跟谁一起出去？”

“没有。我们认为，应该是全部演职人员。他们在之前的那个周末也一起出去过一次，那是在他们完成布景搭建之后。”

“她没有特别跟某个人站在一起吗？”

“她是和我们站在一起的。”他的声音破了，然后咽了一下口水，“她一直跟我们在一起。”

破碎声把我们俩都吓了一跳。我穿过厨房，跑进后面巴德和莫娜的卧室。莫娜侧躺在地下，底下是一张坏掉的小餐桌。看起来她是突然腿软了。她的后背不由自主地在桌布、书本和木头堆里颤抖着。我想看看她是不是受伤了，她却开始疯了似的不停地打我，她的哭声变得高亢哀恸。我走回客厅，发现巴德纹丝不动。他瘫坐在沙发上，双手掌心向上，手指像婴儿一样紧紧攥在一起。

“巴德。”

他像一块木头一样站起身来，然后走进了卧室。他俯身靠近莫娜，抱住了她那因啜泣而不停抽搐的身体。我抹了一下双眼，没有去打扰他们。

*

松树谷高中是一座位于镇中心南端的单层砖砌建筑。主街以此为界，一边是临街铺面，另一边是住宅和加油站。自从 20 世纪 60 年代学校新建了附属体育馆以后，它就再也没有变过。

我把车开进了停车场，里面还有近一半的车位都空着，杰克正好就在校门口，于是，我们俩按照路牌的指示来到了那个“新体育馆”。此时，戏已经开演。三周之前，又像是在上辈子，我曾答应海蒂，我会来看她星期日午场的演出。现在我来了。

杰克看了一眼节目单。“上面写着，由海蒂扮演麦克白夫人。”

我们悄悄进去，在后面的空座位上坐下。两个孩子正在舞台上，他们穿着白色的戏服站在城堡布景的前面。我认出了那个亚裔女孩，她叫波西娅·阮，但我不认识那个男孩。他们正在用我一向不喜欢的华丽的莎士比亚语言对话，但最终我听明白了他们在讲什么。她在试图让他去杀一个人，而他似乎很配合。在这场戏的最后，她走到了他身边，谋划着谋杀案之后的应对之策。

“我们应该表现出对他的死亡非常悲伤的样子，并且要痛哭哀号。”

他拉起了她的手。“我的决心已定，我要用全身的力量，去完成这个惊人的举动。去吧，用最美丽的外表欺骗世人。”

他带着她走下了舞台，对着黑暗说话。

“奸诈的心必须罩上虚伪的笑脸。”

*

演出结束后，我把负责戏剧演出的老师拉到一旁，告诉他我要和所有的演职人员谈一谈。他的脸色一下子变得苍白，但什么也没问我。他名叫彼得·伦德，是个戴着眼镜的年轻人，他的指甲非常洁净。

伦德告诉学生们，他想做一个“简短的总结”，把孩子们叫进了音乐教室。门关上后，孩子们等着老师开口，教室里是死一般的寂静。

“演出很棒，呃——每个人都很棒。波西娅，你……你演得很好。我们等一下会把布景拆下来，但古德曼警长现在需要和我们谈一谈。”

他走到了教室后面，把我和杰克留在了前面。有些女孩已经开始哭起来。松树谷是一个很小的小镇，我知道，所有的学生都在尸体被发现之后的几个小时内听说了这个消息。

我没有对学生们旁敲侧击。我直接对他们说出了实际情况，他们的反应不出所料，就是一群青少年在得知自己的同伴被刺身亡、第一次知道了“人必有一死”的道理之后，你所能想到的那种反应。有的人很震惊，很多人在流泪和痛哭。大多数男生像纸人似的呆若木鸡，一根羽毛就能把他们推倒。大多数女生彼此拥抱着。伦德在教室后面弓着身子，双手抱住了头。

我给了他们一点儿时间，让他们适应一下这个消息所带来的震惊，但我要在痛苦彻底击倒他们之前把我来到这里的原因说出来。

“她是在星期五晚上演出之后遇害的。现在，我要求你们每个人都想一想。你们现在要为海蒂做这件事。那天晚上，她是跟谁一起离开的？你们有没有人在去派对的路上或其他地方遇到过她？”

“我们有些人去了奶品皇后冰激凌店，但她没有在那里出现。”扮演麦克白的那个男孩说。他比几分钟以前在舞台上的时候显得更加失魂落魄了。

“汤米也去看了演出，不是吗？她不是跟他一起离开的吗，波西娅？”其中一个人问道。

正和另一个女孩抱头痛哭的波西娅·阮，抬起了她那流满泪水的扁平脸，头上的皇冠都歪了。“或许是吧，我不知道。我跟她说话不多，甚至都没对她说恭喜。”

“如果她要求的话，汤米会顺路载她一段的。他会为她做任何事。”

“哪个汤米？”杰克问道。

“汤米·基纳基斯。”我回答道。海蒂跟他约会大半年了，假如我没记错的话。在去年秋天的校队比赛上，他担任攻击线锋员。他很结实，对方很难突破，在我看的那些赛次中，他从未让同队的四分卫受到攻击。假如这样一个孩子想要拿刀攻击别人，还真没有什么能阻止得了他。

“我知道是什么害死了她。”波西娅站了起来，面对着我，像是要一口气背出戏剧中的那些大段台词似的，“是诅咒。”

“你说什么？”

有几个孩子屏住呼吸，捂住嘴巴。

“是诅咒杀死了海蒂。是《麦克白》的诅咒。”

彼得

2007 年 8 月 17 日，星期五

充血性心力衰竭会要了我的命。

我今年 26 岁，正是人生的大好年华。照理来说，我除了一路高歌前进之外别无他途。我已经从那个瘦弱的书呆子变成了一个每周至少跑 24 公里的男人。假如我有勇气走进满是大汗淋漓、头脑简单的男人们的重量训练室，那我或许还能做几个卧推。我吃的是有机食品和素食，我不抽烟，但充血性心力衰竭正在摧毁我的人生。

"你想要什么甜点？"

我注视着餐桌另一端的玛丽。自从上了主菜后，她几乎没说话，并不停地瞄她的表，仿佛我们已经过了宵禁似的。

"巧克力慕斯？"我咧嘴笑着问道。我们在一起已经七年了，我知道，她抗拒不了任何含有巧克力的食品。我相信，很多人都这么说他们的妻子，但我曾在州博览会上看到玛丽吃掉一块淋了一层巧克力的培根。就是把炸过的肥猪肉浸入巧克力之后做出来的那种食物。她还嘲笑我脸上出现的大吃一惊的表情，说这其实没有什么不好的。

"可以啊。"她耸了耸肩。

我挥手叫侍者过来，要了一杯和餐后甜点相配的咖啡。在这种地方，你挥一下手就完全可以把那些贴心周到的侍者叫过来，用意大利语要一杯美式咖啡，他们点头表示明白。吊灯悬在餐桌的上方，将每一桌客人都笼罩在光环下。感觉既现代又浪漫，或许连梅奥医学中心的医务人员都是他们的客人。玛丽本来不想长途驱车来罗切斯特，但松树谷的餐馆只有奶品皇后和另一家在晚上七点就早早打烊的咖啡店。此外，松树谷连一家电影院都没有，而今天是我们例行的晚餐加电影约会，与大多数情侣不同的是，我们经常把这两项活动的顺序对调。先看电影，然后再吃晚餐，这样我们可以在晚餐时讨论看过的电影。我们在第一次约会时就是这样做的，在看过电影《美国丽人》后，我们热烈地讨论每个角色的道德优劣，直到餐厅的女侍者来请我们离开，好让他们打烊。不过，今晚不会有冗长、挑逗的辩论需要别人来请我们离开了。

咖啡送上来了，我立即啜了一口，舌头被烫了一下。我不在乎。我继续喝着咖啡，注视着玛丽，想要弄清楚我到底哪里做错了。

她今晚披着头发，灯光在她脸上映出了金色的光晕，而她则注视着餐桌、其他食客、飘窗和除我之外的其他东西。玛丽长着一张苹果脸，那种宽宽的脸颊可以盛放所有的幸福，还能将喜悦分享出去，但在今夜，我在她的脸上看不到任何快乐。

她穿着那件 20 世纪 50 年代的蓝色衬衫裙从家门口的楼梯走下来时，我拥抱了她，亲吻了她的两颊，并耳语道："嗨，美女。"她微笑着躲开了。我猜，那是因为艾尔莎正坐在沙发上注视着我们，但玛丽在接下来的时间里一直是这样，彬彬有礼、拒人千里。整个夜晚仿佛就是为了应付一个无聊的差事，仅次于帮艾尔莎打扫鸡圈里的粪便。看电影也于事无补，这完全是我的错。我选择了电影《一夜大肚》[1]，因为玛丽喜欢浪漫喜剧，这部电影好评如潮，但我们两个都没被逗笑。自从新婚之夜以来，我们一直没有采取避孕措施，在尝试怀孕三年之后，她却不得不坐在这里，看两个白痴随便在一夜情之后怀孕。

“我为我选的电影道歉。”

她终于抬头看了我一眼。“没关系。”

“我应该提前想到的。”

“不，真的没关系，彼得。”玛丽坐得更直了，有人走了过来，安静地把餐后甜点放在我们之间，“最近，我没有想过生孩子的事。”

“那太糟了。一会儿我想找个地方停车，我想温存一下，或许做更多事。”我冲着她眨了眨眼。她什么话都没说，于是我满怀希望地说下去。

“感觉我们似乎又回到了大学宿舍。等着我们的室友离开，或者去找一个安静的停车场。记得第四街的停车场二层吗？就是灯全都不亮的那侧？”

她舀了满满一勺巧克力，然后摇了摇头。“我们得回去了。我们出来太久了。”

“艾尔莎在过去 73 年里一直把自己照顾得很好。即使再多一个小时，她也会安然度过的。”

玛丽没有接我的话茬儿，又吃了一口慕斯。然后，她突然把勺

---

1 《一夜大肚》（*Knocked Up*），由美国环球影业公司出品的爱情喜剧片，该片讲述了颇有前途的娱乐新闻记者艾莉森和“一夜情”男友感情纠葛的家庭喜剧故事。——译者注

子放下，抱起了双臂。

“怎么了？”

“巧克力慕斯要10美元，这太不可理喻了。”

“哦，要是我们点了这么贵的东西却不吃，那就更不可理喻了。”我吃了一口。太好吃了。口感松软、味道香浓、甜而不腻。

“再吃一口。来一口10美元的。”我舀起满满一勺慕斯伸到她面前，她叹了口气，然后才接受。

她又吃了起来，但非常安静，不想引起别人注意。我喝掉了剩下的咖啡，努力找话题，但这招并不奏效。

账单一来，玛丽就立即抢了过去。她拿起钱包，把钱给了侍者。“你好了吗？”

“艾尔莎没事的。”我说，然后摸摸她的胳膊，向我们的车走去。

“我知道。”她回答道，尽管我们都知道，她的母亲并不是太好。

“那你在烦什么？”

“花68美元吃一顿晚餐，彼得。还花了20美元看了场电影。你觉得谁会为这种事花这么多钱？”

“我找到工作了。我们会有钱的。”我说。她的愤怒现在逐渐渗入我的身体。

“你还没有开始工作呢，却已经开始大手大脚了。”

“我只想和你一起出来开心一下。”我隔着车顶对她说，然后我们两个都钻进车里，狠狠地关上了车门。

开往松树谷的公路是一条漆黑而平坦的双向车道，两边是种满庄稼的农田。我们都没去开广播。不幸的是，这个夜晚似乎已经无法挽救了。

即使我想诚实一点儿——在穿过绵延数公里高耸的玉米田之后，这听起来就像一个越来越合理的想法——但我仍然不太明白我是如何走到这一步的。

我的童年是在明尼阿波利斯度过的。长大后，我常常流连于市郊的各色咖啡店，在菲戈利奥餐厅一边吃意大利通心粉一边讨论高中的文学杂志的封面设计；每个周末，我会在电子胚胎唱片店[1]翻阅唱片。我在大学里与玛丽相遇，我们在大学毕业的那年夏天就结婚了。或许我们太年轻了，但玛丽的父母已经年迈。她是她父母到中年以后才有的孩子，是他们在多年的不孕和放弃梦想之后的终极惊喜。他们给玛丽提供了一切机会，把所有的爱和支持都给了她，而她回报给他们的礼物是让他们亲眼看到她结婚和成家。我刷爆了信用卡，把钻石戒指戴到了玛丽的手上，我们站在她家乡教堂的圣坛上，而玛丽的父母则满面喜悦地站在人群的前排。这场婚礼让我们俩都感到安慰，因为第二年春天，她父亲就在田间种植大豆时突发心脏病，不幸死去。

婚礼后，我们在公交车沿线的一个地方找到了一间维多利亚风格的房子租了下来，我开始读研究生，而玛丽也在市中心的一家银行找到了工作。

然后，充血性心力衰竭就来了。

玛丽的母亲艾尔莎开始变得越来越虚弱。玛丽开始每月开车南

1 电子胚胎唱片店（Electric Fetus），全美最大的独立唱片行之一，是美国中西部音乐爱好者的圣殿。——译者注

下去看望她，并在农场帮忙。农场总是有一些装罐工作要做，或是有谷仓需要维修，或是要带她去看医生。我试图打趣我的农妇太太，但能让玛丽哈哈大笑的次数越来越少。后来，她每个周末都要来回奔波，因为我有些课是在晚上进行，有时，我会一连几天都见不到她。当我终于毕业并拿到了教师资格证时，玛丽每周有三天时间要在松树谷度过，其他时间则要在城里每天工作十个小时，以此来弥补在松树谷照顾母亲所带来的收入损失。

一直以来，她总是筋疲力尽。我试图说服她，艾尔莎应该卖掉农场，但是每当我提起这件事的时候，她总是咬紧牙关，然后翻白眼说："你以为我没提过吗？"

我们找不到任何人来帮助艾尔莎。唯一一个愿意驱车来农场看一下艾尔莎并管理她的健康状况的合格护士，要求每周 1000 美元的工资。

我正在找一份教师的工作，这样玛丽就可以辞掉银行的工作，至少她可以把全职换成兼职。我在努力成为一名好丈夫。好丈夫不就是那么做的吗？除此之外，我找不到别的办法。唯一的职位空缺是一家提供特殊教育的小学，而我并不具备行为障碍方面的教学经验。他们希望我能答应任职，但我想教文学，而不是社会技能。

后来，去年三月，玛丽下班回家后带回了一份剪报。她把广告拿给我看——松树谷高中的英语老师，正好是我胜任的工作——她告诉我，艾尔莎认识学校的校长，她已经为我做了推荐。校长在等我的电话。

天啊，我可不想搬到松树谷。但是，她看起来如此充满希望而又疲惫不堪，我不知道这一切是怎么回事，但两个月后，我们搬去跟她母亲住，而我也失去了我的全部人生。尽管她说这只是暂时的，但我们都知道，这意味着在艾尔莎去世之前，我们将不得不一直待在这里，不管这需要几个月还是几年。后来，尽管我不愿承认，但我一直希望这个时间最好是几个月。

整个夏季，我们的全部话题就是艾尔莎、艾尔莎、艾尔莎。艾尔莎今天感觉怎么样？她需要新的氧气瓶吗？她能独自洗澡吗？这就像是我们有了一个孩子，只是我们的孩子是一位身体日渐虚弱、脾气固执的老妇人。

艾尔莎充满感激，但她所有的感激似乎都是为玛丽准备的。对我，她像对待一个惹人讨厌的国际交换生一样。

这始于素食的问题。她对我吃下的所有食物都心怀疑虑，从羽衣甘蓝到黑豆汉堡和印尼豆豉。当我去跑步时，艾尔莎就不停地摇着头，就仿佛她从未见过一个人跑得过那些轻快地推着耕犁走在田间的农夫似的。而当我在夜间打开啤酒瓶的时候，她则哼气，然后直接把目光转向他处。

坦率地说，我真的不在乎我的岳母怎么看待我，但她却横亘在我和玛丽之间。艾尔莎总是对我冷言冷语，这就让玛丽这个调解人更加辛苦，也使她离我更远。有一天，我在修理鸡舍四周的篱笆，她步履蹒跚地跟在我身后监工，我们甚至还友好地聊起了玛丽的童年时光，但第二周，她已经把这一切忘得一干二净了。她脑部的缺氧正在夺走她最后的记忆，尤其是最近的一些事，所以我再怎么想要改善我们之间的关系都变得毫无意义。

还有，就是那咯咯的叫声。尽管这些鸡在主谷仓的另一端，但这些禽类的咯咯声、沙沙声、骚动声无处不在，不管是在一天中的什么时候。这些声音足以让任何人发疯。只有大约50只鸡，这是玛丽父亲生前养的最后一批家禽，但它们似乎把整个郡一半的下蛋任务都包了下来。人们随时会走进来选一箱，玛丽也不时把鸡蛋送给我们的邻居威妮弗雷德·艾里克森，她经常跟着玛丽来我们家，和艾尔莎一聊就是几个小时。玛丽每天收两次鸡蛋，从早上6点就开始，然后她要清扫鸡窝、清理地面、运送饲料。据我所知，这样忙下来，一天也挣不了几美元。但是，她愿意谈及没钱的事实吗？

“你为什么不把这些鸡处理掉？”我不止一次地问她。

“我不介意这些鸡，我自小就干这些活儿。只是不知道妈妈一个人怎么能应付得了这一切。”

“你为什么就必须来应付这一切呢？我们可以从商店里买鸡蛋。”

“妈妈不愿意听到我们要把鸡全都卖掉的话。”她说，这句话成了她在那个夏天的标准台词。我们那73岁的“婴儿”想要这一切。我们那73岁的“婴儿”不会容忍把鸡卖掉的行为。

这慢慢浸入了所有的事情里。玛丽不再跟我讨论读过的书了。她说，她没时间看书，但她每天晚上仍然陪着艾尔莎看那些可怕的电视节目。她不想开车去城里看任何演出，甚至不愿意与我们的朋友共度一个夜晚。

她总是摇着头说：“那太远了，只是想一想开车去城里都会让我觉得好累。”

还好，家里还有网络。我在楼上的一个小卧室里把我的电脑装好，在这个房间里，存放着圣诞节装饰品和布满灰尘的纸箱子，上面写着“乔叔叔的葬礼”或“德威特 1938”之类的字眼。这是我的书房，我也在这里撰写秋季的教案，每天晚上登录脸谱网，看我的朋友们去酒吧，参加文学读书会、派对和研讨会议。

我不打算撒谎，我很重视今天晚上的约会。我迫不及待地想要让我们的关系——哪怕是短短的几个小时——脱离农场和艾尔莎，重拾曾经的乐趣，那些自由自在的大学时光，那些在被研究生院和疾病毁掉之前的星期五晚上。玛丽喜欢这个主意。在本周初我提起这个主意的时候，她非常兴奋。

“在新的学年开始前，出去玩儿一个晚上。”我说，“我们不会做任何有用的事。”

她大笑了起来。“你保证？”

现在，我们在沉默中驱车行驶在回松树谷的路上，我们之间的高墙更加难以逾越。我再次怀疑我是不是又做错了什么。还是她做错了什么？任何留意到我们的陌生人，定会非常尴尬地看到，我是多么努力地想要改变这一切，但我显然在做着错误的尝试。错误的电影。错误的餐馆。假如我们去了当地的奶品皇后冰激凌店，在青少年们打情骂俏地走过我们的座位时互相喂对方几口冰激凌，情况是不是会好点儿？

松树谷的灯火温暖了地平线，虽然我非常痛恨拟人化的表达，但小镇似乎把答案塞进了我的喉咙。是的，是的，你用力过猛。你想要一次在明尼阿波利斯的约会，但你的妻子已经不再属于明尼阿波利斯。

我在脑子里想着这件让我不爽的事，但我们还是驱车进入了小镇。地平线那端酱油加工厂的烟囱下，几条纵横交错的街道围着一条主要的商业街。加油站、奶品皇后冰激凌店和一家CVS零售药店[1]是星期五晚上9点半仍在营业的几家商店。

“你能在药店门口停一下吗？我要给妈妈买点儿药并取几张照片。”

我顺从地把车开进停车场并熄灭了引擎，跟着她进了药店。她进去取药时，让我去一下店铺对面角落里的照片柜台。女售货员没有注意到我的靠近，而我也不在乎是否能引起她的注意。

我的妻子已经不再属于明尼阿波利斯了。

要说对于玛丽的这个变化，我没有丝毫的心理准备，实在是让人觉得轻描淡写得可笑。但我从未想过，我应该对此有所准备。誓言的问题在于，它太寻常了。我曾经站在离这里一个街区之外的教堂里，一边重复着那句话——“无论好坏”，一边想象着最坏的情形无非是玛丽因为严重的流感之类的疾病而病倒，我需要做的就是给她奉上鸡汤和成卷的面巾纸。或许，我们会失业。或许我们将不得不面对不育的困境。我把每一种通常可能出现的情况都与誓言一一对照了一遍，别人对我说过的婚姻中可能会遇到的所有情形都一一被我想象了一遍，但牧师却没有说：“你可能要搬家，离开你爱的人和所有的一切，搬到荒凉的农场，住进一所破败不堪的农舍，在这里，你没有性爱，甚至没有任何人可以说话，谈话内容永远是一个厌恶你的老妇人现在是什么状态。”他只是站在我们面前说，“无论好坏”。

1 CVS 零售药店，美国的大型连锁药店，主要分布于大型居住区。——译者注什么是好？什么是坏？我对这两个形容词没有任何异议。我那时幸福地握着玛丽的双手，用一些意义不明的词说出了誓言。对于一个有志于成为英语教授的人来说，我把自己的人生与另一个人捆绑在了一个突然变得像是可怕的玩笑的“疯狂填词游戏”[1]中。

“您要点儿什么？”

我眨了眨眼睛。女售货员站在柜台的另一端，显然她在等着我开口。

“哦，是的。玛丽·伦德的照片。”

她马上去箱子里找了起来。

“没有，没有玛丽·伦德的任何照片。”

通常情况下，不管什么时候，只要店员回答说“没有”，我都会要求他再找一下。大多数店员都是笨手笨脚的年轻人，通常都要在第二次，甚至第三次的时候才能找到物品。这个女孩也很年轻，但她看上去似乎从来没办过糊涂事。她已经重新站起身来，挺直腰身看着我，一副超级自信的样子，甚至已经准备好要把我的帽子递给我或者让我亲自来重新找一遍似的。在她的注视下，我倒成了那个笨嘴拙舌的人。

“那么，有艾尔莎·里弗的照片吗？”

“您的别名可真有趣。”这一次，在钻进柜台前，她咧嘴笑了一下。

“玫瑰就算叫其他什么名字[2]……”

---

1 疯狂填词游戏，一种欧美流行的群体游戏。——译者注

2 完整原文为 A rose by any other name would smell as sweet，是英国戏剧家莎士比亚的作品《罗密欧与朱丽叶》中的一句经典台词。在此处被用作两人之间的幽默互动。——编者注

“应该还有照片在CVS药店。”她找了一个遍，从箱子里抽出一张信封，炫耀地向我挥着手中的信封。

“显而易见。”

她把照片拿到收银机去结账。“那么，艾尔莎，你今天还需要别的东西吗？”

“嗯……”我朝药店的方向扫了一眼，寻找着玛丽的身影。她提起过其他事吗？我想不起来了，考虑到整晚前前后后的事，或许不再花一分钱才是更安全的做法。

“不，就这些。”

我把我的银行卡递给她，看着她完成了支付。我注意到她身上的一些特点：阳光乐观、专心致志。通常情况下，做这类工作的年轻人在工作时总是心不在焉、不情不愿，但这个女孩在此时此刻却全心全意。当我这么打量她时，一种恶意如闪电般穿过我的身体。她身材高挑、苗条婀娜，那匀称的身材有着一种引人注目的优雅。她有着蜜糖色的皮肤，一张微宽的嘴巴，唇上涂着发亮的唇彩，她的双眼闪耀着某种狡黠的智慧，她会引用《罗密欧与朱丽叶》中的句子来回我。这是一个还未犯过错的女孩，在她看来，这个世界只不过是她随心品尝过的一个巨型纸杯蛋糕。

她转过身来，把照片递给了我，她的狡黠瞬间不见了。“怎么了？”

“抱歉，你说什么？”我问道。她突如其来的关心吓了我一下。

“你，你看起来很生气。”

这是个什么样的小镇啊，在这里，完全陌生的人都可以直接说出你的情绪。

“不，我的意思是，呃……”我像一个白痴一样语无伦次，“我不是……”

“你已经生气了。”她很享受我结结巴巴的样子，她那原本微宽的嘴咧得更大了。“我在这里和那里都能看得到。”她指着自己的眉毛和下巴，模仿着我抱臂的样子，直到我把双手放下。

我耸了耸肩。“不是因为照片的事。”承认又怎样呢？

“因为别名吗？”

“你怎么知道不是因为你？”

“废话，我们甚至还不认识呢。哦，我叫海蒂，顺便提一句。”她伸出一只手，我愣了一秒才握了握她的手。

“彼得。”

“你好，彼得。你知道如果我有那么糟糕的别名，下一步会做什么吗？”

“做什么？”

“换个更好的。”

“是的，你 16 岁的时候可以这么做。”

她咯咯地笑。“那你多大，80 岁？”

“82 岁。”

“那么，或许你需要的只是一些大便软化剂。到第六个过道去找找吧。”

我不禁大笑起来，她像是完成了想要做的事似的点了点头，然后，玛丽拿着成袋的处方药出现了。

“照片取好了吗？”玛丽问道。

“好了。”

我向店员海蒂点了点头，她向我们挥了挥手。“晚安。感谢你们的光临。”

在回农场的路上，我伸手越过座椅，轻轻地放在玛丽的手上，准备再试一次。当我们把车拐进通往农场的碎石路上时，一道亮光划过了天际。

“看！”我关掉了前灯，踩了刹车。

我们看着流星掠过星群，直到它燃烧殆尽，消失不见。有好一会儿，我们都没说话。然后，玛丽把她的手掌翻过来，我们的手握在了一起。

“你刚才许愿了吗？”她问。

“我以为流星雨时才可以许愿。”

她耸了耸肩。“或许，也可以在看到第一颗流星时就许愿。”

“好吧。”我轻轻地握紧了她的手，开心地等待着她的回应。“星光，闪亮的星光。[1]”

“不，你必须保密，否则你的愿望就不会实现。”

“每个人都知道这一点。我只是在说开场白。”

她微笑着让我许完愿。尽管我们在接下来的路上再也没有交谈，但之前的紧张气氛已经缓解，我开始觉得这就是我想要的夜晚。当我们开车赶回农场的时候，我默默地许了个愿。

---

1 原文为“Star light,star bright”，是一首英文儿歌的歌词。——编者注

在蜿蜒曲折、坑洼不平的石子路上开了五分钟后，我把车开到了防风林里，这些树为艾尔莎的房子和谷仓挡住来自草原的风。我把车熄了火，随意张望，并不急于走进家门。玛丽的父亲把这里维护得相当好，但自从他三年前去世之后，疏于照管的迹象开始显露。主谷仓角落里的漆开始剥落。菜园里野草横生，而这里的四季豆和豌豆曾种得像军队一样整齐。白天可以看到脱落的破碎木瓦遍布于屋顶，这是暴风雨带来的损毁，而住在这里的人已经无人能够维修。艾尔莎把自家的耕地租给了一位邻居，但这片防风林内的土地、房舍和鸡群仍然属于她。她想留在这里是毫无意义的。我的母亲在我毕业几个月后就已经搬到了亚利桑那州的一个公寓去住了。艾尔莎为什么想在这样一个地方养老呢？这个地方每一处破损的篱笆、缺角的窗台都无时无刻不在提醒着她的无能为力。这是我所见过最糟的退休生活。

玛丽叹了口气，这时，谷仓里的一只猫从院子里倏忽溜过。我能感觉到农场的破败景象所带来的影响也慢慢地浸入了她的心里，她在试图挽救自己的好心情。

“嘿。”我轻轻摇动着她的手，“过来。”

结果还是我主动缩短了我们之间的距离，轻轻吻了她。她先是接受了我的亲吻，但当我想要继续下去的时候，她把脸扭到了一边。有一会儿，我俩都没动，也没有开口。

“我希望事情能变得不同，”她终于开口说，“我对流星许的愿望是希望妈妈身体健康。”

“你不应该说出来，记得吗？”

“没关系。这不会变成现实。”她的声音突然沙哑了。我下意识地抬起了双手，捏捏她那紧绷的双肩。

“你已经做了很多了。”

她摇了摇头，向外面的田野望去。“他们给了我一切。他们对我的爱超过任何一个孩子希望得到的……而这是我现在唯一能做的，是我唯一能回报给他们的爱。”

“我们需要一些帮助。还有其他办法的。”

“没关系，我可以。”

“你连离开她好好吃一顿饭都办不到。你看看这一切对我们所造成的影响。”

她看着我，脸上是我从未见过的表情。冷冷的表情。我的玛丽，我甜美大方、喜欢复古时尚、有张苹果脸的玛丽就这样看着我，仿佛我是一个乞讨残羹冷炙、令人心烦的流浪者似的。

“我很抱歉，我暂时照顾不了你，彼得。”

“我不想让你照顾我。上帝啊，我只想我们两个人今夜过得开心一些。”

“不要扯到‘上帝’去。”

“你在开玩笑吧？”或许我应该更努力一些，不该这么口不择言。

“我的妈妈——”她摇了摇头，目光望向家门口，“一辈子都要在星期日那天去教堂。她的信仰对她来说非常重要。能否请你在我们身在此处时尊重她的信仰？”

“我现在没有看到艾尔莎在这里。”但即使我是这么说的，我也知道，她就在这里。她无处不在，在电影院里，她坐在我们之间；在餐馆里，她鄙夷地嘲笑着菜单上的菜价；在这个不时从院子里飘进鸡粪的氨臭味的地方，她紧紧地拿着玛丽的照片，尽管她已经认不出照片里的人是谁。

“我只是说说。”

“好吧。”我下了车，重重地关上了车门，把鸡舍里的鸡群惊得咯咯乱叫。

整座农场漆黑一片，只有火炉里的光还亮着，仿佛是在欢迎我们回家。艾尔莎一定已经早早上床了，或许是为了我们今夜的约会考虑。通常情况下，玛丽会送她上床，把她额头上的几缕头发拨开。艾尔莎看着相册，讲一些我根本不认识的人的故事。然后，母女俩笑着回忆往事。在这些夜晚的仪式中，从来没有我的一席之地。

“我这就去看她一眼。”玛丽说。

“好。”

玛丽转身不见了，我上楼进了我们的卧室。轻柔的说话声透过暖气的通风口传了上来，我能想象玛丽坐在艾尔莎自结婚以来就盖着的棉被上，聊在过去的三个小时里各自做了什么事，两个人都拒绝去看床上空出来的另一侧。

我在流星划过时许下的愿望是让我和玛丽重新获得幸福。或许我们再也回不到从前了，但一定会有另一种幸福，以一种我暂时还看不到的方式让我们的感情重焕生机。我脱下衣服，躺了下来，眼睛直视着水渍斑斑的天花板，等待着玛丽上楼来，就这样，我渐渐睡着了。继续等待着。

海蒂

2007 年 8 月 27 日，星期一

大多数人以为，表演就是假装。它仿佛是一场盛大的游戏，人们穿上戏服，假装接吻或被刺伤，然后又装作喘息的样子并最终死亡。他们以为这是一场表演。他们不明白，表演就是变成另外一个人，改变自己的想法和需求，直到你不记得自己的想法或需求为止。你要让另一个人进入你的全部身心，然后把自我放空出去，把他们的身份带到舞台上，就像是放血一样。有时候，我认为表演就是一种病，但对此我不能肯定，因为我不知道假如表演不是病的话，该是什么样子。

我记得自己扮演的第一个角色是无畏的妹妹。

在我们小时候，我哥哥格雷格就像随身带着摔炮的那种爱闹又坏心的少年，他最喜欢的一种游戏就是吓我。他把很多东西藏进我的房间，青蛙、蜥蜴、蜘蛛、蛇，农场的孩子可以应用的所有的可怕东西，想让我尖叫，而我也真的想尖叫。但是我没有，我捧起那正在蠕动的恶心的小动物，把它们送到他的房间，然后镇定自若地向他提问。“这蛇你是从哪儿弄到的？看看它腹部的花纹。我该怎么称呼它呢？”

他告诉我，蛇会把我的手变成绿色，或让我的头发掉光，以此来吓唬我，但我只是大笑了几声，说他是个撒谎高手。哦，我仍然感到恐惧。我讨厌看到鞋盒，因为我知道，他在鞋盒里藏了一些浑身黏滑或长了鳞片的东西，但我学会了如何把号啕大哭变成笑笑，学着在我想要缩作一团、啜泣呜咽的时候镇定自若地大声说话。

格雷格一毕业后就入伍，并派驻阿富汗，我并不在意。我知道，等他回来的时候，一定会改头换面；只是我并不知道他会变得更好还是更糟。

表演的第一课也是最重要的一课，是解读你的观众。要知道他们想要一个什么样的你，然后把这样的你带给他们就行。我的主日学老师一直想要甜蜜的微笑和轻柔的声音。我的中学体育老师想要进攻力强的棒球运动员，即使你连一辆停好的车都打不到，也要挥棒挥得像索萨那样。我爸爸喜欢勤奋的人，他们对繁重的工作也能做到任劳任怨。尽管我不喜欢我负责的那些杂事，但我还是成了灰姑娘。虽然吃力，但我还是耐心而得体地完成了工作。这与我要扮演的角色十分吻合。

当你看到观众们开心的样子时，你就知道，你把这个角色演好了。他们微笑着赞美你，夸奖着你的表演多么精彩。或许有一部分的你心里希望他们透过表演去看这部剧的真正内涵，哪怕有一次也好，用《BJ 单身日记》式的口吻告诉你，他们喜欢你原本的样子，但这样的事从未发生过。没有人想去和你看一部独立影片。他们嘲笑你看的那些书，认为你是一个自以为是的人，因为你的说话方式给了他们这种感觉。于是，你继续演戏，等待着真正的人生在哪天能够开始。而观众的掌声温暖了你从来不知道需要被温暖的内心深处。真正的你或许要冷漠得多。于是，你要一直这样下去。

我的一生都在表演，到目前为止，只让我来到这里。松树谷高中四年级开学第一天，我这辈子在这座建筑里的最后一年。上那些不准请假的训练课的最后一年，忍受橡胶似的意大利面和走廊里的奶酪味的最后一年，用正弦、余弦等数学公式来展示我的数学作业的最后一年。

我在学业上一直非常优秀，不是因为我对大多数课程很感兴趣，而是因为我能记下我看到或听到的一切内容。而学习内容不外乎就是这些，只是阅读一遍之后再说出来而已。老师们就喜欢这样的学习模式。而我真正痛恨的，则是分组作业。老师总是把聪明的学生与笨学生或懒学生分成一组，这完全不公平。有时候，我们可以自己选择组员，但即使是这样，我也总是跟一些根本不理解作业内容的家伙被安排在一个小组里。在去年春天的一次美国历史课上，我和波西娅、希瑟做了一个有关民权运动的作业，希瑟一直把马丁·路德·金与马尔科姆·艾克斯[1]搞混。真是受不了。有一天下课的时候，波西娅说："我完全理解你为什么把他们搞混，因为他们都是黑人。"

而希瑟就说："是的。"好像波西娅是当真的。

波西娅用一副难以置信的表情看着我——她对种族问题非常敏感，因为她是赫蒙族人。但是，她也对其他一切问题都异常敏感，那是因为她是波西娅。

1 马尔科姆·艾克斯（1925—1965），美国黑人民权运动领袖。——编者注后来，波西娅递给我一张纸条，上面写着："你那蠢朋友比你以为的还要蠢，你是不是特别抓狂？"我捧腹大笑，不得不在雅各布斯先生看到之前把纸条藏了起来。

波西娅全家是在我们九年级的时候从芝加哥搬到这里来的。在此之前，我一直觉得是自己的问题。除了我，每个人似乎都属于这里，甚至无须做出任何努力。他们不用装出喜欢4H俱乐部[1]和《美国偶像》的样子。然后，波西娅就来了，她说了很多新鲜事，像是芝加哥的壮丽大道[2]和古德曼剧院[3]入口的灯光，我才意识到，有些地方并不在意你的母牛在州博览会上是否赢得了象征最高荣誉的蓝色彩带。从那时起，我们就成了最好的朋友。

我开着格雷格的旧卡车到了学校，向刚刚走进来的波西娅挥了挥手。她看到我就停下来等我。

"天哪，我喜欢你这身打扮。"波西娅一边打量，一边赞叹着向我走来。"转个身。"

"你喜欢？"我走着猫步，做了一个转身。我在罗切斯特的阿帕奇购物中心费了一番功夫，找到最能代表纽约风格的衣服，当作我的开学日服装——一条黑色的铅笔裙和两件式灰色上衣，配上我那双黑色尖头高跟鞋。我有一头淡棕色的长发，妈妈不允许我染发，于

---

1 4H俱乐部，出自英文head、heart、hands、health四个词的首字母，为北美洲乡村青年提供服务、组织活动。——编者注

2 壮丽大道（Magnificent Mile），是芝加哥河向北延伸至橡树街为止长度为一英里的大道，也被译作"华丽的一英里"，是芝加哥城最为热闹繁华的一段商业街道。——译者注

3 古德曼剧院（Goodman Theatre），1925年创立于芝加哥。——译者注

是，我每天都梳这样的发型，从前额向后梳，在后面绑成一个光滑低垂的马尾辫。

“你真有东海岸范儿，亲爱的。”

“你完全是加州风格。”我看着她的细肩带裙和大太阳镜，笑嘻嘻地说，“难怪我们会在中部相会。”

波西娅大笑着，用手挎着我的手臂，拉着我走了进去。

“你刚刚错过了贝卡·拉森。她胸部的肤色晒得很均匀，半个橄榄球队的人都想约她出去呢。我给麦琪打了差不多三次电话，跟她约时间，但她根本就不接电话，也没回我短信，所以，我不知道她到底在干什么。”

波西娅喋喋不休地说着，我们沿着走廊慢慢走着，我只能偶尔插上一两句话，但其实波西娅并不需要我的回答。于是，我装作自己身处毕业十年的班级聚会中。**瞧瞧这里的一切多么小！我的旧储物柜在这里。哦，是的，我这十年来一直住在纽约。哦，是曼哈顿，亲爱的。我不可能住在96街以北的地方。**我并不知道96街在哪里，但我会知道的。再过不到一年的时间，我就会到那里去，而我的新装扮终于开始进入倒计时了。

我们走到了自己的储物柜前，发现麦琪正在跟科里·汉斯布鲁克调情，一个脖子上长满了粉刺的家伙。令人厌恶。

麦琪在科里离开去上课之后终于转过头来。“你们见过新英语老师了吗？”

“没有！美女。”听到有新的八卦话题，波西娅已经完全忘记了被冷落的事。至少这一刻是这样的。

“我和爸爸把车开进停车场的时候，我看到了他，我问爸爸他是谁。”麦琪的爸爸是副校长，但这似乎对她那恣意妄为的做派没有任何影响。假如我爸看到我对任何男性挑逗或搭讪，他一定会疯掉的。

“他留着一头漂亮的黑发，带着可爱的方框眼镜，看上去像个大学生。”

“屁股呢？”波西娅追问道。

“不知道。他当时正在向我们走来。有点儿瘦，但非常性感，又文艺又性感，让人想在图书馆里谈情说爱的那种。你们知道我的意思吗？”

我和波西娅一起大笑起来，这时，上课前两分钟的预备铃响了起来，来不及想太多有关这位新老师的事，直到第四节课，我们走进大学预修英语课。一些变化发生了。

整个上午，我都对自己穿的那套纽约风的衣服感到浑身不自在，这就是整件事的关键。我在小心谨慎地尝试，不再试图努力融入环境。但是当我走进英语课堂看见新老师的时候，我多少有点儿感觉对了。他正放松地倚在他的书桌上，身上穿着卡其裤。他面对着窗户，对学生们一边挑位子坐一边大声说话和大笑的声音完全不在意。我也没有太注意他们，只是溜到了前排，啪的一声把笔记本放在桌上。波西娅和其他几个人在我旁边的位子坐下，麦琪凑过来小声说了句：“看吧，他真的很性感啊。”我冲她闪了一下蒙娜丽莎式的微笑，然后开始在笔记本封面上乱画。

铃声响起，教室里安静了下来，新老师走到他的书桌前，半坐在桌子上。“好，我是伦德老师，这门课叫大学预修英语文学与写作。

假如这与你们课程表上写的不一样，你一定走错地方了。”

就在这时，当我与他面对面，我才意识到，我们已经见过面了。他瞄了我一眼，但他的注意力不停地在整个教室里来回移动。他没有像其他老师那样刻意地介绍自己的名字或人，他似乎也不太在意那些仍然萦绕在教室的各个角落里的窃窃私语。

“我给大家发一些纸。请在考勤表上勾选你们的名字，然后拿一张教学大纲来看。这是我们在本学期需要学习的内容，但你们下学期也必须选修这门课，这样才能参加大学学分考试。大家都听清楚了吗？有问题要问吗？”

没有人开口，于是他继续上课，一抹不易察觉的微笑在他的嘴角微微扬起。“这是今年学校排给我最好的课。你们现在都是要升入大学的高四学生，所以你们比一般的学生更优秀。我们不用浪费时间在那些五段式的论文或无聊的标准化的测验试卷上。我们有玩的空间，可以学一些真正有用的东西。我希望你们能够独立思考，说出你们的观点，随时准备讨论，根据我们讨论的情况为自己的观点进行辩护或改变想法。假如你们都不开口，你们的考试很难及格。一定要开口说话。我不是《死亡诗社》[1] 里的罗宾·威廉姆斯，明白吗？我不会把你们从害羞的自我盔甲里拉出来，告诉你们，其实你们骨子里是个诗人。”

教室里的人开始窃笑起来。

1 《死亡诗社》（*Dead Poets Society*），由罗宾·威廉姆斯、伊桑·霍克等主演的一部励志电影，故事讲述的是罗宾所饰演的一个有思想的老师和一群希望突破的学生之间的故事。——译者注

“说到这里，我们不会写诗。不允许写诗。不要把诗当作业交，然后期待我能给你们及格分。这堂课的重点是阅读，并对你所阅读的内容进行批判性思考，以及那个文本如何改变你。每本书都会以某种方式改变你，不管你的世界观是什么，不管你如何界定自己与世界的关系。文学会赋予我们身份，即使是糟糕的文学作品也一样。比如，小说《白鲸》[1]精确地阐明了我对绳索的认知。我不知道怎么会有人可以拿绳子写出如此长篇累牍、巧妙掩饰的暗喻。假如教室里有梅尔维尔的粉丝，我或许很难给你及格分。”

教室里响起了更多的笑声，我也忍不住笑了。他从桌旁起身，把考勤表收了回来。

“我希望这堂课能成为我一生中的亮点。不要让我失望。”

然后，他开始详细地说明教学大纲，而我感到自己的腹部深处升起一股美妙的感觉。这与我几周前看到罗切斯特城市剧院张贴的《简·爱》角色招募令时的感觉如出一辙，当时我就知道，我会获得主角的角色。伦德先生聪明有趣、温文尔雅。他看上去并不属于松树谷高中的水泥砖建筑，这也是我在过去的三年里一直以来的感觉。即使他似乎是一个海市蜃楼，或者我在被松树谷烦得要死的时候想象出来的一个人，我坐在前排的座位上仍然能够感觉到他身上所散发出来的体温。我能闻到他身上的皂香味。他是一个活生生的人，并且讲话时把我们当成真正的人来对待，而这正是这所学校里没有人尝

1 《白鲸》（*Moby-Dick*），19 世纪美国最重要的小说家之一赫尔曼·梅尔维尔于 1851 年发表的海洋题材的长篇小说，小说描写了亚哈船长为了追逐并杀死白鲸莫比－迪克，最终与白鲸同归于尽的故事。——译者注

试过的一种教学策略。我腹部的感觉在整节课期间一直在放大，当下课铃声响起时，我整理好自己的课本，露出灿烂的笑容。

我与麦琪、波西娅一起走出了教室，这时，伦德先生挡住了我。

“收银员海蒂。”他微笑着擦黑板。

“顾客彼得。”

“叫我伦德先生吧？”

“好吧。”我向他微微挥手，便去吃午餐了。

或许是伦德先生的态度，或者仅仅是一些文学讨论的许诺，但不管原因是什么，我忘记了本来为这一年将尽而兴奋。现在，我为这一年的可能性而兴奋。

*

我在 CVS 零售药店的照片柜台打工。这份工作比农场的工作轻松，而且他们给我实实在在的报酬。我要做的只是冲洗照片和收银，有时候，我还会协助那些年迈的女士为她们的孙辈挑选贺卡。她们总是想要那种印有泰迪熊之类图案的 99 美分贺卡。我一直以为，她们舍不得钱，直到有位药剂师把她们每个月的医疗保健支出告诉我。天啊，我千万不要变老。**我必须保持健康，不要死。**

当我放学后来药店上班时，这里多半非常安静。通常情况下，当工厂的早班下班时，就是药店的高峰时段；再有就是在下午五点之后，去罗切斯特上班的那些人回到镇上时。我在我的纽约装外面穿了一件蓝色工作服，开始从网站上下载照片，然后把照片发送到打印机上。照片大多数是孩子们的生日和节假日照片，有时候是婚礼照片或去布兰森度假的照片。有两百张在夏威夷拍摄的照片，也有一个人去巴黎时拍摄的照片。我一定是盯着巴黎的照片看了好几个小时，我仿佛看着自己在那些小咖啡馆里坐着，在那些桥上漫步，与时装摄影师会面，从 T 台秀上走向后台。我的整个旅程都是凭空想象出来的。当那位女士来取照片的时候，她说那只是她在出差途中的一次短暂停留。我想象的版本要比实际的情况美妙多了。

来取照片的一般是女性。假如是一位男士来取照片的话，百分之九十九的情况下是帮别人拿的，上周伦德先生来取照片就是这种情况。做剪贴簿的女士们冲洗的照片较多，有时她们还会让我看一两幅照片，似乎根本没想过我早已把照片全都偷看过一遍了。

我刚刚完成当天的下载，汤米·基纳基斯走了过来。

"嗨，汤米。"

他点了点头，张了张嘴，但却没说出一个字。

"你是来取照片的吗？"我提示说，试图帮他解围。他看上去慌乱不安、大汗淋漓。

"是的，帮我妈妈取。我告诉她，我在练完橄榄球后就帮她来取。"

"你就是因为这个全身是汗？"

他突然大笑起来，把手插进头发，让头发像山峰一样立着。"教练今天把我们折腾得够呛。星期五晚上举行第一场比赛。你会来看吗？"

我和汤米自从幼儿园时就一起上学，就像大多数松树谷的孩子一样。早在他还在操场上扔石子玩儿的时候，我就已经认识他了。我见过他在六年级时上台做报告，他讲德国，而他对二战还一无所知，在全班人的面前，他的脸红得像一颗蛇果。上高中后，他已经长得比我爸还高大，在变声之后，他很少开口说话。他长着一头金棕色的头发和一双闪烁着光辉的淡蓝色眼睛。

我把他妈妈的照片取了出来，等他结账。“我可能去不了。他们已经把值班表排好了，我星期五要值班。”

“在这里？”他四处张望了一下，仿佛不太确定这个地方是真实的似的。

“是，必须有人守着店。”

“真不知道为什么这么安排。大家都会去看比赛。”他拿出了一个褪色的真皮钱包，递给我 20 美元。

“对吧？我也一直这么告诉他们。”其实我对谁都没说过。从来没说过。

汤米点了点头，神色凝重地接过我找给他的零钱。橄榄球的话题似乎让他不自觉地说了很多话。

“你应该来。我们会让格林维尔队输得很惨，然后把那些浑蛋打得落花流水。”

“我知道你们会的。”

“他们动不了德里克一根手指头的。”他用拳头捶了一下柜台，“我们有今年本地区最优秀的四分卫。”

这句话激不起我的任何兴趣，所以我只是漫不经心地冲他妩媚一笑。他的神色马上缓和了下来，低着头把钱包收起来。

“我相信，你的老板一定可以找到其他人替你的班。”

“那就太棒了。”我这辈子都不会为这种事向我的经理求情。

他终于抬起眼，从我手中拿走了照片，突然开口说：“我会在看台上找你的。”

他微笑着，匆匆冲出了店门。

在接下来的半小时里，我怎么都想不通。汤米·基纳基斯？我做了什么，竟然让汤米·基纳基斯对我产生了兴趣？假如我告诉他，我是特意申请在星期五晚上值班的话，他肯定不会喜欢我。

橄榄球只是把我与这个镇上其他人隔离开来的另一件事。我搞不懂横冲直撞地冲进一群肌肉发达的小伙子中间，然后把一个尖尖的球到处乱投是什么大不了的能耐。但在松树谷，没有一个人同意我的这个看法。这里的每一个居民，不管是十岁孩童，还是百岁老翁，都能如数家珍地说出高中校队的名单，他们会出现在每一场主场比赛中，嘶吼、尖叫、欢呼的声音大到我在这里都能听清。我喜欢在比赛日上班，因为在这个时间段店铺往往一片死寂。我可以从书架上取几本畅销书来看，或者涂指甲油，一直等到比赛结束。这时，人们才会想起他们要来取照片或买贺卡，然后才蜂拥而至。在浑然不觉中，已经到了换班时间，我的同事们全都喜欢我给他们难得的比赛日休息时间。

今天换班之后，我打卡离开，然后开车走在蜿蜒曲折的回家路上，我对这条土路再熟悉不过了。我们的农场离镇上有6英里左右，四周除了农田和风力发电机，空无一物。我家农田里安装的风力发电机产生的电能给我们带来一定的收益。“嫁妆钱。”每当我问爸爸这笔钱的用处时，他总是笑着这么说。尽管我一直觉得自己这辈子都不会出嫁，但我并没有把这话告诉他。我通常会说：“假日酒店的婚礼还是凯悦酒店的婚礼？”然后，他假装要拍我的头，我们相视大笑起来。

由于格雷格去了战场，他考虑让我去读大学，过一种安全而平凡的日子，找一份稳定的工作，嫁作人妇，为他生下几个外孙和外孙女，孩子们跟在他屁股后头到草堆里玩，一声接一声地叫他“外祖父”。

我在把车停在汽车道上时惊讶地发现，厨房里仍然灯火通明。通常情况下，在我值班的晚上，这个时候妈妈和爸爸都已经上床休息了。爸爸会坐在床上看电视，而妈妈则会阅读图书馆刚刚上架的新书，因为家里书架上的书她全都已经看完了。尽管她从不愿意和我们谈起她读的那些书。她只是照单全收，把它们留在自己内心的某处。或许，这就是让她有时如此难懂的原因，那些书在她身上沉淀下来。

我走进来的时候，餐桌已经铺好，妈妈从烤箱里端出来一盘热腾腾的鸡肉，在我脱掉外套和鞋子的时候，妈妈已经在餐桌上摆好了两盘菜。

“这么晚还没吃？”

“我想跟你一起吃顿饭，听你讲讲开学的第一天。你爸爸等不及，就先吃了。”

“你不能在晚上 9:45 才开始吃晚餐！”爸爸从卧室里大声吼道，“胃会受不了的。”

“所以胃片才派得上用场！”我高声回答道。他喜欢喊来喊去。他会觉得这让整座房子充满了生机。

“坐下来，开始吃饭吧。大家都还喜欢你的新造型吗？”妈妈打量了我的衣服，仿佛我仍然只有 10 岁，正在和我的表姐妹玩装扮游戏似的。

我耸了耸肩。“我不知道，无所谓。我喜欢就好。”

“你看起来……很不一样。我想，这就是你想要的感觉。”

“是的，这就是我们这些叛逆青年想要的。我们用铅笔裙和两件式灰色上衣来反抗传统。”

“把你的豆子吃了吧。”

我把豆子吃了。然后，我们陷入了沉默，而我则试图想起一些值得告诉她的事。大体上，这是平凡的一天。

“来了一位新的英语老师。”

“我听说了。”

“他看上去很不错。不太一样，你知道，跟其他老师相比。”

“艾尔莎·里弗的女婿。他是今年夏天和玛丽搬来和艾尔莎一起住的。”

我又吃了几口。爸爸钉在墙上的钟是用无线电同步的国际标准钟表，上面显示丹佛时间 9:52。妈妈的表则是参照微波炉上的表，上面显示的时间是 10:03。她说，这让她有点儿缓冲的时间。

“但是爸爸的钟表一抬眼就看得到。”我总是指出这一点。

“我不会看它的。”她总是这么回答。

“汤米·基纳基斯来取照片了。”我说，只是没话找话。爸爸穿着背心和四角短裤走过来给杯子加了点水。以前，他常常一边看晚间新闻一边喝根汁汽水，直到医生告诉他，他已经出现糖尿病前期的症状。他一点儿都不胖，不像某些人那样颤颤巍巍、大腹便便。他只是……太壮了。但我猜，他的身体已经壮得超出了医生的标准，所以他现在每天晚上都喝水。

“汤米·基纳基斯？他可能是这一赛季表现最好的后卫球员。他们都期待着他在升入大学后的比赛中取得好成绩。”

“我觉得，他想约我出去。”

爸爸咕哝了一句话，好像是“现在必须重新审视汤米了”。妈妈把平底锅里剩下的一点儿热菜刮干净，拿到侧门外面给谷仓里的猫吃。她的应答就像是在跟那些猫说话一样。

“汤米是个好孩子，比基纳基斯糟糕的对象多的是呢。”

“我不知道。我想也许是吧。”

“你不必跟谁约会，不管他是不是基纳基斯家的孩子。”爸爸在走回卧室时捏了一下我的肩膀。

“那个让你一直在等待的修道院宣传册收到了吗？”我冲着他的背影大声喊道，听到他轻声笑了一下。

我帮妈妈收拾了餐桌，把餐具放进了洗碗机。她从来不说谢谢之类的话，但她确实很感激我帮她的忙。这一点我至少是了解的。

“谢谢你陪我共进晚餐。”我说。当我拿起自己的书包准备回我的房间时，她叫住了我。

“海蒂。”她拧干了水槽里的抹布，把抹布挂在水龙头上晾干。

“嗯？”

“或许你应该跟汤米出去。跟人交往对你有好处，也能帮助你在真实的世界里多交几个朋友，而不是像你最近这样，一天到晚都在玩手机。”

我应该表示同意，但自从今年夏天我买了一部摩托罗拉手机之后，她表现得就像我在包里放了一个撒旦似的，好像我不想上学、打工和彩排似的。我为什么不能给我的朋友们发短信并查看网络论坛呢?“互联网并不是只有虚拟的人的地方，妈妈。他们都是活生生的人。”

“是的，但是与人面对面地交谈是很重要的。你不知道网上的人都是谁。”

“我当然知道。他们都是和我一样的人。”

“哦，宝贝……”她摇了摇头，注视着我，直到我真的觉得我不过是一个身在罗切斯特，却打扮成纽约人样子的 10 岁小女孩。

“对于这个世界，你仍有太多的东西需要了解。”

“比如?”我脱口而出，准备与她争辩。但她只是微笑着，仿佛我已经证实了她的说法。

“不要睡得太晚了。”她走过来亲吻了我的脸颊，一手拿着图书馆借来的书，另一只手拿着几片降胆固醇的药。我注视着她沿着走廊走进了他们的卧室，然后打开了床头灯。她的头发现在几乎已经白了一半。我第一百万次地纳闷：我的母亲想让我成为什么样的人呢?

戴尔

2008 年 4 月 13 日，星期日

我和杰克在舞台剧表演结束后就立即驱车驶往基纳基斯家。

“你觉得汤米与此事有关？”他问。

杰克还有点儿不高兴，因为我让他把他的警车留在局里，搭我的车走。他有时候是会思虑不周。我不打算弄两辆警车停在汤米家门前，以免吓着他。不管那些城市里的家伙怎么说，在我们这个地方，吓唬从来不管用。农村人很有自知之明，只要是他们认为不该做的事，哪怕你向他们亮出警徽，他们也不会去做。而且，警徽亮得越多，有些人就越顽固。这是挪威人和爱尔兰人血统的特质。

“我对汤米没有任何看法，我们目前所知道的唯一信息，只是海蒂可能是和他一起离开学校的。”

“她肯定是在跟他约会。”他补充道。

“是的。”

“大块头孩子。”

“嗯。”

我看得出来，杰克的思路和我是一样的。去年，明尼苏达州的遇害女性，有 65% 是死于家庭暴力。当这个数据发布时，局里的人都有同感。这是个平静的郡，没谋杀案，但仍有数量可观的家暴案件。太多了。

“所以演出结束后，他带海蒂去艾里克森谷仓干点儿什么事。星期五夜晚，春天，孩子终归是孩子。他们因为什么事吵了一架，然后情况就失控了。”

我哼了一声。“你也不过是个孩子，说起话来倒像电视剧里的警察。”

“我只是整理一下情况。”

“那是汤米的事。”

我们把警车停在了基纳基斯家门前，基纳基斯太太马上出现在纱门前。玛莎，这应该是她的名字。我和杰克不慌不忙地下车。假如你不是来这里抓人的，最好给他们一两分钟的时间来弄明白你为什么要来到这里。他们有自己的结论，有时当你开口说话时，他们会把你不知道的一些情况补充完毕。

“基纳基斯太太。”当我们靠近她的时候，我摘下了头上的帽子，“汤米在家吗？”

“在家。”她打量着我们俩，不愿意让我们进去，“他现在状态特别不好，我们也刚刚得到消息。”

“我们就是为了这个来的。”

“不能等明天再说吗？我正准备让他明天请假。”

“恐怕不行。这是谋杀案调查，我们需要与每一个在星期五晚上见过海蒂的人谈一谈。现在，我们可以在这里谈，也可以在警局谈。你来决定吧。”

她犹豫了一分钟，有一种惊恐和愤怒交织在一起的感觉。然后，她打开了纱门，示意我们进去。

我们在客厅里等着，她进去叫他。杰克在客厅里来回踱着步，用他的警帽轻轻叩击着大腿，而我则仔细审视着钢琴正上方的那些照片。许多照片是在橄榄球比赛时拍的，还有许多照片是汤米驾驶着拖拉机或跟死鹿和野鸡的合照。

汤米在父母的陪伴下来到客厅。他看上去老了5岁，圆圆的脸上布满了悲伤，双臂无力下垂着，法兰绒衬衫的下摆没塞好。起初，他似乎想要说些什么，然后他只是垂下了头，等待着我们开口。

“汤米，我们有几个问题要问你。”

基纳基斯太太插话：“他现在的状态真的不适合回答问题。我想，在我们接到电话之前，他已经不太舒服了。如果你们愿意的话，我明天一大早就带他去警局。”

“这是谋杀案调查，太太。”杰克急于进行问询，“假如我们想找到杀害海蒂的凶手，就不能浪费时间。”

听到这句话，汤米畏缩了。他的母亲用手稳住了他。

“最好趁现在记忆还清晰的时候谈。”我说。

“好，坐吧。我们速战速决。”基纳基斯先生坐在沙发上，用粗壮的手臂挥了挥手，向他的太太示意，让她不要插话。

基纳基斯一家都不是所谓的纤瘦之人，所以他们三口在环形沙发上就座后，已经没有太多空间留给我和杰克。我走到了窗户前，让大家有时间安顿好。太阳仍在地平线之上，把屋外北面最后的残雪融化殆尽。

“海蒂星期五晚上是与你一起离开剧场的，对吗，汤米？”一群加拿大雁在天空鸣叫着，在路对面的一片田野里落下。我的问题无人回答。

“你和她约会有多久了？”

他停顿了一下，嘴里咕哝了一声，然后费力地发出声：“我想，应该是从赛迪・霍金斯节[1]开始的。”

“五六个月了。你们一定非常亲密。”

“我不知道。”

“你喜欢星期五的戏吗？海蒂的表演还好吗？”

“我想是的。”

这孩子不太喜欢说话。最后，我转过身来，站在他面前，等着他抬头看我。他身材高大，或许可以把我整个人压扁，但他此刻看起来不太对。他看上去渺小又恐惧，他蜷着身子坐在爸妈之间。

“演出结束后，你和海蒂去了哪里，汤米？”

“出去兜了一圈风。”他坦承道。

“去哪儿兜风？”

“我不知道。”

杰克打断了我们的对话，坚决要扮演一名坏警察。“我们可以把你带到警察局，如果你愿意的话，或者也可以带你去命案现场。或许那样才能让你的记忆有所恢复。”

“你在指控我儿子什么，杰克・阿德金斯？”基纳基斯太太站起身来问道。

---

1 赛迪・霍金斯节（*Sadie Hawkins Day*），在美国由学校组织的一种不太正式的舞会，女生可以邀请男生参加并主动邀舞。——译者注

"没有人在指控任何事，基纳基斯太太。我们所知道的是，星期五晚上，海蒂和汤米一起离开了学校，当有人再次见到她的时候，她已经死了。现在，我们需要了解一下汤米都知道什么信息。我明白，谈论这件事让他有些为难，但假如他选择什么也不告诉我们的话，这会让整件事更加困难。不管是对于我们来说，还是对他本人来说。"

基纳基斯先生清了清喉咙，示意他太太坐下。她走到了房间的另一边，我们都在等待着汤米。过了一分钟，他吸了一口气，然后开了口。

"我想去奶品皇后冰激凌店，但她想去克罗斯比湖。"

基纳基斯太太倒抽了一口气，用手捂住了嘴巴。"你没有告诉我们，你带她去了湖边。"

汤米把目光移到了别处。

"克罗斯比湖的哪个位置？"我问道。

"湖边的谷仓。我们有时候会去那里……"他瞥了一眼他爸爸，"只是亲热而已，没别的。她已经很久不愿去那里了。"

"然后呢？"

"嗯，我以为她想要……你懂的，但她没有。她说，她再也不能见我了。"

"她跟你分手了？"杰克问。

汤米点了点头。"她的举止很奇怪。我告诉她，现在离毕业和毕业舞会还有两个月呢。她不想参加毕业舞会吗？"

现在，他盯着他的双手，似乎已经忘了我们的存在。

"然后，她变得异常安静。有大约一分钟的时间，她看上去十分悲伤。她说，有的女孩注定不会参加毕业舞会。她好像已经知道了似的。就像是她知道自己要死了似的。”

他突然不说话了，用双手抱住了脑袋。

“然后又发生了什么，汤米？”

“她离开了。”他的声音低沉，我希望我能看见他的双眼。

“她下了车，让我去找愿意让我上的农场姑娘。抱歉，妈妈。她说：‘再见，汤米。’然后，她走进了夜色里。她从来不说脏话。我不知道她为什么会那样做。我不知道我做错了什么。”

“你去追她了吗？”

“没有。”

“你一定很生气，她说的那些话。”

他再次抬起了头，双眼在流泪。“当时外面很冷。我想，那就让她步行回家吧。去她的，你懂吗？抱歉，妈妈。”

“谷仓有其他人吗？”

“没有。”

“在开车到达那里的时候，你遇到过什么人吗？”

“我觉得没有。”

“你就让她一个人走回家吗？”

“我……是的，我离开了谷仓，但我开车转了一圈，才回了家。我很愤怒。”

“你有再去接她吗？有没有跟你的朋友们打电话讲这件事？”

他摇了摇头。“我不想告诉任何人。我甚至……沿原路返回并在几条小道上兜了一圈，心想也许我会再见到她，或许她就会向我道歉。她本来不是那样的人，你懂吗？我们本来有些事情要做。我们为毕业舞会搞了一辆豪华轿车，然后大家打算 7 月份去德里克的木屋玩儿。我们已经为此计划了好几个月了。每个人都会带女朋友去。”

“你回过谷仓吗？去那里找她？”

“我只是开车路过那里，并没有停车。”他咽了一口唾沫，虚弱地吸了一口气，“那天太冷了。”

“然后呢？”

他看着门。“然后我就回家了。”

“那天晚上他是什么时间到家的？”杰克问他的父母。

“没有听到他回来的声音，”基纳基斯先生说，“我们已经上床了。”

“我肯定我听到了他进来的声音。”基纳基斯太太插话说，“时间不会超过 10:30。”

“汤米？”我转向他。

“是的，可能大约就是那个时间。”他咕哝着说。

我们继续追问，想让他说出更多的细节，他的讲述却没有任何改变。他始终低着头，不停地用粗壮的胳膊抹着眼泪。在我们结束谈话的时候，基纳基斯太太迫不及待地赶我们出门。在她把我们送出门之前，我向汤米提出了最后一个问题。

“海蒂跟你说起过诅咒的事吗？”

“诅咒？巫术之类的诅咒吗？”他茫然地抬起头来，摇了摇头，基纳基斯太太催促我们赶紧离开她的家。

我和杰克驱车前往克罗斯比东部，查看谢尔的进度，他是抛硬币赢了之后去搜湖的副警长。其他人则在今天早上就对湖岸进行了彻底的搜查，但一无所获。他们现在带着警犬搜查威妮弗雷德家的农田，而谢尔则开着船，对湖底进行探查。这个湖非常浅，最深处也不过 20 英尺。假如能在湖底发现什么，谢尔一定早就发现了。

当杰克用无线电跟他说话时，我在湖滨的停车场闲逛了一会儿。碎石路上干燥无雪，所以无法采集轮胎的痕迹来查看是否有其他人开车来过这里。我走到小径开始的地方蹲了下来。这是一条土路，弯弯曲曲地穿过杂草丛，在夏日里几乎看不到，但现在，雪刚融，这条路清晰可见。经过多年来人们在湖四周健行时的踩踏，路面很平。偶尔几处可以看到不完整的脚印，但算不上可以追查的线索。星期五晚上，可能有几十个人走过这条路，不可能查到什么。

我沿着步道走到谷仓——距离并不长，或许有半英里长——然后又查看了湖岸，看看在过去的几个小时里有没有什么东西被冲上岸来。但我一无所获。

等我走回去，杰克正在湖岸边摆弄手机。“到目前为止，谢尔只捞到了一箱空啤酒瓶，商标都已经被冲掉了。看上去像是夏天留下来的东西。”

“他还剩下多大的面积没有搜查？”我问。

“他已经搜查了大半个湖区。他是这么说的。”

我瞥了杰克一眼，他冷笑了一下。“他驾驶船的样子，活脱脱一个 12 岁的小姑娘。”

“那也比像 12 岁的男孩一样抱怨不让立案好多了。”

杰克又咕哝了几句。

“这么说，海蒂下了车，汤米以为她要步行回家，但她却去了谷仓。”

“谷仓的窗户在另一边。我们站在这个位置向里看，根本看不到任何灯光。”

“的确如此。”我再次面对谷仓。

从外观上来说，这不过是我在过去的每个钓鱼季在地平线上看到的同一个破旧的建筑，但它的本质已经发生了变化。现在，它的内部发生了一件可怕的事，充斥着遇害女孩的记忆，而她本来是青春洋溢、未来充满希望的女孩。每当我叫她“亨利艾塔”时，她总是使劲地拍我肩膀。有一次，她调皮地冲我笑了笑，说：“我要以诽谤罪的罪名逮捕你。”

我大笑起来，向她解释说，叫一个人的法定名字是构不成诽谤罪的。然后，我们聊了很久有关言论自由、合法与非法的话题，而巴德则站在一边，边看边摇头，仿佛非常骄傲，但似乎又对这个女孩天马行空的想法而感到有些疑惑。

“所以，假如海蒂是独自一人去的那里，那么，要么是凶手在那里等待着她，要么是知道她在那里然后追了过去。”

我转身离开了谷仓，不再去想此刻我并不需要的那些回忆。“我同意。两个人在这里偶然相遇的概率非常小。有人知道她会在星期五晚上去谷仓。”

“你不希望汤米是嫌疑人。”杰克说，目光注视着水面。

“他是我们目前找到的唯一线索，此外，他承认他们之间发生了争吵。”

“你不希望他是凶手。”他又说了一遍。

“嗯。”

湖面上传来了呼喊声，谢尔在探测器旁向我们兴奋地挥舞着双手。我纹丝不动地等在那里，希望能找到那把刀。而他把发现的东西拉上船，开着汽艇回到岸边。他找到的不是刀，而是一个包，是在离岸边20码[1]左右的地方找到的，这里也是从谷仓出来的那条小道的三分之一处。我们迅速检查了一下，发现里面有海蒂的驾照和学生证，这说明凶手可能是在离开谷仓时把这个包顺手扔掉的。

我们在警车引擎盖上登记信息时，杰克问道：“要叫他们来彻底搜索一下吗？”

“明天吧。让他们一直沿着田间主要道路搜查下去，在日落之前看看有没有什么新的线索。”没有必要浪费我从奥姆斯特德郡借来的警力。

我们把海蒂包里所有的东西都装袋并做了标注，从被水浸泡过的手机到散落在各个口袋的“救生圈”糖果包装纸，有条不紊地检查了十分钟之后，有一件东西吸引了我的注意力。

“这里有个名叫琼斯的家伙。”

我拿起我们在海蒂的包里发现的一张名片。名片一面是黑色的，另一面是白色的，上面字体花哨地写着“杰拉尔德·琼斯”的名字，下面是个网址。在白色的那面，还写着一个电话号码。

“我想知道这个人是什么身份，以及海蒂为什么有他的名片。查

1　1码约合0.9米。——编者注

一下这个电话号码。看一下他在哪里。”

杰克拨弄着另一个证据袋，点了点头。“我想，这个手机彻底毁了。太可惜了。”

“看来我们不得不用老办法办案了。”

杰克把证据收好，我们回到了警车上，又开始刚刚没吵完的事。

“戴尔，老办法已经过时了。你想知道这位杰拉尔德·琼斯的身份吗？假如这个手机还没作废的话，我早就在她的通讯录里找他的电话号码了，然后查一下他们最后一次通话记录是在什么时候。”

“所以你必须获得调取电话记录的许可令了。我的心都碎了。”

在回松树谷的路上，我们一直在争论，然后杰克去奶品皇后店买一些冰激凌，我则和南希搞定了新闻稿。他们都没有想过这个星期日的晚上要回家。通常情况下，假如杰克不得不加班的话，他在这个时候已经开始抱怨了，但我这次没听见他抱怨一句。没听到他说某个女伴大腿露到哪里，或者好兄弟聚会喝酒他不能参加。我们之间有一种无声的共识，不管这个案件最终结果如何，我们都是调查这个案件的一分子。

吃饭的时候，我与现场调查团队聊了聊。谢尔在湖里暂未有其他发现，警犬在搜寻后也一无所获。假如我们找不到作案工具，那么，确凿证据就要完全取决于尸检结果和他们在湖里发现的那些物品的检验报告。我们急需一些指纹或DNA。

“老天，你不会相信这个的，戴尔。听听我发现了什么。”

杰克带着他的笔记本电脑来到我的办公室，开始读起来。南希在门口晃悠。

“那个诅咒是剧院里几个世纪以来最被广为信奉的迷信。有谣言说，莎士比亚把女巫的咒语写进了他的戏剧，但这却激怒了当时真正的女巫。《麦克白》的每场表演，也即一代又一代被吓坏的演员所指的‘苏格兰剧’[1]的表演，被认为是危险且容易发生意外的邪恶戏剧。”

“什么诅咒？”南希问道。

“你搜那个鬼东西干什么？”我把手中三明治的包装纸揉成一个纸团，扔了出去。

“是你先问的汤米。”

“那你没有真正听懂我的问题。”我撇下他们两个，发现咖啡壶里还剩了一些咖啡，我闻了闻，把整个咖啡壶放进了微波炉。当我回来时，杰克看来已经跟南希解释过了。我看着她那双惊恐万分的大眼睛。

“我不是问汤米诅咒的事。我是在问一位犯罪嫌疑人是否想把嫌疑引向别处。但他并没有。”

“那么，这又说明了什么呢？”

“要么是他杀了海蒂，但却不知道有关那个诅咒的传说；要么是他没有杀掉海蒂，是另外一个人干的。并非什么瞎扯的幽灵故事。”

“女巫的诅咒。”南希纠正道。

“去他的女巫的诅咒。”微波炉发出了嘀嘀的声音，我走了出去，把剩的咖啡倒进了一个杯子里。

---

1 苏格兰剧（*The Scottish Play*），莎士比亚的戏剧《麦克白》的委婉语，因该剧的剧情发生在苏格兰。——译者注

“听听这个。”当我再次回来的时候，杰克这么说。

“劳伦斯·奥利维尔在演出《麦克白》时，有七次都差点儿死去。1942 年，在伦敦的一场表演中，有三个人死亡。1947 年，在曼彻斯特，扮演麦克白的演员说，他不相信诅咒之说。后来，在一场彩排中，他被短剑刺伤身亡。”

“看来有人不喜欢他，认为这是一个除掉他的好机会。”

杰克没有理会我。“查尔顿·海斯顿在扮演麦克白的时候，他被严重烧伤。”

“要是你站得离火那么近，你也会被烧伤的。”

他俩现在都被这个传说迷住了。杰克点击着一个又一个页面，南希站在他的身旁浏览着电脑屏幕上的内容。

“传说在 1606 年詹姆斯国王在位期间的第一次排演时，饰演麦克白夫人的那个演员突然倒地死亡，没人知道原因是什么。”

我对着杯子摇了摇头，喝光了杯中的咖啡。“你们两个现在很像那个女孩，波西娅。”

“这出戏的事故也太多了，现在海蒂又出事了，这让人不得不纳闷。”

“是让你纳闷吧。我想到的却是，在这个案子上，我可能需要找另一个副警长。”

“别这样，戴尔。”

我抓起外套，开车前往巴德家，留下他们两个和满脑子迷信思想。我需要更深入地挖掘海蒂的生活细节，看看她平常都去哪些地方，而且我也想看望一下巴德和莫娜。我要确定他们还好。

诅咒。老天啊。真是什么人都有。诅咒不过只是一句话而已，就像祝福和祈祷一样。人利用一句话来试图改变他们本应通过自己的双手来改变的一切。假如问题太大而无法解决，那么说出什么样的话，也都不会对此有任何影响。我驱车经过一个通往巴德家的路口，没有拐弯，继续开了一段路，只是想让大地抚平我的心绪，让我把事情想清楚。

蒙大拿州被称作“大天空之州”，其实这里也一样。这片土地到处是起伏的玉米田和黄豆田，延伸至天际的云端。农舍隐藏在浓密的树丛中，但地平线上却是一片开阔的视野。最醒目的还是天空，不管是太阳炙烤着庄稼，还是风卷着灰尘穿过大路。有些早上，天空甚至不会让你看到土地；它投下浓浓晨雾，让人无法看清前方的车辆。一切都来自天空，它让人知道自己的位置，让人感到自己的渺小。多年来，我喜欢在公路旁停下车，看看乌云如何滚滚而来。眼看着乌云将天空下的一切变得黑暗而畏惧，就像是眼看着我自己的一部分灵魂摊开在地，这真是一剂良药，所以我们这里的人才那么虔诚。在城市里，天空被高楼大厦、高架桥之类的建筑遮蔽。人们往往会忘了自己的渺小。他们忘了自己根本无法掌控一切。而在这里，这一切却如此显而易见。你往自己的正前方一眼望去，便能看到上帝。现在，我不喜欢那些牧师说的，上帝会聆听我们每个人说话，然后介入我们的日常生活，像爱管闲事的老板。我想小时候我曾经非常虔诚，但如今我已经见过太多了，再也无法相信这种鬼话了。看看海蒂。看着那具面目全非、泡胀了的尸体，谁能告诉我说这是上帝的旨意？不，上帝与此毫无关系。他有更重要的事要处理，而无暇顾及我们如何面对生与死。

正当我要掉转车头开往巴德家的时候，接到了太平间打来的电话。

“古德曼警长。”一个声音说。弗兰从不像别人那样会先说“喂”。这会让你觉得已经被允许与她对话，即使电话是她主动打的。

“你有什么发现？”

“她身上没有任何外来的纤维和毛发，也没有任何搏斗过的痕迹。”

“这么说，她是在不知情的情况下遭到袭击的？”

“我判断，凶手先是冲着她的胸部刺了一刀，要么是她根本没有时间，要么是她根本没有意识进行反抗。脸部的刀痕是死亡之后的补刀。”

“你是如何判断出来的呢？”

“没有任何搏斗的痕迹。脸部的伤口不太深，不足以让她失去意识，因此，如果她当时还活着，这会让她有自卫反应。”

“这么说，凶手出手很快。”

“非常快，任何人受到这样的袭击，都必然活不了。”

好吧，这算有点意义。至少，我可以向巴德有所交代。“还有别的发现吗？”

“有。她的内裤上有精液的痕迹。”

“老天啊。”我立刻把车开到了公路边，踩了刹车。几辆车从我的身边绕过，还放慢了速度，好像我要抓他们超速似的。我揉了揉额头，把这件事从头到尾想了一遍。

“凶手先强奸了她，然后再把她杀掉？”

“看上去不像是一起强奸案。我注意到有几处轻微的擦伤，没有更严重的。”

“这又说明了什么呢？”

“有点激烈，但很可能是双方自愿的。”

“而且那些精液没有被水冲掉？”我问道。

“只有她的双腿浸入了水中。她的身体是干的，否则我们就不可能看出有任何性行为的痕迹。”

“你能判断出这是什么时间发生的吗？”

“根据擦伤的痕迹来判断，可能是在死亡前的几个小时内发生的。”

这么说，一定是在演出之后发生的。要么是汤米没有把他们在湖滨泊车的全部细节说出来，要么是她在离开他之后去见情人了，一个激烈的情人，可能就是杀害她的那个凶手。

“哦，我们现在已经采集了DNA。”

“做得好。”

“好的，我至少有一个可以比对DNA的嫌疑人。”

“亨内平郡刑事鉴定实验室可以做这种比对工作。比对需要几周时间，要看他们那里的案件多不多。要他到梅奥采样。”

“他明天早上就去。”我会确定这件事。

挂掉弗兰的电话，我凝视了天空一分钟，深深地吸了一口气，继续开车前往巴德家。

车道上随意地停着卡车和轿车，巴德的家人都来了，尽全力帮助巴德夫妇。牧师和教会的女士们也在。我在外面谷仓找到巴德，他正跟几个男人待在一起。他们在说今年要帮助他收玉米，而且不容他拒绝。当他们鱼贯而出的时候，我一一向他们点头致意，而巴德则坐在联合收割机上，眼睛直直地盯着地板。我没有问他好些了没有。我不想把自己的同情心强加给他，让他背负上又一个负担。我无计可施，只能把他带进屋里去，让他和莫娜一起坐下，远离那些喧扰，然后把弗兰告诉我的一切告诉他们。海蒂没感觉到痛苦。她一倒下就走了。她根本来不及害怕。

然后，我告诉了他们性行为的事。

“什么？”巴德一下子站了起来，一副要揍我一顿的样子。我甚至还没来得及提及激烈的事。

“天杀的基纳基斯那小子。该死的浑蛋。”巴德没有心情去思考其他的事，于是我转向莫娜。

“除了汤米·基纳基斯之外，她还跟其他人约会过吗？”

她摇了一下头，很坚决地否认了。“从放假之前，她就开始跟他约会了。”

巴德怒气冲冲地在房间里疾走着，或许在计划着干掉汤米，而我则和莫娜坐在床上讲话。她揉搓着两只手，眼神空洞地注视着早上撞坏的桌子。

“你知道她已经有性行为了吗，莫娜？”

巴德转过身来，耳朵都竖起来了。

“不知道。”泪水像泉涌一般流进了她双眼四周的鱼尾纹里。她没有擦，“我不知道。我觉得她有些事没告诉我，但我没想到这会与性有关。海蒂一向对男孩不抱什么幻想。坦率地说，我从来没觉得她有多喜欢汤米。我不太确定她到底为什么要跟他约会。”

“那个孩子要好好接受问讯。”

“等一下，巴德。我们打算明天上午跟汤米再谈一次，并让他提交一份 DNA 样本，与海蒂身上发现的 DNA 做比对。”

“你确定不是强奸？”莫娜低声问道。

“不是强奸。法医对此非常确定。你们两个，谁都不要往那儿想。”

夫妇二人似乎再也说不下去了。

“我需要检查一下海蒂的房间。假如你们想起了她还和谁走得近或有联系，立即打电话给我。任何时间都可以。”

莫娜现在又开始大哭起来，巴德走到她身旁陪她。我留下他们夫妇二人独处，上楼去了海蒂的卧室，对于厨房门口处三三两两逗留的女人未置一言。

令我吃惊的是，房间里没有什么可查的。整个房间只有一张单人床、一个化妆台和一张书桌。她没有像大多数青少年那样在房间里到处贴满海报，整个房间只有一张镶了框的照片，照片上是纽约市的天际线，照片下面是她的床。她的衣橱与我想象的一样混乱，不过里面全是衣服和包，包里装着唇彩、发卡、电影票票根和散落的零钱。没有任何有用的信息。她的书桌似乎是整个房间里最私人的物品。抽屉里塞满了杂志照片，照片上不外乎地铁站、霓虹灯招牌、走在城市人行道上手牵宠物狗的女性。我找不到日记本或笔记之类的东西，这让我觉得很奇怪。海蒂似乎是会写日记的那种人。她的笔记本电脑里有很多东西，或许我们可以从中找到一些线索。杰克可以用他的那些电脑技巧打开那些文件夹。

在最下面的抽屉里，我发现了由海蒂担任主角的那个罗切斯特剧团的节目单。我记得去年秋天巴德说起过这件事。在我们为他的小船做冬季维护的时候，他挠着脖子，耸了耸双肩说：“这孩子的天赋是天生的。真不知道她的表演天赋是遗传了谁的。”

翻阅着节目单，突然，我的眼睛看到了一个特别的人名。

杰拉尔德·琼斯，导演。

那么，海蒂在死亡的当晚为什么会带着她在半年里都没见过面的一个男人的名片和电话号码呢？而且是她通过剧院认识的一个男人？

我冷冷一笑，准备等我回到局里，好好奚落一下杰克。看看传统的办案方式查出什么来了。

彼得

2007年9月8日，星期六

莎士比亚是一个奸诈的浑蛋。我对他那些喜剧根本不感兴趣，都是一些乡村白痴和错位的自我演绎出来的闹剧。但我一直被他的悲剧吸引，哪怕是女巫和鬼魂都不能让观众忽视人心最关键的真相：因为人的天性，我们注定失败。莎士比亚写的那些戏剧并不新鲜。嫉妒心、不忠或国王的贪婪，都不是他的独家发明。在他的眼中，邪恶不会随时间而改变，于是直接打上聚光灯，直言不讳地说："这就是我们的本性，一直都是。"

当然，此时此刻，我不知道我太太的本性是什么。

"彼得刚刚得知，他会执导学校的春季公演。"玛丽一边闲聊，一边切着鸡肉。她冲我微笑，鼓励我接她的话，但除了那块鸡肉之外，我对什么都不感兴趣。几个小时前，它还是一只活蹦乱跳的鸡，而现在，它已经变成了散发着迷迭香的皮焦肉嫩的鸡肉，当艾尔莎和我们的邻居威妮弗雷德端起餐盘取主菜的时候，我的胃里开始翻江倒海起来。

"就演《音乐奇才》[1]吧。我喜欢里面的那些歌。"威妮弗雷德建议

1 《音乐奇才》（*The Music Man*），又译作《欢乐音乐妙无穷》，百老汇音乐剧，讲述了一个职业骗子哈罗德·希尔决定改头换面、重新做人的故事。——译者注

道。她经常周六来我家吃晚餐，我常常期待着纱门砰的一声，宣告她来了。她身材精瘦而结实，有主见，她所具有的强大内心正是艾尔莎所缺少的。

我无力地摇了摇头。“校长说，必须是莎士比亚的戏剧。”

他已经告诉过我，他不在乎我们选哪一出，只要不是《罗密欧与朱丽叶》就行。他说不要选择与自杀有关的戏剧。

艾尔莎温柔地微笑着，同时舀了一些豌豆。“莱尔一直喜欢他的莎士比亚。”

“还记得他让学生在威尔·戴维斯的豆田里演《仲夏夜之梦》的情形吗？”威妮弗雷德嘲笑地说。她看向我，解释这个玩笑。

“所有的座位都已经摆好了，后来他们才发现那是个超大的蚁丘，结果在第一幕演出结束之前，所有的观众身上已经爬满了蚂蚁。”

艾尔莎用她那颤抖的手抓住了威妮弗雷德的手，重新把话题转回到她为什么不喜欢威妮弗雷德独居这个话题上。她说，有我和玛丽陪着她，使她更加明白有家人陪伴的好处。威妮弗雷德熟练地打发了她朋友的关心，把话题转向镇上咖啡馆新装的壁炉上。

我们都喜欢与威妮弗雷德共进周六晚上的晚餐。大家在就餐时交谈甚欢。艾尔莎来了精神，她的气色看上去也健康了许多，这让玛丽放松了很多。有一次，我们在晚餐后一起打扑克牌，威妮弗雷德甚至还和我一起喝了一杯啤酒。但显而易见的是，艾尔莎已经玩不了扑克了，于是游戏就此结束，趁着她还没心烦意乱，我们赶紧把电视打开。

在这样的晚餐聚会上，我一直是个局外人的角色，我努力地想要加入她们的谈话，话题不是不同品牌壁炉各自的优点，就是对《农民历》中当年天气预报的分析。不管我提起文学还是流行文化，都无人接茬儿，即使我和玛丽尝试向她们解释相关的背景知识也无济于事。她们并非有意孤立我，但我始终是个局外人。在今天晚上，我甚至都没有试图参与进来。我的注意力全都放在餐桌正中央的鸡肉和玛丽担任今晚谈话的调解员的身影上。

“那个看上去不太好吃。”威妮弗雷德靠近我的餐盘，戳了一下我盘中的蔬菜汉堡。

“你可以尝一口看看。”我站起身来，从冰箱里取了一罐可乐。

“其实味道不错，”玛丽接话说，“尤其是烘焙之后，在上面再放一些奶酪和西红柿。是很棒的午餐。”

“不，谢谢。”威妮弗雷德回答说，“我只吃自己认识的食物。”

然后，她和艾尔莎又开始讨论各式即食快餐的质量。我又喝了一大口可乐。

晚餐之后，我和玛丽开始收拾。她边洗餐盘，边透过厨房和客厅之间的递菜窗口加入两位老人的讨论，仿佛她所做的一切再正常不过似的。她的双手被热水泡得通红。我不禁盯着她的双手。她因为什么事笑了起来，她注意到了我的表情，收敛笑容，把一个盘子递给我擦干。

厨房里的一切都收拾停当之后，我找了个借口就上楼了。我待在客房里的时间越来越多，从那些布满灰尘的储物盒上堆满的成摞的书本和学生报告就可以看得出来。烤炉里的热气飘了上来，这个逼仄的空间让人窒息。我打开一扇窗，窗棂发出了刺耳的声音。我随便拿起一本书来，用手摩挲着封面上的烫金线，再拿起另一本，查看我已经知道的版权日期。我翻了几页，读了几行，又拿起下一本。就这样，我无法认真地看任何一本书，也无法让自己忘掉今天所发生的一切。

最糟糕的是，这从一开始就是我的主意。

有一天，我这样提议："教我如何处理那些鸡，这样我可以跟你轮流做，好让你喘口气。"对于我来说，这是一个绝望之下的举动。除了清理鸡粪，我还能想出一千个主意来挽回我的婚姻，但我在艾尔莎身上所有的努力都是徒劳。不管是出于傲慢还是羞愧，她只允许玛丽帮助她完成大多数事情，无论何时，只要我问她感觉怎么样，她的答案永远只有一个。"很好，很好。"同样，在这些鸡粪的问题上，她的回答也是这样的。尽管在我提出建议时她扬了扬眉毛，但玛丽同意了。

开学以来，我每个星期六的早上都要多睡一会儿。但即使评卷至深夜，我今天仍在早晨 5:30 就挣扎着起了床，拖着脚步跟着玛丽穿过院子。而此时，灰蒙蒙的晨光还未照进院子。

她教我如何收集、清洗和储藏鸡蛋，如何清理鸡粪，如何在必要时给鸡窝换上干净的稻草。喂鸡时，鸡来回走动，轻啄我们的靴子，用空洞的目光追随着我们。她告诉我如何判断鸡是否得了病，然后抓起一只母鸡，拎到主谷仓后面杀掉。

我还没有意识到会发生什么事，直到我亲眼看到玛丽手里拿着一把刀。

"你在干什么？"

“你觉得我在干什么？”她的声音非常冷静。刀刃上闪烁着日出时粉色的光芒，而那只鸡则挣扎着想要从她的手中逃脱。

“它病了吗？还是有什么问题？”

那只鸡的眼珠此刻正在疯狂地转动着，我似乎无法集中注意力了。

“它没什么问题。威妮弗雷德今晚要过来吃晚饭。”

说完，她砍断了鸡的脖子，鲜血喷得满地都是。鸡的身体砰的一声，滚了几下，仿佛没有意识到自己已经死了，还激动地想要找回它失去的头。我跌跌撞撞地后退了几步，撞到了谷仓的墙上。假如我的胃里有食物的话，一定会吐在那摊血上。玛丽找到了近处的一个水管，仿佛刚切完蛋糕，要把刀洗净。她冲完刀的一面又冲另一面，刀片倾斜的角度刚好让我能从刀面上看到她的脸。

那只鸡弹到我身边，我赶紧躲开了，玛丽翻了个白眼。

“不过是只鸡而已，彼得。你在杂货店见到杀鸡时，我也没见你躲开啊。”

“在杂货店，它们没有冲我跑过来啊！”我大喊道。

“我可能会用一些马铃薯烘焙它，但我会单独给你做些吃的。”

我没回答。她站在那只无头鸡的一边，我站在另一边，我不知道该对她准备为我做一份素餐的提议如何回应。

问题在于，我大多数朋友一定会很佩服。“这妞真猛。”我可以听到他们这么说。就算在酒吧聚会上，针对当时讨论的主题——不管是提高最低工资还是哈利·波特对千禧一代的文学影响——她也会用简单的逻辑技压群雄，而且最后总是请他们喝酒，让大家能大笑起来。假如我告诉他们今天所发生的事，从此他们会把她看作传奇人物。

我不知道这个问题为何让我如此备受困扰。我可能看过玛丽那段时间在酒吧里吃了上百个鸡翅。假如我太太无法做到亲手杀鸡，我是不是就不会介意她吃死掉的动物？真是可笑的伪善。我知道。但那该死的鸡的眼睛却总是挥之不去。它在那了无生机的鸡头上直瞪着我，四周是它身上流出来的血。

有人在客厅里大笑着，接着我听到楼梯上的脚步声。玛丽出现在门口，斜靠在门框上，她的脸上满是笑意。

“我发现了一副‘老小姐’扑克牌[1]，我想，这个游戏应该很有趣。但威妮弗雷德说，房间里已经有太多老小姐了。”

“她们是老寡妇，不是老小姐。”

“没错。”她耸了耸肩，露齿而笑，“你想玩吗？”

“我不会玩这个游戏。”

“很简单。我想连妈妈都会玩。”

“不了，我不太想玩。”

“怎么了？”玛丽走进房间，挨着我坐在桌沿上。她拂开我眼睛前的几缕发丝。

“没事。”我向后躲了一下。

“你还在为鸡的事而不高兴吗？”

“你至少应该提前告诉我一声。”

1 “老小姐”扑克牌（Old Maid card），源自维多利亚时代的一种扑克牌玩法。——译者注

“哦，得了吧，彼得。”

我猛地一下站起来，试图躲开她对我的不屑，在房间的角落来回踱步。“你一点儿也不觉得哪里不对，是吧？”

“你想让我说什么？我就是这样长大的。”

她所有的言行举止告诉我，有问题的人是我。我是房间里的怪人。相识七年，对于我的道德抉择，她不是不理解就是根本不在乎。我摇了摇头，从床边的一摞书中拿起了一本，煞有介事地翻阅起来，我真希望自己能发现什么重要的内容。

“你不下来吗？”我听出她内心受伤了，但我不在乎。

“不了。我想我就把这令人兴奋的扑克牌游戏留给两位70岁的老人吧。”

“成为这个家庭的一员，会要你的命？”

我走向她，把书指向窗外的谷仓方向。“你以为我今天早上在干什么？你以为我收集鸡蛋、拖稻草捆儿都纯粹是为了好玩？”

“不，我知道你一刻也不愿意干那些活儿。你表现得再明显不过了。”

我哈哈大笑起来。“哦，相信我吧，我还可以表现得更明显。”

“我没想到事情会变成这样。”她眨了眨眼，把泪水逼了回去，“我知道，搬到这里来之后，我们需要做一些调整，但我觉得你甚至都没有做过任何努力。”

我摇了摇头，转身面向窗外。假如她认为“一些调整”会把我变成一个屠夫，那么，我对她就无话可说了。

她逗留了一会儿，深深吸了一口气，仿佛还想说些什么，接着我听到走廊里的地板嘎吱作响，她缓缓走下楼梯。

我沉沉地坐在椅子上，垂下头，把手中的书贴在我的前额上。事实上，我真的想成为这个家庭的一员。我为什么不能放轻松，和玛丽——或者说，以前的玛丽——对今晚的事一笑了之呢？为什么不把我对她的了解都忘记呢？

我气愤地坐了起来，把手里的书扔到书桌上，这时我才第一次注意到了这本书的书名——《莎士比亚悲剧全集》。

校长已经说了："不要选择与自杀有关的戏剧。"当时，他笑容满面地坐在摆满了拖拉机模型的玻璃陈列柜前，每一台模型的绿色机身都被精心地擦亮，发出闪亮的光。"我不喜欢让青少年看到自杀的场面。不想让那些迷茫的孩子产生不该有的念头。"他不想让那些青少年受到困扰，殊不知他们正在自家农场学习如何砍鸡头，如何把母牛和家猪赶到拖车里，然后开车送它们上路。

我漫无目的地翻着这本书，然后就停在了《麦克白》那页。

《麦克白》可以说是莎士比亚所有作品中最暴力的一部。我可以把整桶整桶的红玉米糖浆全都倒在舞台上，让他们大开杀戒并享用彼此的鲜血。这部戏里，没有浪漫的自杀；《麦克白》纯粹是被贪婪、疯狂和复仇点燃的一场大屠杀。诗人总是在揭露我们的本性，而在这部戏里，他说，适当的处境，加上适当的动机，所有人都是杀人恶魔。

我在这一页上做了标记，把书推到书桌另一侧，与桌上的其他物品分开，仿佛害怕书中的东西。

戴尔

2008 年 4 月 14 日，星期一

星期一早上七点，我让杰克去研究海蒂的笔记本电脑，并敲响了基纳基斯家的门。基纳基斯太太再次见到我，不怎么高兴，尤其是当我说明需要汤米当天早上提供 DNA 样本的时候。汤米被列入嫌疑人名单后，他父母都非常气愤，但汤米本人倒是没说什么。他和昨天一样安静，坐在他家的餐桌旁，轻轻地拨动着面前一碗正在凝固的麦片粥。

“我会提供的。”最后，他终于开口了，打断了他父母的抗议。他穿上了明星球员专属校队外套，没有回头看一眼父母，就跟着我上车前往罗切斯特。

一路上，汤米始终看着副驾驶一侧的窗外，每过一会儿就擦一下眼睛。上车前他问过是否可以坐后座，之后就再也没开口。

快到城里的时候，我告诉他，他这样做很好。“我可以轻易拿到授权令，不过，你这样做省了不少麻烦。”

他点点头，过了一会儿，问：“血样能消除我的嫌疑吗？”

“是精液。”

“精液？”

“在她的身上发现了一些精液。你确定不是你的？”我想在他父母不在时问他。

“不是。”他回答得很快，“我告诉过你了，她不让我那么做。”

他再次停顿了一下，他一定是在消化这个事实。“有人……强奸了她？”

他似乎很难说出这个词。

“我不能说。”

“所以，我的……那个东西……如果不匹配，你就会确定我没有嫌疑了，对吗？就会把我从你们的调查名单中删除了？”

“到时候就知道了。”我没告诉他，除了杰拉尔德·琼斯之外，嫌疑人名单中只有他一个人。

接下来的时间他都很安静，像一只过早发育的幼犬一样顺从地让护士带着来来去去。把这个孩子送回家后，我又转向去了艾里克森的家。威妮弗雷德的别克汽车停在车库里，门口停了一辆雪佛兰货车。我砰砰敲了敲纱门，过了十来分钟都没人回应，于是，我绕着屋外转了一圈。威妮弗雷德把她的大半土地都租给了一个大型农业公司，自从她向莱斯开枪的那天起，我就再也没见过她走进农田一步，但她一定在这里的某个地方。

我到处寻找着她，直到我听到放工具的棚屋里传出了声音。

“……我不知道该怎么办。”

“你一句话也不要说，这就够了。”有人回答道。第一个说话的人声音有些模糊，但威妮弗雷德那苍老、有力的声音却清晰无误地传了出来。

“不能永远隐瞒下去吧。”

“什么也不能说，除非你想好了要怎么做。”

“我们谈论的不是这个话题。”

“你总得找个人说，我很清楚你的感觉。”

“这是谋杀。”

“谋杀自有它的意义，和其他事物并无二致。我当时——”威妮弗雷德的声音中断了，然后是一阵安静。接着，一声枪响震得我耳聋。

我闪到棚屋的另一边，枪已经拔出来了。

“该死！威妮弗雷德！”

“是谁？你最好赶紧滚出我的住宅，否则我会再开枪的。”

“我是古德曼警长。我要进来了，如果在五秒钟内我没听到枪落地的声音，我会开枪进来。你听到我说的话了吗？”

一阵沉默。

“威妮弗雷德？我开始数了。”

我听到砰的一声，然后是一声咕哝。“那，好吧。”

我压低身体进入了这座光线昏暗的建筑，瞄准右墙边的两个女人。威妮弗雷德穿着一件格子图案的居家服，满头发卷，嘴里叼着一个烟斗，一脸怒气。一把旧式的来复枪在她脚边。她身边的那个女人至少比她年轻40岁，窝在她身边，像窝在粪便旁的胎儿。她梳着金色的马尾辫，长着一张圆润的脸庞，双颊上布满了泪水。两个人都没有任何威胁性的举动，但我始终用枪瞄准她们，只是为了强调我的立场。

“威妮弗雷德，你现在是要朝所有的来访者开枪吗？”

她抱紧双臂，哼了一声说：“是的，尤其是当他们从背后悄悄靠近我的时候，更何况现在有一个谋杀犯在逃。”

我叹了口气，把手枪放回了皮套中，我看着那位年轻的女人。尽管我没有立即认出她，但她似乎有些眼熟。

“我有几个问题要问你，艾里克森太太。”我最迫切想问的一个问题是，为什么你们两位刚才在谈论谋杀的话题，但我有一种感觉，我能从这位年轻女士的身上得到更多的信息。

“我正在忙。”

“我得走了。”这个女人站直身子，打算离开，但我挡住了她的去路。

“我还不知道你的名字呢。”

“我叫玛丽·贝斯·伦德，警长。”她伸出了一只手，“你也可以叫我玛丽·贝斯·里弗，你或许记得我婚前这个名字。”

“当然，当然。”我握了握她的手。尽管她双眼通红，但手掌却非常有力。“你和你先生去年搬过来跟你妈妈一起住的，对吗？”

“是的，我妈妈现在身体不太好，她又不愿意离开农场。”

“这里有许多固执的老人。”这句话让站在我身边的另一位女士哼了一声。

玛丽·贝斯微笑着：“总之，我们就住在这条路上，威妮弗雷德真是太好了，她总借给我各种东西，还常常邀请我过来聊天。”

“我送你出去，亲爱的。”威妮弗雷德一只手挽着那个女人，另一只手拿起烟斗抽了一口，“戴尔，你可以先进屋等我。”

我注视着她们慢慢离开，轻声交谈着。这两个女人没有理由不能变成朋友，但她们的对话完全不对劲。谁都不会无缘无故特意跑来跟威妮弗雷德·艾里克森讲谋杀案的。

我望向农场北面的树林，那里是威妮弗雷德 12 年前射杀莱斯·艾里克森的地方。我对那件事仍然记忆犹新，仿佛是昨天早上才发生的事。命案总是这样，当一切都随风飘散之后，它还是会如影随形。

我发现他的时候，他仰面躺着，身体被一支点三零八的温彻斯特来复枪打中。那年土狼作乱，艾里克森家的鸡群就遭了殃。莱斯从里弗家回来时，威妮弗雷德正在赶一只从鸡舍里跑出来的土狼。她告诉陪审团，她朝土狼开了一枪，却误杀了莱斯。她领到了一笔 50 万美元的人寿保险金，还继承了已经还清贷款的农场。陪审团对她网开一面，只因为她能够证明她家被土狼吃掉了多少只鸡，再加上她是在远处从侧面射中莱斯的。显然陪审团认为，想杀一个人，就必须面对着他并且还要离得足够近才行。

莱斯是一个十足的浑蛋，整天说今天谁又骗了他，总是对微不足道的事满腹牢骚。大多数人认为，这是由于他过早失去了两个年轻的儿子—— 一个儿子死于肺炎，另一个死在了越南——但在我看来，莱斯天生就是这样的人。对他来说，天底下压根就没有什么好事，他觉得没有人会支持他。威妮弗雷德站在证人席上，就像那天我发现她站在他旁边一样，平静而理性地告诉陪审团，她救不了他。我认为她说的是真的，但我怀疑，她说的不仅是那天早上的事。

"这件事我一无所知，所以你就别白费口舌了。"威妮弗雷德重重踩上门廊的台阶，而玛丽·贝斯的车也开走了，在公路上扬起了漫天尘土。

“她为什么哭了？”我朝着公路的方向点个头。

“那是她的事。”

“命案的调查过程中，每件事都是我的事。”

“婚姻问题不会害那个霍夫曼女孩被杀。”威妮弗雷德打开了前面的门，挥手让我进屋。

“这么说，你一定很了解这件事了，如果你能说出什么有关什么无关的话。”

她倒掉一杯已经冷掉的茶，然后再烧一壶。

“我对海蒂·霍夫曼的了解并不比别人多。”

“谷仓在你的农场里。”

“你上次见我去那儿是什么时候？我有关节炎，去那儿的话，我连一半路都走不到。”

“哦，我想只要你下定了决心，什么事都能做得到，威妮弗雷德。”

听了这句话，她笑了起来，然后往餐桌上重重地放下第二个茶杯。“你喝伯爵茶还是什么都不喝？”

“伯爵茶就行。”我坐了下来，注视着她泡茶的一举一动。把一切都收拾妥当之后，她用嘴吹了吹茶杯上的水蒸气，她的话匣子有点儿打开了。

“我当然知道孩子们会去我的谷仓，所以我在谷仓东侧放了一个‘闲人免进’的牌子，这样的话，假如哪天谷仓的房顶掉下来砸到他们的头，我就可以免于被起诉。但我已经好几年没去过那里了。”

“星期五晚上，你没看到或听到什么奇怪的事吗？”

“什么也没有。我看完戏就回了家，到家就上床睡了。”

当她说这句话的时候，我的心忽然一沉，不仅仅是因为我知道她说的是实话。那天晚上，我本应到学校去为海蒂加油，看她最后一次表演。我一边默默地喝着茶，一边注视着一只红雀落在窗外的喂鸟器上。茶有点儿苦。

“莫娜一定伤心死了。”过了一会儿，她说。

“是的。”

“我经历过。在孩子去世之后，作为父母，你内心的有些东西会变的，就像原本是液体的东西会慢慢变得坚硬而易碎。”她茫然地朝窗外点头，陷入了一种陈旧而熟悉的悲伤中，这份悲伤如今成了她的一部分，就如她头上的卷发一样。

喝完茶之后，我向门口走去。“目前，你对海蒂的事就知道这么多，对吗？”

“她似乎一直有点儿自命不凡，常常说要去纽约到百老汇演出，但星期五晚上看完戏回家的路上，我对她刮目相看了。那个女孩会演戏，确定很值得看。”

“好吧，我不排除要对你的农场进行多次彻底搜查的可能，谷仓要禁止任何人进入，直到我亲自解除禁令。”

“当然，当然。”

“还有，别再向任何人开枪了。否则，我会把你的来复枪没收。”

“哦。”她送我走到警车前，丝毫没有对要失去枪的事表现出任何担忧。没了这把枪，她或许还有五把枪吧。

“莫娜还是躲在家里不肯接受现实吗？还是回她妈妈家了？”她

问道。

“我不知道。她昨天还在家。”

“我最好去看一下她。”尽管今天的阳光很温暖，威妮弗雷德还是把旧毛衣裹紧了一些。她抬头望了一眼天空，然后又望了一眼远处的地平线，轻轻地叹了一口气。“孩子们每时每刻都在离开，还没离开的孩子却被杀了。三天两头总有男人在睡梦中因为心脏病而死去。很快，这个国家就只剩下老太太了。”

我冲她笑了一下：“我觉得那样挺好。”

她重重地拍了一下我的肩膀，让我进了警车。“哎，快走吧。”

*

当我凭着直觉驱车来到里弗农场后，我看到杰克打来的两个未接电话。在路上，我拨通了警局的电话。

“戴尔，你现在在哪儿？在干什么？”

“在查几件事。你找到杰拉尔德·琼斯了吗？”

“他明天才从丹佛回来。他说，从上周三开始，他一直在那里。我们正在确认这个信息，但这听起来是一个无懈可击的不在场证词。”

该死。现在我的嫌疑人名单里只剩下汤米了。

“他回来后，我要跟他谈一谈。”

“需要我们把他带到警局来吗？”杰克问道。

“不，我去找他。法医小组有什么发现吗？”

“还没有，但是……”

“海蒂的电脑里有什么发现吗？”

“你肯定想不到我在电脑里发现了什么。”

“好吧，整个上午你都像个弃妇一样不停地给我打电话。一定是有什么值得让我知道的消息。”

“老天啊，戴尔，我找到跟凶手有关的线索了。难道你要我等你先吃了奶品皇后冰激凌再说啊？”

我把车开进里弗家的车道，压过泥地中凹陷的车辙，停在了里弗家门前。

“你发现了什么？”

“看上去海蒂跟一个名叫 L.G. 的家伙聊得很火热。”

“这是哪门子的人名啊？”

“这是一种把手。”

“一种什么？”

“你回来之后我再给你详细解释。顺道带些奶品皇后冰激凌回来，好吗？”说完就挂了电话，这小王八蛋！

*

自从里弗夫妇发现他们怀上了玛丽·贝斯，我就认识他们了。整个小镇的人都能从一英里之外认出他们。每天，约翰急匆匆地打开房门，忙不迭地拿购物袋，艾尔莎对他翻着白眼，一只手抱着自己的肚子。两人都已年过四十，还笑得像第一次约会的傻瓜。这样的幸福总是会产生两极分化，要么吸引着你，要么驱赶着你。在战后的那些年里，我不知道该如何被幸福吸引。那时我是一名巡警，那也是我当时能胜任的唯一工作——严格执法，开罚单，一切都黑白分明。无论何时，只要看到里弗夫妇从主街走过来，我就发现路对面总有些事做。一直到几年后，我把超速的约翰拦下来，而玛丽·贝斯则在儿童座椅上连蹦带跳、牙牙学语，约翰不好意思地说："这样开车能逗她笑。"而我自己也忍不住笑起来，我站在12号公路的路肩上，旁边是他们的旁蒂克汽车。我终于被幸福吸引了。

"戴尔，是什么风把你吹来了？"艾尔莎鼻子里插着一根氧气管来给我开门，看上去似乎一阵微风就能把她吹倒。自从约翰去世以来，她日渐虚弱。

"我来找玛丽·贝斯。"

"哦，她去威妮弗雷德家了。"她用一只手撑着门框，眼睛却眯着望向两座农场之间的树林。

"应该不是。我刚刚去过，看到她离开了那里。"

"哦？"

"她的卡车就停在车道上。"

这些证据似乎让她颇感困惑，于是我换了话题。

"我昨天在公演的戏剧上看见你女婿了。"

"戏剧。"她一边说，一边看似十分费力地回忆着什么，"我想，我们本打算这个周末去看戏的。"

"农场能多个人来打理，你一定很开心吧？"

"都是玛丽·贝斯一个人干的。他在这儿完全插不上手。"

"农田和家禽都是？一个人干这些还挺多的。"

"不，她不干田里的活儿。约翰去世后，我们就把农田全部租出去了。她只打理那些鸡和花园。"

"餐桌上能吃得到新鲜的鸡肉也挺不错的。"

"的确如此。"艾尔莎指着我，莫名激动，"这才是任何一个正常的男人该说的话。”

“我可以在周围找找她吗？”

“当然，请便吧。我就不陪你去了。每次我在泥地里费力地拖着这个氧气瓶的时候，她就会念叨。”

我碰了一下我的帽子，往另一头走，探头进几间房屋里去看，终于在鸡舍里找到了玛丽·贝斯，她正在那儿捡鸡蛋。一群母鸡在她的脚边啄食，有的是白色的，有的是棕橙色相间的，全都在努力地吃着饲料，咯咯地叫着。这里的鸡不像我在有些农场看到的那样挤得满满的，几乎看不到地面。这里的鸡群看上去更像是一个不搭调的大家庭，聚在它们的女主人身边。

“伦德太太？”

她惊叫了一声，吓了一跳，把脚下的鸡吓得四散开来，不过还是紧紧地抓住了篮子。她面容姣好，长相酷似她父亲，身材结实，长了一副适合对抗风雨的骨架。而且，她此刻看上去像是正站在狂风暴雨中似的。篮子在她的臂弯中摇晃着，即使是在看到我之后，她的呼吸也仍未平稳下来。

“警长。我的天啊。”她一只手抚着胸口，同时检查蛋有没有碎。

“我不是故意要吓你的。”

“没关系。”她没看我。

“一切都还好吗？”

“还好。”显然，她不是那种善于闲聊的人。玛丽·贝斯自小到大都是个不惹是非的孩子，所以我对她知之甚少。印象中她在高中时打过排球，好几次都是全国优秀学生奖学金的获奖者。

“我刚才在屋里跟艾尔莎说了几句话。她说这里的一切现在几乎都是你一个人打理的。”

“我只是在尽力而为。我毕竟不是我爸爸，这是肯定的。”

“他一定是第一个因此而向上天表示感谢的人。”

她脸上勉强挤出了微笑，但笑容很快又消失了，她又忙着检查剩下的鸡窝去了。

“你来这儿有什么事吗？”

“说实话，是为了蛋。”我撒了个谎，眼看着那些鸡从一扇小门里面进进出出，那一定是通向户外的门，“在威妮弗雷德家看到你时，我刚好想起来，你又开始卖鸡蛋了。我以前常常从约翰手里买鸡蛋。”

“没问题。”她检查完最后几个窝，示意我跟她去主谷仓，那里靠墙放着一排旧电冰箱。

“你需要多少？”

“一打就够。多少钱？”

“不要钱。”她递给我一盒蛋，摆手拒绝了我从钱包里抽出来的5美元。

“抱歉，我不能白拿。有一次还给自己惹了麻烦。以前有个酒保，免费请我喝了差不多一年的酒，这是我不愿意记起的事。本来我觉得挺不错的，直到我发现他在卖大麻，他表弟在玉米地里种大麻。他认为我欠他的人情，所以他永远不会原谅我把他们表兄弟二人一起送进牢房。”

“我没种大麻。”玛丽·贝斯紧张地笑着说。

“都一样的。”我手拿着钞票，直到她亲手接过去。

“我身上没带零钱，所以你得再买一打。”

“好的，等我把这些吃完再来取吧。”我把盒子夹在了胳膊下面，趁机转移了话题，“你不认识海蒂·霍夫曼吧？”

“不认识。”她马上回答说，她开始把刚才收集的鸡蛋拿出来。

“她就跟我的家人一样。”

“我很遗憾。”不管她真正的感觉是什么，她在说这句话时是真诚的。

“你还好吧，玛丽·贝斯？”

“还好。最近发生了太多事。”

“嗯。你妈妈，还有农场，等等。”

她点了点头，但并没有停下手中的活计。

“你为什么要跟威妮弗雷德谈起谋杀案？”

“什么？”她忽然抬起脑袋，终于认真地看着我的眼睛。她的眼睛里充满了惊讶和紧绷，是那种经年累月积累下来的紧绷，她浑身的肌肉似乎已经不记得该如何放松了。威妮弗雷德说起过婚姻问题。

“在她对我开枪之前，我听到了你们俩的对话。她说，这起谋杀案自有意义。”

“没什么。不是你想的那样。”

“你把事情的经过告诉我，怎么样？如果你告诉我，我就告诉你我到底是怎么想的。”

“其实是……因为彼得，我丈夫。”她吞吞吐吐，欲言又止，目光在地面上游离不定。“他是个素食主义者。他觉得不应该杀生。威妮弗雷德只是想让我安心。”

尽管这番话解释了艾尔莎的那句话，但那段对话的其他部分仍然解释不通。

“还有别的吗？”我问。

“那是我和她之间的事。我不想……”她的嘴巴紧紧地绷成了一条线，我知道我从她嘴里问不出更多的话了。

“我需要看一下你的那些刀。”

“为什么？”她的眼睛闪了一下，但眼中没有恐惧。

“海蒂是被刀刺死的。”

她点了点头，默默地顺从了。尸检报告昨天晚上已经出来了，报告显示，伤口是由一把六至八英寸[1]长的直柄单刃刀造成的。我把玛丽·贝斯家的每把刀都量了一下尺寸，没有一把符合这个条件。唯一一把尺寸相符的，却是一把弯刀，所有刀的刀刃宽度都不符合。我想，我在玛丽·贝斯·伦德家的工具台上是找不到凶器了，但明显有些话她没告诉我。

她送我回到巡逻车，向艾尔莎挥了挥手，艾尔莎正透过蕾丝窗帘注视着我们。

“嘿，你知道把手是什么意思吗？”我问道。玛丽·贝斯比杰克大不了几岁。

“是水桶的把手？”

“不，类似一个人名。”

“哦，那就是指人在网站、博客上的昵称了。”

1　1 英寸约合 2.5 厘米。——编者注

我谢了她，吹着口哨倒车离开了马路，准备回去收拾自己的副警长。

*

我把车开进了松树谷镇，在主街上巡行，向饲料店外面的人点头示意，他们通常都会站在那里闲聊生猪和玉米种子的价格。他们一路目送我，帽檐半遮住眼睛，表情严肃，让人不得不怀疑他们今天讨论的话题到底是什么。

我走进警察局的时候，杰克正全神贯注地看着海蒂的电脑，仿佛屏幕上正播放世界职业棒球大赛第七场第九局的比赛。我把一袋汉堡放到办公桌上。

“你一定想不到我发现了什么。”他从袋子里摸出一个汉堡，看都不看就送进嘴里吃起来了。

“这么说，”我坐到了桌上，“海蒂在网上认识了一个网名叫L.G. 的人。”

“你怎么知道的？”杰克嘴里塞满了面包，万分失望地看着我。显然，他一直在盼望着能把“把手”的事向我这个一直对互联网几乎一无所知的老家伙解释一番。我忍着不让自己笑出来。

“这不是显而易见吗？”

“嗯，我觉得她并没有把所有的信息都保存下来。看到没，她把信息复制粘贴到了一个文本文件里。有些信息跟前面的内容连不上，而且这些信息里没有人名，但这个信息除外。”

他把电脑屏幕转向我。

霍莉 G：

我现在或许应该叫你的真名了，但我无法说服自己这么做。最后这仅存的伪装使我说出我必须说出的话。我们的友谊结束了。它从一开始就是一个危险的主意，不管你是谁，但既然《简·爱》已经向我们揭穿了一个显而易见的事实：这种关系是错误的，它让我们痛苦不堪。请记得，我希望你一切都好，这一切完全是我的错。

我们永远都不要再提这件事了。不要说出去。

再见。

L.G.

“这是什么时候的事？”我问。

“她 10 月份保存下来的信息。这种文档有几十份，里面有几百条信息。戴尔，海蒂有一个秘密的交往对象。”

“L.G.。”我低语道。

杰克调出了第二个文档，我们一起看了，吃完汉堡后，又接着看了其他文档。

海蒂

2007 年 9 月 11 日，星期二

“仔细想想，只有三个人是值得我们邀请去赛迪 · 霍金斯舞会的。”

“那已经比我想多看一眼的人多三名了。”我处理着古斯塔夫森太太的照片订单——30 张长相难看的孩子们的照片，而波西娅则靠在柜台上，打量着她的指甲。她从美容用品区挑选了四款新指甲油，然后认真挑选出与赛迪 · 霍金斯舞会上穿的传统法兰绒上衣最搭配的指甲油颜色，仿佛真有哪个颜色更突出似的。她没理我，拿起其中的一瓶在灯光下仔细打量。这款指甲油的颜色与蓝色的佳得乐饮料一样，这种颜色如果涂到我手上，会非常难看，但与她的小麦色皮肤搭配起来却相当漂亮。

我做兼职时，波西娅经常来店里找我，因为她父母的酒行就在几个街区之外。买啤酒的人经常因为她妈妈发音不标准而不停地要她重复说话，这时她就要努力地专心写作业才能不被打扰，她不喜欢这样的环境。尽管我也花了好长一段时间才适应了她的说话方式，但我还是很喜欢去她家的。阮太太会用她那低沉而不连贯的英语数落我们，但同时又热情地往我们的碗里盛辣河粉。当然，这总是让波西娅很尴尬，可是她不明白，来自另一个地方而不是这里，是多棒的一件事。

“特伦顿算一个。”她开始点出可能的舞伴，像排列那些指甲油一样把他们一一列出。

“他正在跟莫莉交往。”

“只是现在而已，”她承认道，“现在离赛迪·霍金斯舞会还有一个月。然后是马特。”

“他是个矮子。”

“是啊，我也是。不是每个人都像你一样是长颈鹿。”

“我宁愿你用羚羊来形容我。”我把那些照片放进一个信封里，然后贴上了标签，“或者，未被星探发掘的超模。”

波西娅轻蔑地哼了一声。“继续做你的白日梦吧。”

“谁是你的第三个候选人？”

“嗯？哦，是汤米。”

“哪个汤米？”

“基纳基斯家的。”她说的时候，不敢看我。

“汤米·基纳基斯？我的天啊。”

“怎么？你不觉得他很可爱吗？”

他是有点儿可爱。他长着一头好看的头发和一双漂亮的眼睛，但他笨得像一块石头。巨大的石头。

“你们两个待在一起能说些什么？”

“谁说我们一定要讲话？”

我考虑了一下，才跟她说：“他邀请过我去看他的比赛。”

“真的吗？”她正在涂指甲油的手停了下来，“你打算去吗？”

“哎，这种疯狂的东西。你了解我的。嗨，古斯塔夫森太太。”

波西娅拿着她的指甲油走了，我把古斯塔夫森太太的照片递给了她。她把她那几个长相难看的孙子的故事一一向我说了一遍，我不住地点头，听得笑呵呵。

在浏览完了全部照片之后，她把手放在了我的胳膊上。“你快毕业了吧，海蒂？”

“是的，明年春天。”

“你打算干什么？”

我知道这个问题的正确答案是什么。我的台词应该是，我准备上大学，攻读护理专业或其他有用的专业，然后再用奋发向上的微笑结束这次对话。但是，我给了她一个真实的答案。

“我准备搬到纽约市去。”

她扬起了眉毛。“宝贝，你准备搬到那里做什么呢？”

“我准备去百老汇当一名演员。”我说。

“哦，我想你是能成为演员的。老天会保佑你的。”

我拍了拍她那布满青筋的手，帮她结了账，然后我告诉她，早晚有一天，她会在报纸上看到我的消息。她走的时候，笑着摇摇头，仿佛我在白日做梦，我浑身感到一阵兴奋和激动，每次我把这句话说出来就是这种感觉。我准备去纽约，平生第一次，我不在乎别人怎么看我。我想要过一种比松树谷的小日子大得多的生活，一种会把一切都变得不一样的生活。

我不蠢。我可能得先调到纽约的 CVS 零售药店，在那儿工作一阵子。这会是最简单的办法，这样我就有了租房子的钱，同时可以寻找更好的机会。是的，我不见得当得了演员，但我会用一辈子的时间去努力实现，这与其他人一辈子在一家公司里，靠一个可悲的小公文包和一份退休金惨淡度日的人生完全不同。21世纪是循环再造、重建与融合的世纪。我可以成为演员、摄影师或遛狗人，或者成为画廊助理、服务生兼模特。天啊，看看我现在。在跟不同的人说话时，我的面目可能有着天渊之别。世界上所有的古斯塔夫森太太们需要明白，她们的那句“你打算干什么”早就失去意义了。

波西娅买了一瓶粉色指甲油和一本《人物》杂志，然后回她父母的店去了。正在我关店的时候，她发了一条短信给我，叫我邀请汤米一起去赛迪·霍金斯舞会，我回她：“你为什么不直接对他说？”她没回。

我回到家，吃了一份三明治，然后就进了自己的房间。

“先做家庭作业！”我上楼的时候，妈妈在我身后大吼了一声。

“我知道！”我也对她大吼了一声。

我关上了自己的房门，拿出历史课本和笔记本，打开一个有关中世纪的网页，以防妈妈随时可能突击检查。然后，我打开了自己真正想上的网站：脉动。

脉动是纽约客的论坛，我今年夏天开始访问这个网站，因为这里发布了大量选角的消息。我会逐条阅读这些消息，然后到谷歌上搜索这些剧目、剧场和导演的信息。因为自从罗切斯特城市剧团在几周前开始彩排后，我发现我们的导演杰拉尔德喜欢八卦其他导演。所以我也会问他其他导演的事。他真的很喜欢为别人解答问题，让他有机会表达出许多恶毒的观点，但听他这么肆无忌惮地谈论纽约的戏剧圈，却不失为一种乐趣。

我输入了我的网名“霍莉G”登录网站，我的头像在屏幕上显示了出来，这是希瑟爸爸的两只猪的照片，只是放大了猪鼻子。假如你不是农夫，那就不知道看到的是什么。它看上去像是破破烂烂的粉色帆布，尖锐的黑色刀痕划过整张图。论坛上的人总爱评论我的头像，他们认为这是杰出的艺术。有一个人甚至向我要作品集的链接，所以我觉得，想要糊弄纽约人，倒不是什么难事。

尽管我并不会每条帖子都回，但我每条都看。在这个网站上，人们会讨论要开演的戏、要结束的戏、外观很丑的建筑、热门的餐厅、烦人的道路工程，以及距离潮流画廊最近的地铁站。他们从来不谈论天气或电视节目，而这正是CVS零售药店的两个主要话题。我想对每一个顾客翻白眼，然后说：“谁会在乎是否有霜冻预警呢？”当然，我爸爸在乎，因为这一点对他的庄稼来说很重要。所以，我会和大家一起聊这个话题，似乎这是世界上最有趣的事。我甚至在柜台后面放了一本《农民历》。不过，我想这就是我如此喜欢脉动这个网站的原因，因为我可以做自己。我可以说出自己真实的感受，也可以问我想知道的事。妈妈说互联网很危险，因为每个人都是匿名的，你永远无法知道和你聊天的人是谁，但我认为，这一点恰恰给了我足够的勇气敞开心扉。我在网络论坛里找到自己。每天，我在学校成为老师和朋友们想要我成为的那种人，然后去打工或者去排练，成为他们想要的那种人，接着回家，我就得完成作业，并努力弄清我父母想要的是什么（坦率地说，他们真正想要的是，让格雷格回家，让我再次回到 10 岁左右的年龄。对不起，爸爸妈妈。这是不可能发生的)。那时已经晚上 10 点了。我登录了脉动网站，此时，我才觉得自己在这一天里第一次开始正常呼吸。我让自己放松下来，在网站里随意浏览。这时，我看到了一个新用户发的帖子。

文学极客：大家好！我第一次来到本论坛。看到大家对下周即将举行的托马斯·平钦新书签售会的讨论，我真不敢相信。届时，我去不了纽约，但假如有人打算去现场的话，我能否给你寄一本书，麻烦你帮我找他签一下名呢？我愿出 50 美元作为报酬。

霍莉 G：50 美元帮你签名？你一定是住中西部。

文学极客：不好意思。你是怎么知道的？

霍莉 G：因为低于 200 美元，没人会干的，况且这根本不可能发生。托马斯·平钦是都市神话。

文学极客：哦。我读过他写的书和他本人的传记。对我来说，他很真实。

霍莉 G：不是说这个人，是说他的图书签售会是个都市神话。你是新人，所以你不知道托马斯·平钦的图书签售就像朱利安尼[1]竞选总统、跨市区的工程完工、艾米莉亚·埃尔哈特[2]的飞机降落在肯尼迪国际机场一样。

1 此处指鲁迪·朱利安尼（Rudy Guiliani），前纽约市市长、律师。——译者注

2 艾米莉亚·埃尔哈特（Amelia Earhart，1897—1937），是第一位获得十字飞行荣誉勋章的女飞行员，也是第一位独自飞越大西洋的女飞行员。——译者注

文学极客：哦，懂了。真讨厌。我本来还很兴奋。那为什么有人发布这次活动的帖子，仿佛这事是真的似的？

后面我就以私信的形式发送了下一条信息。

霍莉G：有人觉得这很好玩，但大多数人只想要你的200美元。我已经标出了那则帖子，让管理员撤掉，但可能没那么快。

文学极客（回复我的私信）：那我应该感谢你帮我省了这笔钱，也省得让我失望了。

霍莉G：我不能让一个中西部的同乡被骗。

文学极客：你也是中西部人，还是现在就住在这里？

霍莉G：现在就住在这里，暂时的。明年的此时，我将会去纽约。

文学极客：你现在在何处？

霍莉G：明尼苏达州南部。

文学极客：很不幸，我也是！你在哪个城市？

霍莉G：说出来就太尴尬了。况且，你或许有恋童癖，我不会到本地的伯金斯餐厅与你见面的。

文学极客：假如你那有伯金斯餐厅的话，那我们在同一城市。所以，假如我是有恋童癖，那你是一个在用爸爸的电脑上网的6岁儿童吗？

霍莉 G：当然。

文学极客：那么，让我给你提个建议吧。不要浏览爸爸的暂存网页。

霍莉 G：哈哈。

文学极客：哦——我现在明白了。

霍莉 G：??

文学极客：霍莉 G。不过你现在仍然是卢拉·梅[1]，对吗?

霍莉 G：这么久才想到，你真的是文学极客吗?

文学极客：我能说什么呢?我的思考速度和这台电脑的网速一样慢。好在我不必真的与任何人交谈。

霍莉 G：可怜孤独的文学极客。(此处应演奏小提琴[2]。)

文学极客：我知道，我知道。主要是我最近才刚刚搬到这偏远的地方，感觉与所有的朋友都失去了联系。

霍莉 G：你是自愿来这里的吗??? 身为一个有行为能力的成年人吗?

文学极客：这个问题是有争议的。我之所以搬到这里，是因为我妻子。

霍莉 G：那你为什么不跟你妻子聊聊呢?

---

1 卢拉·梅（Lula Mae），《蒂凡尼的早餐》中女主角的本名。霍莉 G 为女主角名字的缩写，全名为霍莉·戈莱特（Holly Golightly）。——编者注

2 此处有讽刺之意。——编者注

文学极客：嗯……我有跟她聊的。

霍莉 G：不，你刚刚说过你没有人可以说话，记得吗？那你的妻子又是怎么回事？

文学极客：哦，对。显然你是未婚。

霍莉 G：我才 6 岁，还不能到甜品店去合法打工呢。

文学极客：哈哈。

霍莉 G：那么，文学极客，除了晦涩难懂的平钦先生，谁是你最喜欢的作家？显而易见，不是卡波特[1]……

*

这样的交谈持续了好几个星期。时间已经从 9 月进入了 10 月，其他看上去一切正常。当橄榄球队进入了本地区的决赛时，整个学校进入了疯狂状态。我在剧院试好了戏服，彩排现在已经进入脱离剧本的阶段。期中考试后，波西娅的爸爸大发雷霆，因为她的三角函数考试只拿了个 D。

我对这一切其实是非常无所谓的。相反，我经常用手机上网逛论坛。我每次看私信的时候，都能看到他留的新信息。有时，我们在私信里留下讨论的新话题，一个又一个夜晚，我们同时在线，一连几个小时地聊天。他告诉我很多有关唐·德里罗[2]和戴维·福斯特·华莱士[3]的逸闻趣事，

1 杜鲁门·卡波特《蒂凡尼的早餐》的作者。——编者注

2 唐·德里罗（Don DeLillo），1936 年出生，美国当代最优秀的小说家之一。——译者注

3 戴维·福斯特·华莱士（David Foster Wallace，1962—2008），是美国的长篇小说、短篇小说和散文作家，也是英语和创意写作教授。——译者注

我们就汤姆·斯托帕德[1]和爱德华·阿尔比[2]各自最好的作品是哪些而展开了辩论。我们都认为，新建的格思里剧场大楼太棒了，但对于罗切斯特剧院活动有多贫乏，我们却意见相左。我没有告诉过他我在《简·爱》中扮演了角色。我们都非常小心地不透露各自的生活。有一次，他把自己的房子叫作“死亡集中营”，但他从未谈起过他的工作和他的妻子。他问过我一些事情，比如，如果我可以拥有某本小说里某个角色的生活，我想成为谁？我不知道。不管看什么书，我都变成了书里的女主角。我觉得自己进入了她们的身体，但这与我是否喜欢她们或者是否想要变成她们毫无关系。他说年少的时候，他想成为查理·毕奇[3]，20 岁的时候，他读了《霍乱时期的爱情》，觉得自己莫名其妙地对费洛伦蒂诺·阿里萨[4]充满了妒忌，他爱了一个女人 50 多年却不能得到她。我说，假如他想要一生都失意而悲苦地度过的话，他为什么不把自己变成一个人生导师？他大笑起来，然后说：“费洛伦蒂诺知道他想要的是什么。即使年纪小小的查理，也知道自己想要的是什么。我猜我只想知道我的巧克力工厂是什么样的。”

他已经结婚，或许有些秃顶、肥胖、爱放屁，而这些都不重要，

---

1 汤姆·斯托帕德（Tom Stoppard），1937 年出生，英国剧作家，代表作为《莎翁情史》。——译者注

2 爱德华·阿尔比（Edward Albee，1928—2016），美国著名剧作家，代表作为《动物园的故事》《三个高个子女人》等，曾三次获得普利策戏剧奖。——译者注

3 查理·毕奇（Charlie Bucket），罗尔德·达尔笔下《查理与巧克力工厂》的主角，一个来自贫穷但充满爱的家庭的小男孩。——译者注

4 费洛伦蒂纳·阿里萨（Florentino Ariza），《霍乱时期的爱情》里的男主角，他疯狂迷恋费尔米纳·达萨，等待了半个多世纪，在她的丈夫去世之后才袒露自己的爱。——译者注

因为我们不在真实的世界里。我告诉他，我对一切的感受，我多么想搬到纽约去，但有时候我又会害怕，因为我没有任何计划，我也不认识任何人，而且我不能跟任何人说。他说，任何值得做的事都会让人有点害怕，而那些最伟大的故事都是从一次旅程开始的。于是，我开始贴一些旅行者乐团的歌词，很快我们就跟着《不要停止相信》的音乐摇摆。每天晚上，当我躺在床上的时候，我开始想象文学极客，隔着被单我感觉到自己的皮肤和心跳。满脑子都是我会看到的一切，我会做的一切，假装自己的手是他的手，正在从下向上掠过我的大腿，他在我的身体上探索，他想要我。

文学极客：你知道今天是我们开始私信的一个月纪念日吗？

霍莉G：原来今天晚上你是个女生？

文学极客：我猜假如我是的话，那你就是我们这段关系里的男生。

霍莉G：我不知道几条私信就可以称作一段关系。还有，一个月的时间？天啊，在我的概念里，满一年才有纪念日。

文学极客：这当然是一段关系了。任何事都是。哪怕对方是一只鸡，你也可以与它发生一段关系。

霍莉G：只有乡下姑娘读这样的文字，才不会误解其意。

文学极客：这么说，你终于承认了，卢拉·梅。

霍莉G：我什么都没承认，那只是一般的陈述。事实上，我还真想歪了。

文学极客：哦，真的吗？：P

霍莉G：😶过来，美丽的母鸡，文学极客不会伤害你……太多。

文学极客：rotfl（笑到在地上打滚）[1]

霍莉G：:)

文学极客：你对我真是了解太少了。我不会那样诱惑它的。我要委婉得多。

霍莉G：那你会怎么办？

文学极客：嗯……我从来没有想过要诱惑一只鸡。

当他最后一句话出现在屏幕上的时候，我屏住了呼吸。我打字的速度非常缓慢，非常慎重，我能感觉到胸口的期待像泡泡一样在跃动着。

霍莉G：假装我是一只鸡，拿出你所有的勇气好好表现一次吧。

整整一分钟，他没有回复。

文学极客：你确定吗？

---

1 此处的 rotfl 是 rolling on the floor laughing 的缩写。—— 编者注

就在这时我陷落了，直到这时我才知道，我爱上了这个幽灵般的男人。他没有试图搞笑或一笑了之。他的答复告诉我，他受到了诱惑，但除非我百分之百确定，否则他不会那么做。我边打字，心怦怦直跳。

霍莉G：是的。

文学极客：那么……

我的双眼像被黏在了屏幕上。

文学极客：首先……

他从来没有打字这么慢过。我仿佛能够听到他思考的声音，看到他的双眼扫过我的身体，决定要先爱抚哪里。

文学极客：我会用我的指尖沿着你的后背向上轻抚，从臀部开始，一直到你的脖子，再到你耳朵下面的凹处，你曾说过，那个地方你最怕痒。但这次不会痒的……

这是我们第一次发生关系。

10月中旬的一天，我坐在英语课上，努力专心听课，因为伦德先生会毫无预警地突然点人，但我也在回想着昨夜与文学极客的聊天内容。他无意中提到了《简·爱》，我回应道，假如罗切斯特先生的太太把他烧死在床上，然后将这一切归罪于简，然后去伦敦大出风头，那这本书就好看多了。他说，那会完全破坏这个故事的道理寓意了。然后我继续安排，在整个故事里，唯一一个没有得到自己应得的一切的人会是简，到那时，她就与整个故事的调性一致了。愚蠢或许让许多人都走上了不归路。简又凭什么应该是个例外？这时，他告诉我，我会是一个很出色的独裁者，我们都笑了。

当伦德先生把下一本要讨论的书发下来时，我从白日梦中醒来。

是《简·爱》。

"我知道，这本书不会是让大家感到最震撼的书，但请相信，勃朗特的任何一部作品都好过简·奥斯汀。"

"我们为什么不能读一些21世纪的作品？"有人问道。

"这个世纪才刚过了几年。目前可供选择的21世纪小说会少得多，而且所有的小说目前仍是第一版，价格昂贵。我们校区不会花钱买这种新出版的小说的，只是以前我没和你们说过。"

"这本书里的妻子不是个被锁在阁楼里的疯子吗？"珍妮·阿德金斯一边看着书的封底一边问道。她是个百分之百的英国文学迷，所有的英国电影都看过，最着迷的演员是休·格兰特。有一次，我试图告诉她，休·格兰特是个非常糟糕的演员。但她只是叹了口气，说："他不是个演员。他是个明星。"

"不要剧透，珍妮。好不好？"全班大笑。伦德先生和平常一样，斜靠在桌边，开始讲课。"其实，前两天有人告诉我，假如这位妻子把男主人公烧死在床上，并将之嫁祸于女主人公，然后卷走他所有的钱逃往伦敦，那这本小说会好看得多。”

我几乎听不到教室里的大笑声。哦，我的天啊。**我的天啊**。他的脸在我眼前变得模糊起来。他的脸，文学极客的脸，几周以来一直让我魂牵梦萦的那张脸。我一直害怕见到又渴望触摸的那张脸，竟然和我在同一间教室里。我吓呆了，心开始怦怦地跳，波西娅肯定能听得到。我的天啊。

“海蒂？”

我被吓了一跳，从震惊中回过神来。“什么？”

“欢迎回来。”他咧嘴笑了，看到我艰难地咽了一下口水。“我说，我猜你已经读过这本小说了。”

“是的，我读过。”这句话已经成为老师与他的得意门生之间的玩笑话了。我读过教学大纲规定的所有书，除了一本有关越南的，排在感恩节之后。

“在我们深入分析前，你有什么想法可以和全班同学分享一下吗？”

我马上就可以让他知道。我可以对这本小说的道德寓意轻而易举地做出评价，引用他昨晚所说的话，然后，他就会明白。他的眼睛会变大，脸色会变得煞白。我可以看着这一幕发生，目睹着真相如何淹没他，让他变得虚弱、震惊和羞愧。他会立刻断掉和我的联系，而我也不会在英语课之外再跟他多说一句话。

这就是我为什么没有这么做的原因。

“我喜欢简·爱掌控自己人生的态度，她创造了自己的命运。”

我一边说，一边注视着窗外，无法与他进行眼神交流。我担心他会从我的双眼里看出异样来，担心他会猜出真相，那我们的网恋就结束了。

*

这么轻易就爱上了彼得，真是太令人惊讶了。我现在想到他，都直接叫他彼得，虽然我在线上仍然叫他文学极客，在学校里叫他伦德先生。我感觉他在扮演不同的角色，正如我一样。我注视着他在跟大家讲话，记住了他穿的衣服和课表。我甚至知道他开什么车——一辆破旧的蓝色三菱汽车，有几个校队运动员总是取笑他，因为这辆车是外国货。而在这个地方，除了开通用和福特的人之外，开其他车的人都是可疑的。我只见过他跟一位老师交谈，那就是雅各布斯先生，他很逊。他在自己的历史课上只愿意讲述有关战争的历史，总是没完没了地讲述哪个国家进攻了哪些国家，然后在黑板上没完没了地画战场示意图。至于朋友，选择真的很少，不久之后我就意识到，彼得身边除了我，根本就没有人可以说话。

但是，啊，我怎敢宣称他身边有我。

有一天，当我在 CVS 零售药店补货的时候，玛丽·伦德来取她母亲的处方药。我没认出她。她在松树谷长大，但比我大了 8 岁，所以我一直不认识她。直到我听到她和药剂师谈到彼得的岳母艾尔莎·里弗时，我才意识到她是谁。我呆呆地站了一分钟，觉得满脸通红、羞愧难当，尽管我知道，她对她丈夫几乎每晚都跟我聊天这件事毫不知情。我抓了一盒抗组胺药，放到了咳嗽和感冒药区域，想看清楚一点儿。

她既不高也不矮，不胖也不瘦。她的头发是暗金色，在后面梳成一个马尾辫。她的皮肤被晒得黝黑，下身穿着一条旧牛仔裤，上身是一件普通的套头帽衫，在大卖场花 10 美元就能买一件。我看不出她有什么特别之处，看不出彼得为什么会娶她为妻。她唯一与众不同的地方是右耳前面有两颗很大的痣。从远处看，就好像吸血鬼失了准，咬到了她的脸。

我站的地方离她很近，我一边假装整理货柜，一边听着她们之间的谈话。同时，我还故意表现出一副无聊的样子，这样就没人会想到我是在偷听别人说话了。

“她吸氧之后情况怎么样？”药剂师问道。

她耸了耸肩。“很难说。她的精神状况还是那样，但她说吸氧之后感觉好多了。”

“有时，感觉是最重要的事。”

“我想是的。她每次最远只能走不超出一个房间的距离，然后就必须坐下来休息一下。”

“有你们的照顾，艾尔莎很幸运。大多数同样状况的病人只能每天待在疗养院里。”

我在 10 英尺之外都能听到她在叹气。“或许她应该住进疗养院才对。我担心把她一个人扔在家里，哪怕是这么近的路途也担心。”

“但是，你丈夫在陪着她啊。”

“对啊。”她停顿了一下，“你说得对。”

她们又聊了几分钟药的效用、剂量和副作用，然后她就离开了。

妈妈告诉过我，彼得与他妻子住在以前的里弗农场。现在整件事开始清楚了。我试图回想最后一次见到里弗太太的时间。她跟我们去同间教堂，但我最近没见到她来过。或许她的身体虚弱得来不了了。这就意味着，她要么是离死不远了，要么是他们把她送进了彼得的妻子刚刚提起的那种疗养院。不管是哪种可能，彼得都会离开小镇。这种可怕的想法在我的心里激起了一种巨大的恐慌感，在接下来的几天里，这种恐慌始终挥之不去。

*

接下来的星期日，里弗太太来到了教堂。彼得和他的妻子扶着她上楼梯，一边一人，就像在表演慢动作。最后，他们终于把她安坐在教堂最后一排的长椅上。她紧抓着那根氧气管，浅浅喘气，使得她裙子上的塑料花微微颤动。彼得把氧气罐放了下来，他妻子的脸上闪过一丝感激的表情，但他没注意到。在接下来的礼拜时间里，她一直在旁边照顾她的母亲。有一次，他试图跟她说话，但不知道是她没听到还是故意不听，他们没能说上话。等到唱赞美诗的时候，他们一家三口，就她一个人站起身来。里弗太太不出声地唱完了每句诗，显然她是在凭记忆唱，因为她没拿赞美诗集，而彼得甚至连拿都不想拿。他只是呆呆地盯着他们面前的教堂长椅。有时，他的目光掠过教堂的讲坛；有时，他环视着教堂里的一切。然后，他注意到了我正在注视着他。

我的心怦怦地猛跳，尽管我觉得自己的双颊开始泛红，但并没有立刻转身向前看。否则，那才真的是露馅了。当我试图想清楚接下来要怎么做的时候，他冲我微微笑了一下。不是在校外穿过马路时老师对学生露出的那种微笑，而是一种“见到你很开心”的发自内心的微笑。他的眼睛微微眯起，他的牙齿闪耀着光芒，在一瞬间，他跟我梦中的样子一模一样，以至于我想立即把真相告诉他。我无法呼吸，更不用说继续唱那可笑的赞美诗了。我回以微笑，翘起了手指向他打招呼。然后，我慢慢地转身向前，希望他仍在目不转睛地看着我，希望他的双眼久久停留在我的背影上，并喜欢上他所看到的。

在这个瞬间，我下定了决心。我的心脏猛烈地跳动，我觉得自己每天晚上祈祷时的那些秘密话语仿佛在喉咙里燃烧，我被一股前所未有的强烈欲望淹没了。这份领悟让我几乎要在祈祷进行时双腿跪倒在教堂里了。我想让彼得每天都像刚刚那样对我微笑，牵着我的手，告诉我他心里所有的想法。我想用我的双腿夹住他，感觉他埋入我的体内。我想在夏季里闻着他熟睡的身体散发出来的汗水味，听着蝉在夏夜里鸣叫。

该让霍莉 G 和文学极客见面了。

彼得

2007年10月

跑步是我一天中最快乐的时刻，因为它可以让我忘掉一切。在安静的大地和稳定而坚定的步伐之间，有一种平衡感，它荡涤了我大脑中的所有复杂的想法。在明尼阿波利斯的时候，我常常在湖边小径上跑步。后来我们搬到了这里，我开始在农场后面的路上跑步。再后来，我发现了一条更好的路线。我参加了松树谷高中的越野队。

当然不是正式参加。一位数学老师是越野队的教练，他想拉我做越野队的助教，但这是绝对不可能的，因为我不可能从现在开始一直到感恩节，放弃每个周六早上来配合他们训练。我只跟那些男孩子一起跑。他们知道方圆30英里内所有的捷径，而每个星期二和星期四放学后，我们就会跑遍乡野。一小队的人跑过牧场，路过正在吃草的牛群。大部分孩子看起来跟我教的高中生一样——笨拙，晒得黝黑，身材瘦削——但是他们懂得在起伏不平的道路上保持耐力。我们的山地训练是在一排排的玉米地田埂间进行的，在刚刚收割过的软土上来回跑。我们在足球场上练习冲刺，练习在起跑阶段抢得领先位置，也在克罗斯比湖周围的小径上进行了很多次拉练。跑到废弃的谷仓附近，步道豁然开朗，他们大多数人都试图超越同伴，于是这件事就变成了大伙的笑话。当我们靠近谷仓时，他们会变得很紧张，咧着嘴不怀好意地笑着，全都准备着疯狂地冲向前方。我跟在队伍后面，给那些掉队的队员鼓励加油，对他们说："调整步调，加快步伐！""重点不是速度，而是努力！""快点儿跟上！不要掉队。"

我会忘记一切。

我会跑上几英里，测量呼吸，感受我的小腿发烧，然后变得麻木，带着绝对幸福的感觉注视着宽阔空旷的地平线。她的话像雨滴一样慢慢地渗入，独立于一切之外，浇灌了我内心的某些东西——我几乎不敢承认的深入骨髓的饥渴。

然后我会忘记自己是多么彻头彻尾的混蛋。

我在背叛我的妻子。

大多数时间里，我试图把这一切变得合情合理，告诉自己，我甚至还没与霍莉 G 见过面。她只是屏幕上的一个名字、一个网络"塞壬"[1]而已。我对她的日渐迷恋与买了一本《阁楼》杂志有何区别呢？

我知道她的每一件事，却也什么都不知道。我能准确地说出她对任何一本小说或戏剧的看法，她最喜欢的饮料是什么，她为什么那么讨厌真人秀电视节目，以及最让她感到紧张的是哪种人。但我仍然不知道她的模样、年龄、体重或生活是什么样的。她可能是一个带着 6 个孩子的离异女性。她可能正在等着工作调动，以便可以离开她的丈夫。我连她在人群中都认不出来的话，这怎么叫出轨呢？

---

1 塞壬（Siren），古希腊传说中半人半鸟的女海妖，惯以美妙的歌声引诱水手，使他们的船只触礁或驶入危险水域。——译者注

是的，我们做爱了。三次。尽管只是网络性爱。这与艾尔莎读的那些爱情小说里的性爱有何区别呢？这个问题我无人可问。除了霍莉 G 之外，我谁都不相信。当我崩溃失控向她求助时，她告诉我，每个人在内心深处都有出轨的想法。她很高兴我并不比任何人更加高尚。我听了当然大笑起来，但我回答说，我更担心自己会比别人更糟糕。然后她说了一句让我永远无法忘记的话。她过了很久才回复我说："论谁更糟糕，你比不过我的。这才是最重要的。"

天啊，当我看到这句话的时候，我浑身充满着快感。只有彻头彻尾的浑蛋才会有那种快感。我把她的回复看了好多遍，我喜欢她用几个简单的字就把我们两个配成一对，我们就这么变成了对方可以被衡量的唯一标尺。你再糟糕也糟糕不过我，她说。所以，她也结婚了。这就好多了，知道她和我一样有罪难恕，就连我们的罪恶，也那么旗鼓相当。

我把自己锁在楼上的客卧里，告诉玛丽和艾尔莎，我要评试卷，写一下课时计划。

"你要为这些孩子准备多少课时计划？"有一天晚上，当我在清理餐桌并准备离开餐厅的时候，艾尔莎这么问我。

"在第一年，有很多工作要做。我是一切从头开始的，我要教针对不同年龄、不同资质的六个班的孩子的课程，更不用说，我还要教标准化考试的应试题。我每天都得备好教案。"

"但今天可是星期五。"艾尔莎看着玛丽，以求得她的确认，而玛丽只是默默地点了点头，她正在把吃剩下的土豆放在一个满是划痕的金属盘里，那是她经常在餐后放到屋外给谷仓里的猫咪们吃剩饭用的。从她宰鸡的那天起，她跟我说的话越来越少了，就算说了也都不是什么重要的事。

“那更有理由及早准备了。”我从冰箱里拿出一瓶可乐，然后走出了厨房，免得她说出别的什么话。我应该问问玛丽，要不要帮她洗一下餐具，或者这个周末她希望怎么度过，不管说点儿什么，都可以降低与日俱增的罪恶。在过去的一个月里，每当我看着她的时候，这种罪恶感在我的体内奔腾。但她似乎对我没有任何想法，仿佛因为我在农场里的无能，已经把我从她的生命里完全驱赶了出去。我没有强求，没有再试图努力拉近彼此的关系，而当我关上客卧的门，打开电脑，我还觉得自己所做的一切都是合情合理的——我真是个彻头彻尾的浑蛋——因为是她先拒绝我的。玛丽是把我们的婚姻让位给别人的那一方，当霍莉 G 在论坛里发现我的时候，我正处在绝望的谷底。每个夜晚，我都在搜索初版书、签名版的书，以及那些绝版或稀有的图书。这是我对内心失落所做出的下意识的反应，自从我 10 岁那年父母离婚之后，我一直都是这样。逃避现实不是书本吸引我的唯一原因，还有可预见性。那些书本的存在毕竟有限，只要我翻开扉页，那个在封面和封底之间的世界可以被无数遍地重现。不管托尔斯泰笔下的人物有多么悲惨，也不管恰克·帕拉尼克[1]的小说主人公多么糟蹋自己的生活，他们的故事都已经不可避免地被记录了下来。我孤独地渴望着与周围的一切发生联系，于是我就不停地搜索各种书。

---

1 恰克·帕拉尼克（Chuck Palahniuk），1962 年出生，是美国跨界小说家和自由记者。他于 1996 年发表的小说《搏击俱乐部》最为闻名，这部小说获得了各种奖项，并在后来被美国导演大卫·芬奇拍成电影。——译者注

结果我所发现的却是完全一样的东西。

霍莉 G：你来了。

她的话总是充满生气，又直接率真，能够打断我的胡思乱想，当这些话出现在电脑屏幕上的时候，它们抹去了我对玛丽和不忠的所有想法。我身体的每一个细胞都活过来了，但是我很意外。她往常都不会这么早就上线。

霍莉 G：今天没什么事。我感到很无聊，想看看你的脸。

文学极客：我会把你的话当作是一种隐喻。

我是一个任教不到两个月的教师，就已经开始随时纠正学生的错误了。

霍莉 G：不，我说的是真的。

文学极客：??

霍莉 G：你想见我吗?

坐在那张嘎吱作响的餐椅上，我一下挺直了身子，又把那句话看了一遍，以确认我没有看错。我把自己的回复修改、删除了好几遍。

文学极客：很想，但这不是一个好主意。你知道我的情况。

霍莉G：是的，我知道。那么，我们进行一次“不见其人的见面”，如何？

文学极客：再次“??”，你想干什么？

霍莉G：下周，罗切斯特的城市剧院会有一场《简·爱》的演出。

文学极客：在这个版本里，那位妻子大获全胜吗？

霍莉G：你得到现场寻找答案。

文学极客：我不明白。你会来吗？

霍莉G：我会去看星期四的下午场。我会穿一件有白色袖口的灰色裙子。我们不会跟对方说话，甚至不会坐得离对方太近。只需在坐满了观众的剧院里互相看对方一眼。我们会进行一次“不见其人的见面”。

文学极客：我做不到。我们现在这样已经是在走钢索了。

霍莉G：不要担心，我不会让你掉下去的。你考虑一下，不管你去还是不去，我都会在。

天啊，这个提议在我大脑里挥之不去。整整两天时间里，它折磨着我。那种想要和方圆百里之内唯一在乎我的人见面的欲望极其强烈。到了星期日晚上，我已经差不多屈服了。两个陌生人在同一家剧院的两边各自看戏，有什么见不得光的呢？而我还怀抱希望，也许见到她本人会熄灭我那疯狂的欲望。或许她是一个60岁的老妪，又或许是个满脸湿疹的丑女人。我总可以做做梦。

打电话请病假不是一个好的选择。戏还没到中场，玛丽就会知道我请病假的事，因为艾尔莎经常会跟校长闲聊。我还没有休假的资格，但在星期一早上，当我走进校园的时候，我有了一个计划。在我的高四《高阶英语》课上，我们在读《简·爱》，那为什么不做一次外出教学呢？有18个学生陪着我，每个人都急切地想要和他们酷酷的新老师一起逃一天课。这是一个完美的掩护。我得到了校长的允许，预订了一辆公车，印了家长许可单，这一切都在早上第一个学生走进教室前全部搞定。

不过，在演出前的那个晚上，当我和玛丽上床之后，我的欺瞒行为让自己觉得恶心了。

“发生什么了吗？”玛丽问道。

我把外出教学的事告诉了她。“我想我只是很紧张，担心会发生什么事。”

“不会有事的。”她打着哈欠说。

我转身看着她，忽然有了一个主意。“你要不要一起来？你可以在学校和我碰头，和我们坐公车一起去。除了我现在已经有教师折扣之外，其他的一切就像我们在明尼阿波利斯时一模一样。”

希望在我的胸口跳跃，但她摆了摆手，拍了拍自己的枕头，然后面对着墙躺了下来。

“我明天要带妈妈去看心脏病专家。记得吗？”

“换个时间吧。”

“不行，彼得。为了见这位医生，我们已经等了整整三个月了。你一个人去吧，没关系的。”

“你为什么就不能为我留出一点儿时间呢？”

她转过身来面对着我，把被子向她那边拉了一下。“你在开玩笑吧？头一天晚上，你才告诉我这件事，然后就希望我第二天把一切全都扔下，不管不顾地跟着你去？”

“我以为会很有趣。请原谅，我竟然想跟我的妻子一起出去玩。”

她摇了摇头，用一根手指戳了戳我的胸口。“不，你刚刚在说，你一个人去的话，会感到很紧张。不要装出一副什么都是为了我们的样子。如果你想带我出去玩，那就在没有一二十个青少年在你身边的时候再说吧。”

她把身体尽量地移到离我最远的地方，几分钟之后就睡着了，而我却清醒地躺在那里，在黑暗中盯着她的背影。

第二天，我无法集中精神干任何事。我把上午的课全都改成了小组讨论。午餐时，我没有一丝胃口。当卡尔问我是不是有什么麻烦时，我含糊地说我可能感冒了或鼻窦炎犯了。在公车上，一个学生提醒我不要忘了点名。直到这时，我才想起来，这个班我最喜欢的学生海蒂·霍夫曼因故缺席了。前往罗切斯特的路非常近，在我还没做好准备的时候，我们已经鱼贯而入地进了一个拥有两百个座位的小剧院，座椅上罩着褪色的红天鹅绒套。观众数量已过半，我尽可能仔细地扫视了一遍观众席，但没有人穿着灰色裙子。即使在灯光暗下去之后，戏开始了，我还在盯着那扇该死的门。霍莉 G 一定会出现的，我知道。她或许会晚点儿出现，只是为了故意逗我。我不知道台上在表演什么，直到坐在我左侧的学生用胳膊肘顶我并惊讶地叫道：“那是海蒂！”

“什么？”我低声问。她用手指着舞台。

我把目光投向舞台，在舞台正中央看到了海蒂·霍夫曼，她正跟一位梳着圆发髻的老妇人说话。我翻看了节目单，然后在主演名单那一页的最上方看到了她的名字。这个小鬼。在我给全班同学发家长同意单的时候，她一句话也没说。我本来以为她会对这次外出教学说些什么，但她却用一个笔记本挡着脸，什么话也没说。难道她是因为要参与演出而觉得尴尬吗？

我认真听了几句台词，发现海蒂的表演非常棒。她没有试图改成英国口音，这一点很聪明，台词也说得非常精准，准确地表现了简宣布自己决定离开洛伍德女校，到桑菲尔德庄园寻找自己的未来时的那种不安。我看她看得越久，就觉得越发怪异。海蒂平常的一举一动都从容而优雅。我早就注意到了这一点，因为这是她和其他学生完全不同的地方。在舞台上，那种气定神闲不见了，她已经完全变成了简·爱本人。随着那一幕进行，我的脖子后面突然刺痛起来。当海蒂屏住呼吸的时候，我也屏住了呼吸，我把目光投向她的目光所及之处。我被她迷住了，连自己也完全无法理解。或许是因为她是我的学生，所以我就有了一种自豪感。但这种感觉完全不像是自豪，不完全是。而是更多有一种无法摆脱的紧张感，就像我应该知道一些我原本不知道的事。我和其他学生相视而笑，共享无声的兴奋，我们发现了自己人的秘密。

现在，费尔法斯太太让她穿上最好的裙子去和罗切斯特先生见面。而海蒂严肃地站在那里，用手抚平她那条灰色裙子上的褶皱，紧张地整理了那洁白的袖口。“这就是我最好的裙子，费尔法斯太太。”

她的裙子。哦，天啊。见鬼！

我后脑那股令人不安的感觉爆炸了，一切变得模糊起来。我向前倾了一下身子，我又能看清东西了，两个女人正在穿过舞台进入下一个布景。海蒂背对着观众，稳稳撤退，她的下半身被隐藏在一片灰色下。灰色，灰色。哦，天啊。

不会的。我转身看了看四周，在人群中搜寻着每一个身影，绝望地寻找着别人。只要是别人就好。看在老天的分儿上，我不是在跟我的一个学生谈恋爱。但没有别人。整个剧院没有别人可能是霍莉 G。而且我知道根本就不会有。在潜意识里，从我在那个舞台上看到海蒂的第一眼开始，就已经知道了。

接下来的时间里，这出戏就像一团浓雾。我瘫坐在自己的座位上，直到一个学生问我是不是不舒服，我就找了个借口去了卫生间。我唯一想做的事是马上离开这里，飞奔着穿过大门，永远都不要停下来。

我用水拍打着自己的脸，在马桶盖上坐了整整 10 分钟，试着弄清我到底要怎么做。直到我第二次这么做的时候，我才想起来，我还有救。霍莉 G 不知道文学极客是谁。我还没有给她任何可以把我从人群中认出的线索。她怎么可能猜到是我呢？我提供的是一次外出教学的机会，看在老天的分儿上。她本来就知道全班人都会出现在那里。

我抱着这个信念回到了我的座位上，但在很长的时间里，依然没有任何东西能够压抑住我大脑里狂乱的思绪。直到台上的罗切斯特先生向简·爱求婚的那一刻，我才猛然回到现实。

“你不相信我吗，简？”那个男演员抓住海蒂的胳膊，一点点靠近她。

“完全相信。”

当他拥抱她的时候，我的脉搏开始猛烈地跳动。他比我年纪还大，或许有三十出头，年龄与罗切斯特先生并不相符，不过也算接近。而海蒂几乎与简同岁，纯真的女孩虏获了悲观厌世的罗切斯特的心。在简意识到罗切斯特的认真后，她接受了他的求婚。这时，我的脑海里突然想到了好几件事。我内心深处那个超然物外的学者以为，除了海蒂的相貌太美，与简·爱的相貌不太符合之外，他们的演员挑选非常成功。身为教师的我看到，两位主角在拥抱，她那娇美粉红的脸颊摩擦他今天新长出来的胡茬，让人感到非常不适，有种想要上前去保护她的冲动。而剩下的我只是目不转睛地注视着她那轻盈的身躯被一个年龄是她两倍的男人抱在怀里，艰难地咽了一下口水。

而这样的反应现在就要立即停止。老天，我看过多少师生恋的新闻啊。通常都是女老师，绝望无助、缺乏安全感、头脑简单却自欺欺人地认为，她们喜欢这些傻小子。我从来不责备这些孩子。十几岁的男孩哪怕有一个香蕉皮都想乱搞，但作为老师，我们没有正当的理由去辩解。我即将做的事他们应该早就做过了。结束吧。在萌芽之前就将之扼杀吧，或者至少一知道就立刻停下来。我根本不可能事先知道霍莉 G 就是海蒂。而霍莉 G 就是海蒂，就是简·爱。她的身份在我眼前不断地发生着改变，但这几个身份都不能代表舞台上那个穿着婚纱和罗切斯特先生远走高飞的女孩。几种身份的定义再也无法掌握她，就像那个男演员没有资格要求她嫁给他一样。至少，她逃离的是一个已婚的男人。这是我等待痛苦结束的时候所感到的唯一的一闪而过的安慰，因为至少她的某些身份在做正确的事。

等戏终于结束的时候，演职人员鱼贯而出，来到布景前，观众全都站起来鼓掌。扮演罗切斯特先生的男演员把海蒂从演员中推向前来，她深深地鞠了一躬，观众席的掌声瞬间更加热烈了。然后，在热烈的掌声中，她直接看着我，并伸手刻意顺着裙子的袖子滑到了袖口。她的嘴角微微扬起，眼神意味深长。本来应该礼貌地向她回以微笑的我，脸上却僵住了，正在鼓掌的双手也僵在那里。

她知道。

散场后，当演员在剧院大厅里与观众交流时，她把我拦在了角落里。她知道我是跑不掉的，因为我们被汹涌的人群包围着，我们的角色就和几分钟前的那些演员角色一样。

“嗨，伦德先生。”

“海蒂，”我坚持叫她的名字，一个小女孩的名字，努力强迫自己只跟这个人说话，“这场演出非常精彩。我都不知道你有在参加舞台剧演出。”

“这是我的第一次演出。”即使她看得出我有多么不自在，她也没揭穿。总之，她的微笑更灿烂了。

“你是个天生的演员，仿佛一出生就会表演了。”

听到这句话，她大笑起来。但还没等到她继续折磨我，一个学生就把她拉走了。

那天晚上，在删除自己在脉动网站的账户之前，我重读了一遍我们之间的每一条信息。此前，我把所有的信息都保存了下来，但我也惭愧地认识到从一开始就已经显而易见的事。要不了一年，她就会搬到纽约去。当然，她必须先拿到高中毕业证。她读了那么多书，这让我很佩服，但那是因为这些书都是我布置给她的任务。假如这件事发生在别人身上，我应该会觉得这件事很好笑。在对这个问题自我辩论了大半夜之后，我决定给她发最后一条信息。要让此后的一切重回正轨，最好说得清清楚楚。我苦恼于如何措辞，希望告诉她，她对我是多么重要，但我知道，我不能给她任何鼓励性的话，哪怕是只言片语。

接下来的一周里，我能看得出来，海蒂一直试图和我说话，但我尽全力避免。在上《高阶英语》课的时候，一听到下课铃响，我就立即离开教室，在走廊里充当纠察员，或者找个理由跑到教职员办公室去。我变得不敢一个人出现在校园里，我开始在休息时编造借口去见卡尔。那个周五晚上，我找玛丽出来约会，但心脏病专家已经确认，艾尔莎的心脏至多还能撑一年的时间，玛丽被这件事压抑得什么事都不想做。当我问她是否愿意与我谈谈时，她只是耸了耸肩，然后转身走开了。

一周之后，海蒂在课上到一半的时候把我拦住了。我让学生们两人一组讨论，她把自己那刚把话说到一半的搭档独自留下，漫不经心地走到教室前面，斜靠在我刚刚收上来的成摞的论文上。

“海蒂，你需要什么吗？”我还在低头看电脑，没抬眼看，但我仍能感觉到她屁股的曲线和头部的倾斜度。我知道，她穿着那件大领口的蓝色上衣，衣服太宽松，有时会从肩头滑落。她的手指规律地敲击着我的桌面，她一紧张就喜欢动手指。好一会儿，她什么都没说，我感觉到了她的凝视，她在等待我看她一眼。但我不肯。

“我有几个关于论文的问题。”

“哦？”我继续在电脑上打字。

“我不太清楚你想要什么样的论文结构。”

她在撒谎，甚至不愿意把这个谎撒得高明点儿。我布置的论文是对《简·爱》的小说和戏剧做出简单的比较。海蒂对作业从来就不会提出任何问题，而且她的语气也完全不像她。太平静，太温顺了。我终于抬头看她，并试图让表情和声音表现得淡定。她近得让我闻得到她的味道，她的眼睛睁得很大，一副严肃的表情。我们四目相对时，她的手指停止了敲击的动作。

“我相信你的论文不会有问题的。”我艰难地说出了这几个字。

“我特别担心的是第三段，我希望你觉得没问题。”

天啊，她为什么这么年轻？她为什么偏偏是我的学生？在任何有头脑的人想到她都只会想到重罪的情况下，为什么我仍然感觉到这股强烈的吸引力？

“我会看一下。回到座位上跟你的搭档继续讨论吧。”我瞥了一眼钟，目光又移回到电脑上。“只剩几分钟了。”

那天晚餐之后，我把成摞的论文放在餐桌正中央，拿起一支红笔开始看起来。我自言自语地评论着其中的一些论文，然后用力写字，发出刮擦声，以保证艾尔莎和玛丽能听到，只是她们并不在意。在心脏专家诊断后，玛丽把所有的时间都用来陪伴她的母亲。我再提出和她出门约会的建议，似乎已经毫无意义。这让我觉得，我才是这座房子里渐渐淡出的人。

翻到海蒂的论文时，我本能地想把它藏到这摞论文的最下面，或者直接在上面打个 A，然后继续往下判卷，但我身体里那个执拗的自我却忍不住想看。这是一份中规中矩的分析，没有什么深度。她认为，小说在人物背景描写上更胜一筹，不过戏剧赋予了人物栩栩如生的生命力。这是她自己的话，不是我的。我翻过了第一页，直接跳到了第三段。

> ……就罗切斯特的妻子来说。由于时间有限，戏剧不能表现她的道德模糊感甚至她的过往。彼得，假如你在看这段话的话，晚上 8：30 在湖边的艾里克森旧谷仓等我。我必须跟你谈一谈。但是，在戏剧里，罗切斯特太太是一个立体的角色……

我重新看了一遍，确认自己没看错，然后看了看表，此时已是 8：39。我的心开始狂跳。我透过门洞瞥了一眼客厅，艾尔莎和玛丽正坐在摇椅上看《美国偶像》，她们和以往的每个星期四晚上一样，愉快地评论着每一个参赛选手。那份论文突然像是我手中的一张广告，只是她们两个都没有向我这里瞥上一眼。我把论文对叠，双眼凝视着这个白色的方形纸。汗珠从我的腋下和后背冒出来。

我脑子里一片空白。我上了楼梯，换上了运动服，然后下楼，穿上了跑鞋，那张被叠得四四方方的论文在我的手里像火一样燃烧着。

“你要去哪儿？”玛丽问。

“我有点儿胃胀。想慢跑缓解一下。”

“这么晚了还要去吗？天已经黑了。”

“我会带上手电筒的。”我从前廊抓起一支手电筒，沿着小路跑了起来，越过了通往威妮弗雷德·艾里克森家农场的小山丘。整座房子在我视野中消失后，我关上了手电筒，加快了步伐，在黑暗中跑过石子路，跑向远处模糊的地平线，希望我一脚踏进地面深坑或踩错了地方而扭伤脚踝。我用力地向前冲，把手中的纸揉皱扔进了垃圾堆。我的呼吸变得急促，肌肉因为冷空气而变得僵硬。接着，我从马路上转身钻进了树林，心中祈祷会有树根把我绊倒，把我的牙磕掉，或至少让我被树桩撞出严重的脑震荡。但什么都没挡住我。我是个幽灵般的跑步者，毫发无伤地跑进树林中的空地，跑到双腿火烫。然后，谷仓在我眼前出现了。我骤然停下，呆呆地站在那里，胸口上下起伏着。一棵高大的橡树矗立在谷仓旁，为它挡住了月光。现在只能面对她了。

谷仓的门嘎吱一声开了。里面一片漆黑，只有角落里的一张高脚凳上放着的一盏小小的露营灯散发出一点淡淡的光。起初，我没看到她，不过等眼睛适应了黑暗，就看到她的身影斜倚在橡树下的窗户旁。她一定是看着我一步步跑过来。她把头发绑了起来，身上穿着一件红色格子外套。我把双手插进了口袋。也许在我来之前，应该先想想如何开口。

“嗨，文学极客。”她在黑暗中轻声说道。

我咽了口唾沫。“嗨，海蒂。”

“你为什么不叫我霍莉 G？”

“因为那不是你的名字。”

“海蒂也不是我的名字。海蒂是我的昵称。”

“但那就是你。你是海蒂·霍夫曼。你是十几岁的高中生，而我是你已婚的英语老师。”

她没说话，也没有离开窗边。

“你一定要明白，这一切已经结束了。不管怎样，都结束了，我应该从来没有……我不该……天啊。”

我转身向门口走去，懊恼得无话可说。脚下的地板吱呀作响。

“是的，你不该。但你已经做了。”她的声音微微颤抖着。

“我已经结婚了，海蒂。”或许重复会有助于她真正理解这个事实，“我有老婆。”

谷仓里又响起了吱吱呀呀的声音，她的声音这一次离得更近了，听起来也更大声了。“你在一周前也是已婚状态，但这并没有阻止你想要见我的冲动，并没有阻止你成为驯鸡师。”

我忍不住大笑起来。那是我们第一次网络性爱之后她给我起的绰号，当时我们荒唐地幻想出诱鸡的场景。我的笑声戛然而止，眼前浮现出我们所做过的那些事，我告诉她要爱抚的地方，想象着那里是我的唇而不是她的手。地板在我们脚下发出嘎吱声，我在她向我更靠近之前转过身去。她已经走过了大半个谷仓的距离，我能看到她双眼里闪烁着的渴望和犹豫。她的双眼睁得很大，嘴微张，她看起来如此年轻。一个有着成年女性身体的孩子。她甚至不知道自己有多么年轻。她或许以为自己已经成年，可以用她的演艺事业、伶牙俐齿和机警的大脑来应对这个纷繁复杂的世界。她或许以为，我和她之间唯一的差距只是几岁的年龄差，但那是一生的时间——失望与妥协交织的黑暗而秘密的黑洞。她是理想化的成年人。我是真正长大的成年人。

“我是你的老师，海蒂。你难道不明白这是多么大错特错的事吗？”

她的嘴角微微上扬。“你教过我什么呢？”

她又向前迈了一步，我的双手不由自主地抬了起来，抓住她的双肩，以保持我们之间这最后两英尺的理智。“我可以教你有关强奸罪的一些法律条文。”

她垂下眼帘看了看我放在她肩上的手。“所以，这件事你已经想过了。”

天啊，她根本没有听我在说什么。她简直活在一个完全不同的星球上，正在与我进行一场完全不同的对话。

“不。呃，对，但我想的是我的刑期会有多长。你还是个孩子，海蒂。”

这句话刺激了她。她向后退去，抱起双臂。“我十七岁了。”

“没错。”

我们在沉默中僵持了一分钟。焦虑使她的胸口上下起伏着，而这个动作又使她的双臂挤压着她的乳房。而我竟然还注意到这一点，这让我变得更加愤怒。

“听着，海蒂，我来这里，只是为了当面告诉你，我犯了一个可怕的错误，但现在这一切已经过去了，结束了。你是个好学生，而……”

“好学生？”她扬起了一侧的眉毛。

“优秀的学生，好吧？在这件事之前，你是我最喜欢的学生。”

“那我现在是什么？你最喜欢的什么人？”

我咬着牙。“你仍然是我最喜欢的学生，假如你现在能忘掉这件事的话，至少你还是。”

她的神情变了，变得很无助。她胸前交叉着的双臂现在看起来更像在拥抱身体，支撑着她不至于倒下。她低头看着地面，她的说话声只比耳语大一点点：“我想我忘不掉，彼得。”

“不要那样叫我。”

“那是你的名字。”

“对于你来说，那不是我的名字。请你听着，你还是个孩子，我是——”我大声地笑了出来。“一个负责任的成年人，而这……”我在我们之间晃了晃手指，“是永远都不会发生的。此时此刻，我应该待在家里判改试卷，而我太太和她母亲在看那些俗气的电视剧，我不该在深夜跑到空无一人的谷仓来见一个孩子。”

“你一直把我称为孩子。”

“因为你就是孩子。”

她抬起头，脸色再次发生了变化。她就像变幻莫测的水银，以如此快的速度处理了信息和情绪，然后立即做出了反应。现在她露出若有所思的得意表情，仿佛已经想通了什么。我的身体紧张起来，对她的变化警觉起来。

“我认为你之所以一直把我称作孩子，是因为你在试图让自己相信这一点。”

“不，我只是说出了事实而已。”

“让我给你列几个事实，彼得。第一：你的婚姻并不幸福。你已经不爱你妻子了，而且你发现自己选择了一个错误的女人。”

“你不知道什么是……”

“第二：我们在网上认识，你发现了一个与你志趣相投、让你兴奋、让你思考和让你笑的人。而现在，在你知道我是谁后，你怕了，因为我能让你失去一切。”

她用热切的眼神注视着我，热切得仿佛穿透了我的全身。她的声音压得更低了，几乎与耳语无异。“但我永远不会那么做的，彼得。因为我才是适合你的女人。”

她离我那么近。我一伸手就能再次碰到她，而这一次，我会把她拉进我的怀里，亲吻她。我可以让她的头歪向一侧，我的唇会沿着她的脖子一路而下，在谷仓里木头的腐烂味道里，品尝那闻起来清新而甜美的皮肤。她不会拒绝我的。她会允许我更加放肆。

我迅速后退了两步，脚跟碰到了门，我用脚把门打开，然后走了出去，大口大口地喘着气。风又吹起来了，田野和湖里突如其来的污浊气味让我的头脑清醒过来。海蒂走了出来，站在我身边，和我一起面向远方的地平线。

“我可以从你的班里转走，假如这件事是个问题的话。这样一来，你就不是我的老师了。”

“我也教毕业班的基础英语课。你仍然是我的学生，只是周围的人更加白痴罢了。”

她大笑起来。“不了，谢谢你。”

“要怎么说才能让你明白呢？”

她等着我继续往下说，我感到一种满足的沉默。仿佛她宁愿站在我身边与我争辩，也不愿去其他地方。

“你太年轻了。你太天真了。”

她又笑起来，但这是一种不同意义的笑，一种更令人不安的笑。“我不是处女。”

“我不是那个意思。”其实我就是这个意思，但我不能做出任何让步。我们站在这里的时间越久，我的决心就越弱。在这个地方，即使是橡树的影子，似乎都像是一种阴谋。我默默地历数着我不能吻她的所有理由，甚至包括不该有吻她的念头。

“我善于把自己变成别人期望中的那种人。看着我，彼得。你会明白的。我将成为世界上最不可能与英语老师谈恋爱的女生。”

我咽了一下口水，当我终于开口时，我的声音是沙哑的。“那是因为，你不会跟你的英语老师谈恋爱。”

她走出了阴影，走到了空地边缘的月光下，她那纤细的臀部两边突了出来，她在环湖小径上停了下来。就是在这个地方，越野队的男孩们打破了队形的约束，疯狂地冲向前方。原本的队形和平稳的步伐，变成了变速时忽前忽后的混乱。她回头看着我，眼里闪烁着大胆的自信。

“彼得，第三：1 月 4 日，我就满 18 岁了。等到那一天我们再见。”

她消失在黑夜里。我站在那里，觉得时间像过了一个小时。我知道，我在一场大战中被打败了。我冲向前方，却没有任何战略，结果我摔倒了，放弃了任何可能取胜的机会。恐惧和自我厌恶在我心中混合在一起。这一切必须停止。假如我还懂得做人的道理，这件事必须结束。

从这一刻开始，于我而言，海蒂·霍夫曼就跟死了一样。非如此不可。

戴尔

2008年4月15日，星期二

松树谷少女被刺
朋友相信与诅咒有关

在高中毕业数周前，一名18岁的女孩在松树谷镇郊区被谋杀。沃巴什郡警长办公室确认了受害人的身份是亨利艾塔·休·霍夫曼，她的朋友和家人叫她海蒂。尸体上有多处刀伤，于星期六晚上克罗斯比湖附近一处废弃的谷仓里被发现。郡警局目前尚未拘留任何嫌疑人，但已确认，他们正在追踪“一切可能的线索”。其中一个线索的源头或许很不寻常：一个四百年之久的诅咒。据受害人的好友波西娅·阮说……

“见鬼！”

我没再看这篇报道剩下的内容，把报纸放回到桌上。这是明尼阿波利斯报纸的头版新闻，《郡报》把海蒂的毕业照放在了标题的下面，她的高中毕业册里其他的照片则跨页占了整整两页。海蒂谋杀案已经成为地方的热点新闻。年轻貌美的女孩被谋杀，所有人都想知道内情。但这个《麦克白》的荒诞流言已经传出来，全州的疯子和记者将会追着我们跑。这样的压力会让凶手感到紧张不安，谁知道一个提心吊胆的杀人犯接下来会做出什么事来。

现在是清晨5:30，要是这会儿下楼去敲阮家的门，时间还太早。于是，我翻了一遍我的嫌疑人名单和证据清单，吃了几个橙子，想忘掉那些媒体的报道。

这些橙子是妹妹从佛罗里达给我寄来的生日礼物。每年她都会寄来一大箱，让我再也不想从杂货店买那些颜色黯淡、水分不足的货色。每天早上，我都会从箱子里拿一颗吃，直接把果皮削到垃圾桶里，注视着果汁从果皮里喷溅而出。橙子的香气沾满了我的双手，不管我洗了多少次手，这些香气一整天都挥之不去。这是一种好闻的香气，味道浓郁，令人愉悦，这正是我本周最需要的。随着我越来越多地了解海蒂的生活，每当我闭上双眼，眼前总是浮现出她那双腿浮肿、血迹斑斑的尸体，而我咬的每一口橙子都会显得更加甘甜和香气扑鼻。

我边吃橙子边翻阅着清单。现在，我们有两个嫌疑人：汤米和那个签名为L.G.的人，所以杰克正在用海蒂的上网记录来确认他的身份。这个人与她有两个共同点，这是我们从海蒂保存的信息中知道的。他和海蒂都喜欢艺术——表演、阅读之类的事——都不喜欢乡村生活。他们从来没有提过名字，不管是自己的名字还是其他人的名字，也没有提起过任何地点或事件，所以，很难确定他的真实身份。这名男性很有学问，喜欢时不时抛出一两个金句，和现在的大多数人一样，说起话来自命不凡，但海蒂似乎很喜欢。像她这类的女孩可能都是这样。她或许认为他很有品位。我们了解到，他们互发信息的时间大约有一个月，先是聊他们读过的那些书，然后是说一些情话，直到他们发现了对方的真实身份，大约是通过《简·爱》。那时，他似乎要结束这一切。无论实际情况如何，反正就是那时，海蒂开始不再保存他们之间的信息。我无法证实去年 10 月份以后他们还有联络，但整件事让我预感到不太对劲。到目前为止，他是唯一一个想让海蒂消失的人，而这一点足以把他列入嫌疑人名单。

证据清单则让人更充满希望。我有海蒂内裤上的精液，法医小伙们昨晚寄来报告，说他们在谷仓旁的湖底发现了几个用过的安全套，其中一个里面有更多的精液。我让他们把那只安全套、内裤和汤米的样本一起进行分析。在其他发现的证物上面，没有发现指纹，这就意味着这些证物已经沉到湖底至少有几天时间了，它们不是犯罪现场的一部分。我把海蒂的包也写进了证据清单，杰拉尔德·琼斯的名片就放在她包里。他的不在场证明已经证实了他的清白，但作为一名戏剧导演，他显然很有艺术气质，不能排除他也可能是 L.G.。今天早上，他搭夜间航班到了罗切斯特，我打算先开车去那里见他。

我最想找到的，是那该死的作案凶器。谋杀案发生已经整整四天了，在这 100 个小时里，凶手完全可能把它藏匿、掩埋或清洗干净。谢尔昨天已经完成了对湖底的打捞，但仍没找到凶器。距离星期五晚上越久，我们发现凶器的可能性就越低。

6 点左右，我听到阮家人起床了，我一直等到 6:30 才下楼。阮太太给我开了门，招手让我进去，对她丈夫喊了几声。阮先生满脸笑容、态度热情地走了出来，当我说要见一下波西娅的时候，他的眉头皱了起来，迟疑了一下，才点头，把她叫了出来。等待时，我注意到猫懒洋洋地躺在沙发上，像是与我素昧平生一样地把脸扭到一边去。我也转过身不看它。

波西娅的身高已经赶上了她爸爸，长了一张和她妈妈一样的圆脸，但她的举止却和他们两个谁都不像。她穿着一条粉色的睡裙披头散发地赤脚走进客厅，上来就问："你们发现什么了吗？"

她父亲用他们的语言严厉地训斥了她，她才稍微收敛了点儿。

"我们已经找到了很多东西，波西娅。你问的是什么？"

"谁杀的她？是谁杀了海蒂？"

"假如我知道的话，我今天早上就有别的事情要做了。因为……"我把报纸铺开，啪的一声重重地放在咖啡桌上，"你不觉得自己过于健谈吗？"

她耸了耸肩。"昨天他们就在学校外面，我不会向他们撒谎的，那个诅咒是真的。"

"你喜欢自己被关注，对吗？你一定也不介意代替海蒂来扮演麦克白夫人。"

"你在说什么？"

"现在，这些疯子都涌进城里来找采访对象，假如你像现在这样跳到麦克风面前，你的脸很快就会出现在全美的报纸和电视节目里。这真是太棒了。"

"住口！"她大喊道，然后开始大哭起来。阮先生和阮太太站在她身后，一动不动。"我是她最好的朋友。我不敢相信她已经死了。"

“假如你真的是她最好的朋友，你一定知道她的事。私密的事。她不会告诉其他任何人的那些事。”我等待着她的哭声平息下来，“我需要知道这些事，波西娅。”

“什么事？”

“在汤米之前，她在跟谁约会？”

“没人。”

“她没有对其他人产生好感？”

“是的，她以前常常取笑麦琪和学校里那些总是在约会的女孩。她把她们叫作‘男人迷’。”

她轻轻笑了一下，我也忍不住笑了。这个词一听就是海蒂经常爱说的那种话。

“好，在学校没有男友。那么，她在其他地方有没有见过什么人呢？比如，去年秋天在罗切斯特演戏剧的时候？”

波西娅摇了摇头。

“你还知道海蒂的其他事吗？她向你说过的秘密？有什么事看起来不太对劲？”

她耸了耸肩，抬起头，用睡裙的一只袖子抹了抹双眼。“我不知道。我是说，我本以为我们什么话都会告诉对方，但是……”

但是，显然海蒂并没有对她最好的朋友有足够的信任，她没有把 L.G. 的事告诉波西娅。

“两周之前，”她哽咽着，气恼地说，“海蒂的卡车在赞布罗塔南面的一条路上出了故障。我放下手头的事马上就开车去接她——前一天，我刚刚跟着合唱团坐飞机回来——但她到底去了哪里以及为什么会随身带着一个箱子，这些她都没告诉我。她让我开车载她去罗切斯特的阿帕奇购物中心，对我说她有事要办。她没告诉我到底是什么事情，也不让我跟她一起去。我很恼火。我在盖璞待了一个小时，等着她发短信给我。等她终于回来，那个箱子不见了，而她看上去，我也不确定，满身大汗，却很开心的样子。”

“她把箱子拿去哪里了？”

“我不知道。我问了她几次，但她只是说，‘它正在等’。”

“箱子是什么样的？”

“很小，有登机箱那么大。黑色，带轮子。”

“你不知道她之前去了哪里，当你在购物中心等她的时候，也不知道她去了哪里？”

“是的，她回来时，双颊通红，上气不接下气，但不管我什么时候问她，她都会立即转移话题。她给自己买了一条细肩带裙，顺便给我买了一件衬衫，完全是临时想起来才买的。然后在回家的路上，她只跟我说了几个字。她甚至没有问我这次出门好不好玩。”

她的声音混合着愤怒和悲伤，不停地擦着眼睛。

“那天之后，她除了好像有些心不在焉之外，似乎一切正常，没有别的什么事。尽管我们仍然聊天，也一起出去玩，但她的行为有些古怪。”

“怎么个古怪法？”

“我说不上来。比如，星期五的演出结束后，我告诉她，她的表演很棒，而她只是笑笑，说她再也不会表演了。我当时的反应是，啊，你 18 岁就要退休吗？你还能更夸张点吗？没想到，她真的就是这样结束了。”

波西娅突然大哭起来。她的父母站在门口，她母亲手里抓着一块洗碗布，她父亲低着头站在那里。

“好吧。”我指着天花板，等着她留意到这个动作，“要是你想起了别的事情，你知道该去哪里找我吧？”

她点了点头，走出了房间，消失在她那并肩而立的父母的身后。我冲着他们两位点了点头，走出他们家。或许这与案件并无关联，但我想知道海蒂怎么处理的那个箱子，她为什么要带着那个箱子。在赶往罗切斯特的路上，我给杰克打了个电话，把最新情况告诉了他。他正忙着申请针对几个网站的搜查证，因为他认为那是海蒂访问了多次的网站。他还说已经跟罗切斯特警方联系，请他们提供无人认领的行李单。

在接下来的路上，我仔细回想着波西娅的话。海蒂没有把L.G.的事告诉她最好的朋友，也没有说起她在卡车出故障那天去过哪里，也不让波西娅看到她如何处理那个箱子。通常人藏箱子，是在为逃走做准备，但她需要逃离什么呢？海蒂的秘密越来越多。假如我把这些秘密告诉巴德，好像我再一次把他的女儿带走，他会作何感想？

我的内心不由得开始希望DNA被证明是汤米的。那会是个简单的故事，多年来，这样的故事我听过无数遍，细节或许有些差异，但主要情节大致相同。一对情侣发生了争吵，局势失控，他杀了她。这不是我能理解的罪行，但它已经变得异常普通。其他说法——诅咒、秘密情人、可能企图逃走——就完全不一样了。她的尸体又一次在我的脑海中浮现，被刀刺死，身上血迹斑斑，双腿肿胀漂浮在水里，我跪在她的身旁，试图把她被肢解的尸体拼合到一起。

我驶离公路，驱车进入罗切斯特市区，去寻找另一块拼图。

*

“当然，她是个业余演员。从彩排的第一天起，就十分明显。”

杰拉尔德·琼斯是一个瘦高个儿，全身穿着黑衣服。不是约翰尼·卡什[1]常穿的那种黑色衣服，更像是弗雷德·阿斯泰尔[2]扮成飞贼的样子。我们在罗切斯特城市剧院的前台，在这十分钟里他一直擦着他那没有泪水的双眼，向我展示着去年秋天他指导海蒂表演《简·爱》时拍摄的“剧照”。对我来说，它们看上去只是一些俗套的照片。

“起初，她甚至不懂舞台指令。我得带她走一遍，但到了第二周，她已经完全熟悉了，除了在技术方面缺乏一些经验，她真是导演心中梦寐以求的演员。”

“为什么这么说？”

“她是个完美的演员。一块璞玉。我只要说‘更脆弱一些’或‘迫切的样子’，她就会做出调整。那会自然贯穿于她所有的细节里——她的动作、表情、姿势、语调、音量。我会选她，因为她很会诠释剧本，而她的表现正是我想要的。明白了吗？”

他拿起一张照片，照片里她手里抓着围巾，注视着一个身穿大

---

1 约翰尼·卡什（Johnny Cash，1932—2003），美国乡村音乐传奇人物，驰骋乐坛五十余年，演出时永远是一身黑衣，歌曲也常涉及犯罪、凶杀等较灰暗的内容，因此获得“黑衣人”的称号。——译者注

2 弗雷德·阿斯泰尔（Fred Astaire，1899—1987），美国电影演员、舞蹈家、舞台剧演员、编舞、歌手，总是穿着整齐，即使在晚年也一直是男性时尚风向标之一。代表作有《鬼故事》《狗王擒贼王》等。——译者注

衣、头戴帽子的男人。

“她很瘦，所以能够表现出那种憔悴的样子，但她的内心又有一股火焰，一种不可言说的东西。这赋予了她一种迷人的舞台魅力。每天晚上，观众们和罗切斯特先生一样，一次次地陷入对她的爱恋。”

“他就是罗切斯特先生？”

“是的。”

“在台下，他们之间有发生过什么事吗？”

他对这个问题着实吃惊不已。“没有，天啊，没有。麦克婚姻幸福，有两个孩子。”

“但你刚才说，他爱上了她。”

“他的**角色**爱上了她的**角色**。”现在，他说话的语气就像对小孩子说话。

我费力地把塞在牙缝里的最后一点儿橙子剔了出来，同时把那些照片随意地扔在他的桌上。“你的角色呢？你对霍莉有任何感情吗？”

“是简。”他缓慢地将每一个字母的发音说了出来，就像已经把我从一个小孩又降格为一条愚蠢的狗，“那个角色的名字叫简。不，我对她没有任何感情。你想知道什么？”

“与你的新星在一起，你或许会觉得十分惬意。寄希望于好好打造这块璞玉。”

他顿时大笑起来。“我想，我的伴侣迈克尔不会喜欢这样的奉承话。”

他说“伴侣”时的语气，立刻澄清了状况。

“嗯。”我清了清喉咙，向别处望去，“好。”

琼斯显然不是L.G.。即使他是异性恋，他对海蒂的网名也没有任何反应。我叹了口气。

“你为什么认为我跟海蒂有关系？”

“我们在湖底找到了她的包。凶手把她杀掉后，把包扔进了水里。你能告诉我为什么你的名片会是她随身携带的为数不多的物品之一吗？”

“哦。”他自以为是的优越感瞬间不见了，他似乎终于意识到：海蒂死了。他坐在那些照片前，茫然地凝视着它们。

“我已经有几个月没跟她说过话了。演出结束后，我把我的名片给了她，给了她一些帮助。她决定去纽约，你知道吧，而我在纽约有些熟人。我说等她搬到纽约后，可以打电话给我。”

“她说过什么时候去吗？”

“在她毕业之后吧，我想。”

“你最后一次跟她说话是什么时候？”

“圣诞节。我送了她一台旧摄像机，她打电话来向我表示感谢。”

“摄像机？”海蒂的房间里没有这样的东西，“干什么用的？”

“演员们彩排用的。录下他们的镜头并对其表演进行检视。海蒂有天分，我想帮她提高演技。”然后，他悲伤地笑了笑，“而且，我刚买了一台新的，而迈克尔不让我在处理掉旧机器之前再把新机器带回家。”

“好。你能想起她在排演这出戏期间可能与哪些人来往过密吗？在排演期间，她可能见过谁？”

“我没见过。她总是很忙，一边忙着上学，一边忙着打工。她在彩排期间跟别人说话不多，她甚至趁着没戏排的间隙见缝插针地写作业。”

“你有买票来看戏剧的观众名单吗？”

结果他真的有。用了一些小手段之后，他让我看了销售单，也没要求我拿出搜查证。这是个单调的活儿，我应该让谢尔来干，但这个案子我必须站在一线。假如让我坐在办公室里签工资条，或开记者招待会，让其他人去查杀死海蒂的凶手，我会发疯的。我坐在琼斯办公桌对面的访客座位上，把所有男性观众的销售单都抽出来，传回给杰克看。数量很多。谁知道会有这么多人爱看演出呢？

琼斯给我们两人拿了咖啡，看着我工作。过了一会儿，他轻声地说：“杀死海蒂的不是这出戏。”

“省省吧。”我继续翻着那些销售单。

“你不相信那个诅咒。”

“对，我不相信一个灵异故事能杀人。”

“那你应该没听过阿斯特广场骚乱[1]。”

他走向文件柜，翻找了一下，从中抽出两张纸。

“威廉姆·麦克里迪是19世纪早期一位优秀的英国演员。这就是他。”我看了一眼一个戴着假发的小个子男人的画像，他后仰着头，微笑地望向相框外。看上去是会逃税的那种人。

1 阿斯特广场骚乱（Astor Place Riots），1849年，英国演员威廉姆·麦克里迪在纽约市阿斯特广场演出莎剧《弑君记》时，其对手美国莎剧演员福里斯特的粉丝与警察大打出手，死伤58人。——译者注

“好极了。”我埋头继续干活。

“同一时期在美国，埃德温·福里斯特在纽约的各大剧院声名大噪。”

他向我展示了另一张画像。这张画像里是一个健壮结实、脸色红润的家伙，黑发直竖。好勇斗狠的家伙。

“这两人在职业生涯初期是好友，直到福里斯特开始在伦敦出演《麦克白》时，他们的友谊宣告结束。观众们给他喝倒彩，福里斯特主观猜测认为，麦克里迪出于妒忌而怂恿观众对他喝倒彩。几周之后，当麦克里迪在演《哈姆雷特》的时候，福里斯特站在观众席的正中央，向他发出诘问。他立即被伦敦的上流社会驱逐，不得不回到纽约。”

“你到底想说什么，琼斯？”我看了一下手机，看到有两个未接电话，都是杰克打来的。

“1849 年 5 月，福里斯特和麦克里迪在同一天晚上在纽约演《麦克白》打擂台。福里斯特的一帮粉丝闯进阿斯特剧院，阻止麦克里迪演出。骚乱者用石块攻击了剧院，试图将剧院烧掉，此举逼得民兵不得不向人群开枪。”

“这一切都是因为两个戏剧演员？”

“这些人都是当时的电影明星。那天晚上，有 20 多人死亡，100 多人受伤。这是戏剧史上最悲惨的事件。这个悲剧的发生完全是因为《麦克白》。”

“悲剧的发生完全是因为一伙白痴的骚乱者和一帮不作为的警察。”

“但是，它的起因是什么？《麦克白》。福里斯特在伦敦的糟糕表演首先引发了双方的对立。那天晚上，他们都在表演什么？《麦克白》。这是一个男人一路谋杀获得王位的故事。不是疯子，不是傀儡，只是个普通人，被恶意所驱使。那就是《麦克白》，四百年来，暴力像飞蛾扑火一样，一直被这部戏吸过去。”

他把两张照片放在一旁，看着桌上海蒂的照片。他越说越小声，仿佛这个故事已经让他筋疲力尽。

“你会找到凶手的，警长。你会找到凶器和作案动机，以及你呈上法庭时所需要的一切。那个诅咒并非你在寻找的东西，而是你永远无法来证明的东西，但那是谋杀案的诱因，是引发凶杀案的导火索。”

我呆坐在那里，手放在那些纸上不知所措。他的话让我想起了些什么。这些记忆可能已经消失了很多年，心情早已平复、释怀。然后，手枪的烟雾突然刺痛了我的双眼，潮湿的丛林味道进入了我的鼻孔，我得把这些再一次埋藏。你可以离开一场战争，但它永远不会离开你。

“普通人犯下滔天罪恶是常有的事。相信我。”

他笑了笑，点了点头。“你会知道的。”

我继续扫描资料，并摇了摇头。“你知道这部剧的真正含义吗？来自天堂的一次疯狂反击。”

琼斯大笑，这时杰克又打电话来了，这次我接了电话。

“你找到什么了？”

“我的电话你为什么一个都不接？”

“天啊，杰克。你以后结婚的时候，最好找一个喜欢穿裤子的女孩。”

“我们可能找到了凶器，也可能是工厂发生了爆炸。”

“要是有那种事，勤务中心会打来的。”

“而你不知道，我就是这个意思，这或许非常重要。”

“哦，是重要的事吗？”

“当然是。我知道 L.G. 是谁了。”

终于，今天总算有了点儿好消息。我现在的心情正好想掐住这名变态的脖子。“拿到搜查令了？”

“是的，所以我获取了她的账户信息，发现她给一个名叫文学极客的人发了数百条信息。”

“L.G.。”我轻声说。

“没错。于是，我又获取了他的账户信息，有一个邮件地址。我查找到……”

这些技术细节我没听进去多少，因为就在那一刻，我翻到了一张纸，看到了一个让一切都豁然开朗的人名。我放下了其他纸，盯着那几个黑字，开始回想最近几天里发生的事。

“……所以，当我登录谷歌邮箱的时候，发现这个人是——”

“彼得·伦德。”我打断了他。

“你怎么知道？”他非常恼火。

杰拉尔德·琼斯不是一个好演员，所以他无法装出自己没有偷听的样子，我现在最不需要的就是把小道消息有声有色地泄露给媒体。假如海蒂与她的高中老师有私情的话，那记者一定涌进松树谷。

“不说了。我现在就过去。我会在半小时内把他带回警局。”

“我跟你一起去。”

“你就待在那儿，把你从海蒂的电脑上下载的每一封邮件都打印出来。然后，把那台破传真机从审讯室里搬出来。还有，一定要准备一壶新鲜的咖啡。”

“你打算尝试先对他好一点儿？”

“不，我很渴。”我挂掉电话，把琼斯给我的半杯咖啡倒进了垃圾桶里。他咧嘴笑了。

“知道‘硬汉警长’不只是陈腔滥调的说法，我还觉得挺欣慰的。”

“乐于效劳。”我站起身来，握了握他的手，“琼斯。”

我打开了警灯，以每小时百英里的速度赶回松树谷。这种车速让人感觉很好，热血沸腾，帮我驱走了早晨的寒冷。不到一刻钟，我走进了松树谷高中，在我还没走进校门的时候，校长已经来迎接我了。

“警长，这是为了海蒂的事吧？”

“不然我也不会把你们的老师从教室里叫出来。”

“你需要找哪位？”

“伦德。”

他先是皱了一下眉，然后才把秘书叫来，让他找个代课老师。

“这边请。”

我们回到教学楼，他带我走到走廊的尽头。

“关于彼得的情况，有需要告知我的吗？”在我们走进彼得的教室之前，他问道。

我敲了敲窗户。在看电脑的伦德抬起了头，他有点儿惊讶。我指了指他，然后又指了指我的脚。**给我过来。**

“他的很多事你都应该了解，”我们看着他慌乱地收拾，然后向学生们说了几句话，“但我只对一件事感兴趣。”

彼得走了出来，目光在我们两人之间流转。“警长，你有更多海蒂的消息了吗？”

“确实有。需要你来一趟警局。”

“不能等到今天放学吗？我有课。”他冲着身后挥了挥手，看着校长，而校长也在注视着他，仿佛试图想象出伦德手里的刀。

“学生交给我们，”校长说，“去拿你的东西吧。”

伦德照校长的话去做了，我们一起走向巡逻车。我让他坐到了前座上。

“你对这个可笑的诅咒有什么看法？”驶离停车场的时候，我问他。我能感觉到，听到这个问题后，他整个身体都放松了下来。

“胡扯。”

我大笑了起来，他更放松了。

“这个传说中的诅咒是迷信的偏执妄想。真正的诅咒，是蛊惑相信这种胡说八道的演员——在我看来，就是学生——让导演过得像在地狱里。你看到波西娅·阮星期日那天是如何吓唬所有人的吧？”

我点了点头。

“在整部戏演出期间，她一直那样，把关于这个诅咒的一派胡言灌输给每一个愿意听的人。”

“海蒂听过吗？她和波西娅非常亲密。”

“没有。”他的声音平缓了下来，“没有。海蒂是少数不相信这个说法的人之一。她……她与大多数青少年都不一样。她理解现实和幻觉之间的差异。”

他开始说起其他的事，然后似乎又改变主意了。

我们到警局后，我让杰克把他带到了后面，而我则倒了一杯咖啡，等着它微凉下来。两辆新闻车开到了前窗口，我能听到布莱恩在人行道上纠缠南希，让她再举办一场记者会。我喝了一口咖啡，向审讯室走去。

杰克正在门口当警卫，看到我走进来，递给我一个文件夹。伦德显得比几分钟前不安许多。我坐了下来，打开文件夹，一边喝着咖啡，一边翻着那些邮件。过了一会儿，伦德侧身向前，看到文件内容后，把头埋进了臂弯里。

“所以，文学极客，哈？”我敲了敲一张纸上的人名。

“老天啊。我……我不知道她是谁。全都是假名。”

“假名，就像陌生人一样？”

“是的。”他抬起头，看着我一边喝咖啡一边翻阅文件。“是的，的确如此。”

我拿起一张纸，往后靠，好看清楚上面的内容。“我的手从下向上掠过你的大腿内侧，我的手指在你的皮肤上摩挲，那是你无法忽略的暗示。”

杰克偷笑几声。我像在萨丽餐厅把早餐菜谱读出声来一样，把这段胡说八道的话读了出来。我瞥了一眼伦德，他已经满脸通红。

“你会……对素昧平生的陌生人……说这种暗示？”

“不，我认识她。我是说，我不知道她的真实身份，但我认为我知道她是谁。我们已经聊了好几个星期了。我们已经非常亲密。”

“嗯嗯。看上去是这样的。”

“她打印了什么？天啊，她只把那些有关性的聊天记录打印了？我发现她的真实身份之后，就立即停止这段关系了。我是说，一刻也没犹豫。她有没有把这段话也放进记录里？”

他已经浑身大汗淋漓，试图看清楚我正在读的内容。我漫不经心地看了杰克一眼，在刚才偷笑几声之后，他正在竭力再次表现得强硬和无私起来。

“的确有。”

他长长地叹了口气，像一个泄了气的气球。“所以，你能明白，这件事结束了。那没什么。”

“不要觉得你的妻子会认为这没什么。不要觉得海蒂认为这没什么。她似乎对你死心塌地。”我摇了摇头，“不知何故。”

“在我们意识到……这个情况之后，海蒂的确想要与我谈谈。我甚至见了她一次，为了面对面地结束，因为她想……继续这个关系。”

“而你一点儿都没动过心？那么漂亮年轻的女孩。聪明，就跟你一样。喜欢那些书和大城市。”

“不。不。”他摇了摇头，目光在我和杰克之间游离不定，“她还是个学生，一个……一个孩子。我会进监狱的，看在老天的分儿上。更不用说丢掉工作和失去婚姻了。”

“你还是可能失去这些，伦德。我们都有办法办到。”

“但我们什么事都没发生。我告诉她，她必须放手，我永远都不会回报她的感情，于是，她放了手。她开始与汤米·基纳基斯约会。直到我开始在大厅里看到他们，我才终于觉得这场噩梦已经过去了。

看上去，他们在后来的几个月里都在一起，但我不明白这是为什么。他是个笨拙的傻大个。你跟汤米谈过了吗？从他的表现来看，她是他的私有财产，他总是把胳膊搭在她肩上，带着她穿过人群，仿佛她自己不会走路似的。”

“你一定是密切地观察着她，所以才对这一切都了如指掌。”

“对其他学生，我才不在乎。但是，是的，我会注意海蒂。”他一边说，一边身体微微往下沉，或许是因为无地自容，或许是把这一切一吐为快之后的释然，“我不注意的话，又能如何呢？我总担心她会下定决心检举我。”

“哦，那这一切的发展对你相当有利啊。现在她已经不能伤害你了，对吗？”

“你！你怎么能这么说？”他立即激愤不平地反驳了我的话，“我做错了，好吗？我知道。我是个浑蛋，是个不称职的丈夫。”

“这我没意见。”

“海蒂是全学校最聪明和最有前途的学生，但我做的一切与此无关。她……了解人，她只要看一眼就可以把人看透。有时那让人很不安，就像她可以把你看穿似的。她打算秋天去纽约，我知道她会很适合东海岸那种快节奏的生活方式。我知道她的人生会很精彩，而我也解脱了，好吗？她会离开，而我可以继续**我的**生活。”

“或许这个秋天对你来说还不够快。抑或海蒂认为她的纽约之行需要一些钱，或者她的平均分需要稍稍提高一点儿。”以那种方式讲海蒂，就等同于把太多的丑陋加诸她的身上，但我无法把她从中剥离出来。我不得不把她所有的秘密都暴露出来，只希望能瞒得住巴德和莫娜。

“在过去的几个月里，我只在课上或排戏时与她说过话。她没有勒索我。她不会那么做的。你需要与汤米谈一谈。海蒂会离开，但汤米不会。要是最近这几天……假如她想与他分手……那是我能想到的唯一的事。”

我点了点头，随手把那些打印的邮件一起放进文件夹里，然后合上。他大汗淋漓，努力把嫌疑甩到汤米身上。

“伦德，星期五晚上，戏结束后，你在哪里？”

“我一直等到所有人全都离开，然后锁了学校的大门。卡尔帮我一起锁的。然后，我们去他住的地方喝了一杯。”

“卡尔·雅各布斯？”

他点了点头。

“好，走吧。”我站起身来，把文件夹递给了杰克。

“去卡尔家？他还在学校。”

我带他走出门，几乎是拎着他那汗津津的领口。“我们要去梅奥医疗中心。我会给你一个洗脱罪名的机会，伦德。或者至少洗掉部分罪名。”

我让他坐在前排座上，以防那些新闻车正好在此守候。然后，我一边送杰克回到警局门口，一边与他低声交谈。

“你认为他是与她发生性关系的人？”杰克问道。

“实验室迟早会告诉我们的。他想过那么做，那是绝对肯定的。我想，归根到底就看他是要色还是要命。”

“我觉得他是要命。那个家伙浑身散发着鸡粪味。你想让我把卡尔·雅各布斯找来？”

“做一次电话问讯就好。我们往警局里传唤的人越少，对我们越好。证实一下他不在犯罪现场的辩解。我想知道他们离开学校的时间，他们喝了什么，谈了什么，伦德是什么时间离开卡尔家的。我也会在去罗切斯特的路上问伦德同样的问题。一有结果就立即打电话给我。”

“这次你会接吗？”他太激动了，语气没有太讽刺。

“如果是那样的话，我会的。对了，杰克？”

“什么？”

“这件事不许向任何人透露一个字，明白吗？不管是勤务中心、南希还是其他队员，连你母亲也不行。否则，媒体会大做文章的。”我抹了一把脸，“到时我就得因为巴德杀了这个人渣而逮捕他了。”

“假如有人问起伦德来干吗，我要怎么说？”

“你告诉他们，不要干涉一个正在进行的调查。”

杰克似乎喜欢这个说法，于是我就把这件事交给了他，然后朝巡逻车走去。伦德瘫坐在座位上，后脑勺对着窗口，仿佛整个小镇都不知道他在哪里。文学极客喜欢隐藏起来。现在的问题是，他到底隐藏了多少真相？

海蒂

2007 年 11 月 7 日，星期三

“少来了，海蒂。你知道你一定会的。”

波西娅咬了一口汉堡，露出个苦瓜脸，又把汉堡放下。“我不是说不要酸黄瓜吗？”

麦琪越过奶品皇后冰激凌店的座位，挑走了波西娅的酸黄瓜，放进自己嘴里。“这很难说，她现在是城市剧院的大明星了，或许她看不上我们的春季公演。”

“别闹了，你们两个！我说了，我还没定。”我往我的篮子里挤了些番茄酱。

“还是有酸黄瓜味。”波西娅抱怨说。

“那就给我吧。”麦琪抓起了汉堡。

“现在才 11 月，”我直言不讳地说，并把部分洋葱圈给波西娅吃，“等他们公布了要演哪部戏后，我再做决定。我才不要演音乐剧，我不会唱歌。”

“我听说，今年是伦德先生担任导演。他不会挑音乐剧的。”

一听到他的名字，我的胃里突然翻滚起来，洋葱圈仿佛在我嘴里变成了水泥。幸好一群橄榄球运动员涌进了餐厅，开始在前台吵吵闹闹。

“麦琪，你邀请德里克一起来赛迪·霍金斯舞会了吗？”我换了个话题。

她转头向那群雄性荷尔蒙过剩的化身投去娇羞的一瞥。“是的。我们准备与莫丽和特伦顿凑成两对。”

德里克正夹住某人的头压在迪利雪糕盒旁，但他停了一下，冲着麦琪咧嘴而笑。真是迷人的家伙。

“你呢，波西？你问过马特和汤米吗？”

“马特要和斯蒂芬妮一起去。”

“哦，汤米就在那儿，过去问问他。”我拿着一个洋葱圈向他挥了挥手，但汤米吓了一跳，仿佛他一直注视着我。他朝我们的座位走来，双手塞进他的运动衣口袋里。

“嗨，海蒂。”

“嗨，波西娅有些事要——”在桌子下面，我被狠狠地踢了一脚。

“要做。”她帮我说完了这句话，对着汤米微笑着，“你可以坐我的座位。”

“还有我的。我要去点一个暴风雪。”她们交换了一下眼神，瞬间两人就走了。我有一种不自在的感觉，觉得我错过了什么。

“呃……你介意吗？”汤米对着无人的卡座拍打外套，而我则耸了耸肩。他坐了下来，清了清喉咙，开始玩餐巾纸盒。杰拉尔德总说，手是性格的表达。他说，别管他们说的话，留心他们的手在做什么。汤米有一双粗大的手，指甲脏兮兮的，他像一个兴奋的曲棍球运动员把纸巾盒打来打去。他紧张得要命。

“最近在忙什么？”我终于问。

“没什么。刚刚陪我爸打完猎回家。在两百英尺高的地方捕获了一只十二叉角公鹿。”

“杀手。”我面无表情地点头。

餐厅里的大多数人好像都在注视着我们，汤米的橄榄球队友们站在前排，互相用胳膊肘推挤着对方，嘴里塞着炸薯条。

“你呢？”他问道。

“只是在打工前吃点儿东西。”

“哦，酷。”他挠了挠他那一点儿都不卷的头发，看上去像是刚刚起床。

我喝了一口饮料，吸管发出吸到底的那种咕嘟声。汤米充满期待地看着那只杯子。

“要不要……我帮你拿去续杯？”

“好的。”我把杯子递给了他，“一半橙汁，一半雪碧，三个冰块。”

我看着他走向冷饮柜，准确无误地执行了我这个荒唐的指示。他甚至还倒出了一点儿橙汁，以确保橙汁只倒入半杯。当德里克走过来打了他胳膊一拳时，汤米毫不留情地把他猛推到调味品柜台去，然后回到座位上，一点儿饮料都没有洒出杯子。令人惊讶。这真像个社会实验。我啜了一口，试图再实验更多。

“你觉得波西娅怎么样？”

“波西娅·阮？”他问道。我尽量克制着不翻白眼。在这个小镇，没有第二个波西娅。

“是的。”

“我不知道。我想她人很好。”

“假如她邀请你一起去赛迪·霍金斯舞会，你会怎么说？”

“哦。”他的脸忽然变得通红，又开始玩起餐巾纸了，“我，呃，我觉得……她不会邀请我的。”

然后，他咽了一口口水，与我四目相对。真有趣，我从来没注意到他的眼睛竟然是碧蓝色的，就像是天空的颜色，让你忘记那背后的东西。

“我原以为你或许会邀请我。”他脱口而出。

我一边思考，一边递给他一个洋葱圈。突然之间，我有太多事要思考。

“你为什么想让我而不是波西娅邀请你呢？”

“我不知道。她是个大嗓门。她总爱议论别人。我知道，她是你的朋友，但是……”他的话没有说完，看上去十分不自在，胡乱往嘴里塞洋葱圈。

“她是很吵。”我微笑着同意他。他也对我笑了一下，露出一半的牙齿，让他的娃娃脸看起来歪得很可爱。所以，他想要一个安静的女朋友。

“那你要邀请我吗？”

“我不知道。”我向前倾身，让头发垂到脸上，“我想我得先看一下你跳舞。”

“什么？就在这儿？”他一头雾水。

好了。一个安静而简单的女孩。我又递给他一个洋葱圈，看到他面露喜色。他喜欢别人喂他东西。特征的清单又增加了新的一条。就这样，汤米·基纳基斯的女朋友开始成形了。

*

第一次约会，我们一起去看了电影《老无所依》。他用他显然非常喜欢的那辆大卡车接我。他特别介绍新椅套、音响系统，甚至还向我展示了他在司机侧门上做了一个秘密的小隔间，用来藏一小瓶威士忌。在剧院的停车场里，他拿起酒瓶劝我喝一口威士忌，我拒绝了。看电影时，我们吃了一大份爆米花，不过我才吃几口就没了，我看得太入迷了。

“我喜欢科恩兄弟。”在回家的路上，我赞叹道。

“他们其中一人演职业杀手吗？”汤米问，“他太厉害了。”

我们再没说话，直到他把车驶进了我家车道，然后动了一下收音机，含糊地要我等一会儿。

“要做什么？”我问，但他已经下了车，走到我这一侧。

他笨拙地伸出一只手，打开了我的车门。我握住他的手，从车上跳了下来，本来就要放手了，可是他把手指收紧，另一只手轻轻地放在我的肩上。

“你……说你想看我跳舞。”

我这才恍然大悟——他调大了声音的乡村音乐和他脸上羞涩的表情。

“哦。”我脸红了，垂下视线，一时之间有些不知所措。

他把我的手拉到他的胸口，带着我转了几圈，直到音乐结束，我向后退了几步。

“我跳得可以吗？”

我微笑了一下。“我想可以。”

下个周末，我们去了赛迪·霍金斯舞会，然后又去参加了季后赛橄榄球派对，汤米就在德里克爸爸的啤酒冰柜旁亲吻了我。欢呼声在四周响起，从此每个人说起我们，都把我们当成情侣。听上去挺对的。汤米和海蒂，高中生恋人。

到了感恩节，我们已经有了固定的活动模式。我们每个星期六晚上约会，因为我们没有在一起上的课。我选修了所有的高阶课程，而他大多数时候都在补习。在学校，我们只有午餐时间才能看到对方。我和他一起坐在橄榄球员那一桌，把我的午餐让给他吃，而我则玩手机。而在午餐中有巧克力饼干的时候，他总是把这个让给我吃。

汤米显然很喜欢我。我要做的，不过是对着他微笑，他就会开心得不得了。尽管让他如此喜欢的不是我，而是有了女朋友这件事。每当有别的运动员搂着他们的女朋友出现时，他都会像要把我的骨头捏碎了似的搂着我，而星期六晚上我们总是跟其他球员进行双对或三对约会。我想他觉得自己有了真正的归属感，因为有了自己的女伴。尽管他笨得像块石头，但仍很体贴。我很欣慰我能让他感觉被朋友们接纳。

爸妈也很高兴。我想他们以为，我有了男朋友之后，就会老老实实地待在这个地方，或许我会改变主意，不去纽约了。星期日晚上他们邀请汤米来我家吃饭，晚餐后，他陪爸爸看了一场橄榄球赛，就像格雷格和爸以前那样。

对我来说，这一切都是学习。以前，我从未与任何人约会过，对于如何当别人的女朋友，我没有一点儿概念。事实证明，这件事一点儿都不难——大多是一些身体的接触，无须动脑。重点是靠在对方身上听他说话，而不是用心倾听；要么就把手放在他的手臂上，而不是直接告诉他住手。在我们两对约会时，我看着别的女孩如何调情和娇笑。她们看上去那么快乐，我在想，假如我看上去也那么快乐，是否也会有归属感。

有一天午饭后，我陪他一起走去英语课的教室。我们在走廊里缓缓地走着，汤米一只手搂着我的肩，我的书包轻撞着他的大腿，看起来不疾不徐，但我的体内已经开始嗡嗡叫起来。当上课铃响起，那些橄榄球运动员像平常一样对彼此大呼大叫，我们走到了彼得的教室门前。我抬起头，对汤米露出充满暗示的微笑，朝他那张巨大的“盘子”脸靠过去。他接受了我的暗示，他的嘴朝我的嘴凑过来，把我紧紧地拥在他的胸前。

“开心享受英语课。”在他放开手后，我开玩笑地说道，并用自己的一个指甲划过他的肱二头肌。

“哦，好啊。”他翻了个白眼，走进教室。

彼得站在讲桌旁凝视着我，完全呆住了。他的眼睛在我和汤米之间来回扫视，我看得出来，他吓蒙了。他与雅各布斯先生一起去餐厅值班，或许已经见到我和汤米在一起好几周了，但自从那晚在谷仓见面之后，他哪怕朝我这边看一眼都不肯。我故意忽视他，送汤米一个飞吻，再一路跳着华尔兹离开，这真是太美妙了。

从那之后，我能感觉到彼得在注意着我。在《高阶英语》课上，我继续和以前一样经常举手。要说有什么改变，那就是我格外用心地完成着作业，务必对书的主题或潜在内涵提出我独到的看法，让他印象深刻。有一阵子，他试图刻意淡化我的存在，但看到我亲吻汤米之后，他有些许放松。他开始承认，我提出的观点非常有意思。然后，为了全班人，他开始与我辩论，试图让其他人也加入我们的辩论。感恩节过后的几周，他发起了一场讨论，他说："除了海蒂，还有人想要为这次讨论做个总结吗？"

全班人都大笑起来，包括我，但我还是举起了手。

"还有人吗？"彼得充满期望地扫视着整个教室。

又过了一分钟，他夸张地叹了口气，叫了我的名字。

"我认为，这个结局很糟糕，什么问题都没解决。"

"还有其他人也这么认为吗？请举手。"他靠坐在讲桌边上，我最喜欢看他摆出这个姿势。这意味着他准备开始讲很多话，试图让我们思考书里的一些问题。他的袖子卷到了肘部，我的目光游离到他前额上的发丝，我眨了眨眼，这才回过神来倾听他正在说的话。

"这是一本关于战争的书。战争总会遗留给社会一些难以解决的问题，这些问题有的能找到答案，有的找不到答案。这是奥布莱恩应该来为我们解答的问题吗？抑或他的责任只是把这些问题指出来？好让读者不得不正视这些问题。"

贝卡·普莱斯回答了那个问题。"我认为，对于战争是对是错这个问题，每个人都有不同的答案。我的意思是说，看看伊拉克和阿富汗现在是什么样。到底该怎么做，或甚至我们该不该派兵过去，都没有共识。但每个人都说，那是我们这一代人的越南。"

"是的，你们很幸运。"彼得说。有人笑了，其他人只是盯着他们的笔记本。我不是唯一一个有家人在那里的人。

“所以，回到海蒂的抱怨，还是什么问题都没解决……”

“等等，我不是想让他来回答关于战争的那些宏大的哲学问题，但书里那些角色的故事都还没有结束。”

“或许奥布莱恩想将那些较大的问题赋予他的那些角色。假如故事情节结束得太干脆利索，你还会继续思考战争对于普通人意味着什么吗？”

我叹了口气，噘起嘴，我知道我已经输了，但我又有了一个主意。

彼得将讨论又持续了几分钟，接着，在下课铃声响起时，把我们的作业布置下来。同学们都在收拾书包，我则跳了起来，跟着他回到他的办公桌。

“伦德先生，我对这本书仍有几个问题，可以放学后找您谈谈吗？”

我表现出无辜的样子，咬着唇歪着头。彼得咽了口唾沫，看了教室其他人一眼。同学们都在说说笑笑，向门口走去。

“你为什么不把这些问题当作你的论文重点呢？”

“但是，假如我对书没有正确的理解的话，我是无法写出大纲的。只需要几分钟就好。”

在他再次拒绝我之前，我离开了。在接下来的一天里，我都如坐针毡。他会在吗？我知道，他在一天中的最后几个小时里有一段自由时间——是的，我把他的时间表都记下来了——因此，在我走出化学课课堂之前，他可能已经逃出了学校。当最后一声铃声响起，我已经跑出了教室，在人群中横冲直撞地跑到了一楼。当我路过储物柜时，有几个同学想叫住我，但我只是挥了挥手，把科学课本抱在胸前向前走去。

到了他的教室，我停下来喘了口气，向窗里看了一眼。彼得坐在他的书桌前，正在看书。我的心怦怦跳。我推开门，急切地注视着他抬头看我时的脸，看看那脸上会是一种什么表情。当我打开门时，却看到两个学生在后面的座位上学习，其中一个是汤米。

看到我，汤米咧嘴笑了一下，但我把目光转向了别处，让我的头发垂落在脸颊上，大步走向彼得的办公桌。

“哦，海蒂。”他抬起头看了我一眼，“我忘了你要来。我有两个学生正在做作业的最后一次修改。”

在我身后，汤米轻声地哼了一声。彼得没理会，冲我温和地一笑。

“你还想谈谈奥布莱恩吗？”

“是的。”过了好一会儿，我才勉强回答说。

“那么？说吧。”

我真想冲他那假装无动于衷的脸扇一耳光。然而，我只是在包里翻找我的书，这为我争取了一些时间，然后我想到两个人可以玩这个游戏。

“这里。”我把书放在他桌上，抓过白板旁边的一张空椅子，放在他身旁。

“我现在记不起具体是哪个段落了，但我已经做了标记。”

当我做出翻书和假装思考的样子时，他坐得更直了。汤米不断地向我投来困惑的目光，直到我向他微微一笑，又递了个眼神给他，让他知道，我是来找他的。这招管用了。他把一只手放在嘴上，遮住笑意，继续学习，或许是把所有逗号都改成了句号，或者把一些不该大写的单词写成大写。

“找到了。”我找到了那页，我在空白处写满了字，表达对整本书有多不满。我干过很多这样的事。我喜欢在书上写上我的话，仿佛在对作者说话，我们的对话仿佛可以让整个故事活起来，与我在阅读之前完全不同。

“你知道，这是学校的财产，海蒂。你不能在上面写字。”

“那给我开个账单吧。”汤米和另一个学生笑出声来，然后又装出咳嗽的样子。

“比如这里吧。我完全搞不懂这个人的心理。他是在回家之后上吊的吗？他从一场战争中幸存了下来，然后又决定自杀？他应该直接高举一面大白旗然后走向敌方阵营。”

“想想他不停地回想起的所有的细节，他对朋友的死所感到的愧疚。或许，假如他真的已经从战争中幸存了下来，他将能重新生活。在这个故事中，奥布莱恩想要我们体会的事实是，这个角色的一部分的确已经在越南死了，他只是还没有意识到而已。”

“但是，你看这个故事这么长。”我转而翻书页，我的手指却意外地碰到了他的手。

这次触碰如一道电流，它穿过我整个手臂，我呆了一秒，措手不及。我瞄了一眼汤米，但彼得的电脑挡住了我们的手和书。在学校，在离我男朋友20英尺远的地方，我们无处遁逃，但无人会看到我们。

我的心开始剧烈地狂跳，呼吸开始急促起来。彼得一动不动。看起来，他也吓到了。

我小心翼翼地把书翻回到故事的开端，眼睛则盯着他的手。那是双漂亮的手，长着修长的手指和修剪得十分整齐的指甲，指节和手腕上有一层稀疏的汗毛。

“至少有 20 页那么多，”我说，压低声音，有点喘不过气来。我觉得汤米听不到我说话的声音。“这么多页的内容里，什么故事都没有发生。”

“这个角色无法前进，所以他才一直环湖走。假如他只绕过一次，你就不会完全理解他的无能为力。”

他的声音也低了下来，虽然我们都没看对方，而是都凝视着眼前的书桌和书。

“假如他无法继续向前走，”我咽了一口口水，故意伸出双手，放在他的手旁，几乎就要碰到他了，“那这意味着什么？”

他的皮肤非常粗糙，不像汤米的皮肤，像婴儿一样，我感觉他的小指向我散发着热度，它流过我的全身。我想把我的手掌滑过他的手心，让我们十指交缠，但我不敢。汤米随时都会站起身来，看到我们。有人会走过走廊，透过门上的窗户瞟进来。一秒钟过去，两秒钟过去，彼得把他的手放在我的手旁，这个小小的压抑的触碰让我兴奋不已。

彼得深吸了一口气，小心而刻意地说：“这个角色已经做出了他的选择，这是整个故事的意义。他必须面对自己的决定所带来的后果。”

“你再读一次这一段。”他拿起了书，中断了我们的接触，我的心也随之沉了下来。他发现了要找的那个段落，把书递给我，然后迅速退开，保持着距离。

那些文字在纸上流动。我对文字的意思毫无概念。我想起第一次与汤米约会时，他如何握着我的手，甜蜜地抱着我转起来，而我没有任何感觉，甚至连一丁点我刚才与彼得皮肤轻轻一触产生的反应都没有。假如我是个有着普通梦想的普通女孩，汤米·基纳基斯那迟疑的触碰或许已经让我激动得头晕目眩。我或许会和我所有的女性朋友一直讲他，一定与他靠得更近，而不是低下头来。这样的话，会简单得多。我用了一会儿时间来哀悼我永远都不会成为的那个女孩。不管我演得多好，也永远都不会变成角色本身。

所以，现在到了拉上幕布向观众鞠躬的时候了。

“好，我明白你的意思了。”我合上了书，把它放在一旁。

“你写这篇论文之前，我希望你至少要想一想我说过的话。”

“当然。”我轻声地补充道，“我经常想。”不等他再说什么，我抽出一张纸，在上面写了几个字，然后站起身来，穿上我的外套，把书包背到身上。我挪到两个男生和彼得之间，这样他们就看不到他了，然后把那张纸递给他，纸的正中央写着我要说的话。

你对海蒂的新男友怎么看？——霍莉 G

彼得突然抬起头，盯着我，满脸迷惑。我让心跳平缓下来，对他笑了一下，是那种共谋者之间彼此心知肚明的微笑，是那种无须说一个字就表明一切的微笑，是那种点亮了整个舞台的微笑，就像对观众席上每个人说：“我是你的，只属于你。”我微笑地看着他，埋在我内心的一切都渴望破茧而出。

彼得

2007年12月6日，星期四

我对海蒂的男朋友怎么看？我对汤米·基纳基斯怎么看？我认为，他在与一个精神病患者约会，这就是我对他的看法。

我的脚步沉重而坚定，用自虐的满足感咬噬着我膝盖里的软骨。我需要破坏些什么东西，而我的身体是唯一的选择。

越野赛结束之后，我又开始了夜跑，而这些假期的夜晚永无尽头。感恩节那天下的雪已经融化，为我们带走了一个干燥而忧郁的十二月。下班后我开车来到艾尔莎家门前的车道时，太阳已经沉入地平线，向金属筒仓洒上了最后一丝微弱的光芒。然后，黑暗吞噬了一切，一切陷入了寂静。夏日里所有的昆虫鸣叫声此时已经悄无声息。就连那些鸡群也安静得没有一丝声响。除了跑步，再也没有什么能够打断我内心那源源不断的罪恶感。

我买了一个头灯来照路，灯光在砾石上上下乱弹。我在沙砾路的中间奔跑着，途经的那些农舍，就像是绵延起伏、千里冰封的海面上那些散发着光芒的小船一样。路两旁的大树若隐若现，那些光秃秃的树枝像幽灵一般矗立在月光下，但我几乎没注意到。

她在与汤米约会，以此作掩护。

自从她慢悠悠地踱出教室后的三个小时里，我始终无法思考任何事情。她在谷仓的时候就告诉我，她将成为这个世界上最不可能与自己的英语老师相恋的女孩，显然这个伪装也是她计划的一部分。对她来说，汤米仅是个道具。在整个下午和接下来的晚餐时间里，我一直在试图领会她这一举动的意思。她有着多重人格，这是唯一的解释。她危险、工于心计、阴险，还有聪明……她聪明得可怕！

谷仓那晚之后，我切断了与她所有的联系。在课堂上，我避免与她接触，但也不会忽视她，因为忽视她会更凸显她，我无法承担对她另眼相待的后果。不过在午餐时间我出过一次差错。我正在看她时，被卡尔发现了。

“有麻烦了？”他问道。没再说别的。卡尔一向用词精准。

他向海蒂所在的方向瞥了一眼。尽管我们本应注意学生，以免他们打架或有其他不良行为，不过我和卡尔通常只是坐在那里，顺便吃点儿东西。

“没有。”我赶紧把目光投向别处，往嘴里塞了食物。

“还没满 18 岁就应该禁止她们穿那种毛衣。”

突然之间，这些食物变得难以下咽。

“有些女生甚至看上去没一点儿孩子样。当然，男孩们还是很单纯的。男生如今已经不会那么早熟了。但是，这些女生……”

“我知道。”我忍住不再朝海蒂那边看，但我觉得这一切全都在我的脸上写得清清楚楚。我低头盯着三明治，全神贯注地看鸡蛋沙拉。

“在这种地方，他们有的人一出高中校门就结婚了。”卡尔继续说。不知道什么原因，他这天格外健谈。跟我说话时，他不时补充说，“在这种地方。”就像我在明尼苏达州南部乡村旅游时那个让人反感的导游。

“你得小心点儿。”他说。

我没有回应，甚至连头都没抬，接下来的午餐时间，我们沉浸在各自的思绪里。也许他对我和海蒂有所怀疑，但他也没说出来，而从那天之后，我再也没犯过这个错误，再没往她的方向看过一眼。

过去的这个月里，我们之间唯一一次互动是因为她的作业。我在楼上的电脑室看了她的作业，我为自己对她在那张纸上写下的字有所反应而感到羞耻。撇开已经发生的那些事，她仍然是我认识的最聪明、最才思敏捷的学生。她随时都有新的论点，能推翻自己先前的观点，彻底转向支持新论点，后来还会提出质疑，并让论文的结尾耐人寻味，既像奖品，又像警告。显然她的论文没先打草稿，但我很喜欢她这样。因为看她的论文就像亲眼看到她思考的过程，仿佛这纸张会呼吸似的。我没有给她打过“A”之外的分数，即使她的叙事结构尚需完善。因为我知道她会在分数上对我提出质疑，而我无法冒险去和她面谈。

在小心翼翼地与她保持距离那么久后，正当我开始放松下来，我以为她已经释怀重新开始时，她却出其不意地伏击了我，把那张纸递给了我，将我重新扔回那个可怕的火堆里。

从克罗斯比湖停车场那里拐弯时，我经过一辆无人的卡车。附近没有人，卡车看上去已经停了许久。抵达凹凸不平的环湖小径时，我放慢了速度。步伐放缓，提起精神。我曾这样告诉男孩们。

然后，我就不需要任何的提醒了。跑至废弃谷仓较偏僻的一侧时，我看到橡树下的窗户里透出了黯淡的灯光，我的心被揪住了。

不。这不可能。

我停了下来，试图让自己不要气喘吁吁。夜跑本来是惩罚和逃避的手段，只会让我变得更强，但显然没有强到让我可以继续跑下去。

只是几个孩子吧，我关掉头灯，试图如此推断。只是几个孩子在喝啤酒或抽大麻。我悄悄走近谷仓，屏住呼吸，与此同时，我骂自己是个该死的白痴，骂自己为什么不转身离开，或者冲进树林里去。

靠近之后，我向里面看了一眼，是她。

她在地板上铺了一张毯子，身边放着一盏野营灯。她盘腿而坐，大腿上放着一本书，旁边有一瓶水。她的长发塞在连衣帽里。她的两颊在野营灯的照耀下闪着橘色的光芒。尽管最近天气温暖，在她的外套的衬托下，我还是能看到她呼出的气。她那笔直的身形、斜歪着的头让我想起了《爱丽丝漫游奇境记》里的爱丽丝，我突然一阵眩晕，仿佛是跌进兔子洞里的人。

我默默转身走到了有小径的地方。我能分辨得出远处一排大树的轮廓，那是艾尔莎农田的边界线。我要做的是，再次打开头灯，然后继续跑步。我的腿肚很冷，然后变得僵硬起来。是时候挪动脚步了，但我做不到。

我回头看了一眼谷仓和它后面那空旷的地平线。她孤单一人，毫无遮掩，突然之间，我对她涌起了满腔的愤怒，同时我又感到了一种惊人的满足感。我走了五步路跨过门前的空地，一把推开了那扇吱吱呀呀的门。她抬起头来，惊讶于我的出现。

“你到底在这里干什么？”

她认出了我，脸上掠过一丝微笑。

“学习。”

“胡扯。”

“真的，我在学习历史。文艺复兴绝对不是胡扯。”她笑得更开心了，直到她看到我头上的束带。

“那是什么？”

“头灯。”我摘掉了束带，把它放进了口袋里。

“好吧。”我汗水浸湿的衣服和愤怒让她觉得好笑。

“回答我的问题，海蒂。你在这里做什么？”

“我已经说过了，我在做家庭作业。”

“不，你应该在家里、学校或图书馆里做你的家庭作业。”

“图书馆关门了。”

“在一个温暖明亮的房间里。”我咬着牙一字一顿地吐出了这句话，没理会她想要说几句俏皮话的企图，“而不是在隆冬时节跑到一个没有暖气的危房里。”

她把书放到一旁，站起身来，热切地面对着我，把连衣帽拉开，这件蓝色外套让她看起来像只有 5 岁。“拜托，现在气温似乎有 5 摄氏度，举行一场泳池派对都没问题。”

她大笑起来，然后补充道：“我正在等你。”

“你怎么知道我会来这里跑步？”

“我不知道，但我想你或许会来。在我跟你说了那句话之后。”

“假如我不来呢？你会每天晚上都坐在这里冻个半死，等着被人发现吗？”我大步走向她。

“谁会来这种地方呢？”

“任何人都会来！老天啊，海蒂。你不这么认为吗？”

“我认为，你有点反应过激了。”她开始生气了。很好。

“你会被强奸或抢劫。”

“遇到变态？”

“没人能听到你的尖叫声。”我站在她布置的那可笑的野餐布边缘，向她逼近。

“这里不是明尼阿波利斯，彼得。我想你没有注意到这一点。这里是松树谷，在这里，除了旱灾，还没有发生过别的坏事。不过你看，我还带了一些水。”

她又在试图调节气氛。可恶。

“你为什么要与他约会？”

“汤米？”她立即面露喜色，仿佛我提出了她期待已久的问题。

“你怎么看？他是一个好的人选吗？”

“告诉我你喜欢那样的傻瓜。告诉我你不是在利用他来接近我。”

“我只是将其视为一种为民服务。大家都开心。你不懂。”她似乎对自己极其满意，却把我逼到了边缘。

“为什么？”我抓住她的双臂，用力摇晃着她的身体，下方的露营灯将她的影子激烈地映在墙上和天花板上。这股力量抹去了她脸上的快乐。她明白，我不是像她那样玩小把戏。

我又摇晃着她的身体，把她拉了起来，捏青了她的双臂。“你为什么要这么做？”

“因为我爱你。”她的双眼在野营灯的阴影里显得漆黑而明亮。她的声音有点破碎，我这才意识到我们之间的距离有多近：只隔着猛烈、疼痛的一口气。

我立刻放开她，转过身去，努力控制着自己。

“那是一时的迷恋。”我擦去额头的冷汗，试图在我们之间拉开一段距离。

“没有人会怀疑的，彼得。”她就站在我身后。

“别再说了。”

“没有人会知道我是你的。”

“你不是我的。”我转过来，她也停了下来。她对能否跨过最后这个间隙并没有信心，她仍是个孩子。我立刻利用她的犹豫不决，利用她最后一丝纯真。

“你难道看不出这一切是大错特错的吗？”

“我不知道会是你。等我知道的时候，已经太晚了。我已经深陷其中了。”她声音低沉，充满了恳求。我内心深处的某些东西开始被瓦解，而几周以来，我一直在努力设防。“我只是想让你凭着自己的感觉来看看我，告诉我你也感觉到了。我知道你也感觉到了。那不是我的凭空想象。”

“你打算做什么，海蒂？同时跟我们两个睡？”

“不。”她咽了一下口水，“只跟你。”

我的嘴顿时变得干渴难耐，我的心原本在怦怦狂跳，此时却可怕地颤抖起来。

“但你允许他吻你。”

“你是在嫉妒吗？”她的脸上闪过一丝微笑，但瞬间又消失不见，“这只是表演，彼得。充当汤米的女朋友，不需要付出太多。我 12 岁的时候就能轻松搞定。”

我向她靠近一步，不由自主地走向这个如同俄罗斯套娃一样正在一层一层剥掉面具的女孩。她的每一张面具都比上一张大胆狂放，就像在表演一场心理脱衣舞。我无法控制地想要把她撕开，直到发现她到底是谁，她的心里到底在想什么。

“你的全部人生就是一场戏吗？”

她垂下了头，一种类似羞愧的表情终于浮现在她脸上。

“是的。”她低语道。

“那我该扮演怎样的角色？”

“什么角色都没有！”她又猛然抬起头来。

“这一切都是你写的剧本。”

“不！不是那样的。”

“我是谁，海蒂？一个为了你抛掉全部生活、被你那些谎言迷得神魂颠倒的大城市老师？像现在这样？”

很快，我再次向她靠近，再次把她拉起来。“这是我公开告白的那幕戏吗？跟你说我无法把你从我的脑海中赶出去？”

“对。”她哽咽着说道。

“这个幻想会走向何方，海蒂？接下来会发生什么？”

她的双眼充满着恐惧、愤怒和欲望，这正是从《简·爱》那部戏演出之后一直折磨我的感觉，就这样，我知道接下来会发生什么事，但我已经无法阻止自己。

我们同时向对方走近。我一把把她拽到我身边，疯狂地吻她，拉着她跟我一起倒在地板上，直接进入求之不得的激情地狱里。

海蒂

2008 年 1 月

我在 15 岁的时候失去了处女之身，尽管用“失去”来描述这件事不免有些好笑。我没有把它像家庭作业或手机那样随意丢到哪里。我也不可能再次找到它，然后把它塞回去。我是在迈克·克雷斯特维尤家地下室的一个留着菜叶渍的旧沙发上失去了它，当时我们正在看《指环王》。我想，这是一个很典型的第一次，尽管我对迈克并没抱什么幻想，只是好奇。看了那么多季《欲望都市》的人，不可能没有一点儿好奇心。而迈克是一个十足的好人，一个即将兴奋地奔赴大学的高中毕业生。我喜欢他身上的那种兴奋感，当然也喜欢他的其他方面。

在看到甘道夫与炎魔决斗然后与炎魔一起坠入深渊的那一段时，我问迈克是否想做。

他似乎十分惊讶。其实，他跟格雷格的关系比跟我好，但格雷格去度周末了，所以我才一个人来了这里。

“你有安全套吗？”我问他，“如果没有就算了。”

有趣的是，他很快就找到了一个安全套，并确保他的父母都还在杂货店没回来。

这次性爱既不顺利又感觉很怪，而我没怎么主动。迈克说他以前做过，于是我只是躺在那里，任由这件事的发生，更多是在观摩，而不是参与，我想。我记得最清楚的事是，扎人的沙发布不断摩擦着我的屁股，迈克额头上突出的血管像一条条弯曲的血河。这件事之后，我以为我明白了性爱是怎么一回事，也没有了再次尝试的冲动。

去年秋天，我刚升入高三，迈克离家去明尼阿波利斯享受人生，我的祖父在秋收季节去世，我的父母不得不去艾奥瓦州处理后事。

自从祖母去世后，祖父已经得过一次中风，后来在疗养院生活了很多年。在那次中风之前，他和我爸爸一样，是个身体结实、实事求是的人。爸爸富有幽默感，而祖父看上去总是那么紧绷，仿佛总是在等待着另一只鞋子掉下来似的，但如果鞋子真的掉下来的话，他也会一言不发。中风之后，他似乎已经完全失去了记忆。他时常大哭。每当我们来看望他时，每当护士晚上把他送回床上睡觉时，甚至连板球双胞胎[1]赢了比赛这种本应让他开心的事，都会让他大哭，仿佛他在过去 80 年里埋藏的情感从这时才开始从眼睛里倾泻而出。

疗养院在艾奥瓦的得梅因市郊，是一座散发着忧郁气质的灰色混凝土建筑，一群坐着轮椅的老太太坐在破烂的露台上，一直向我们挥手，招呼我们过去。我们装作没看到，双眼一直盯着妈妈的鞋跟，跟着她进去。祖父那儿总是有放了很久的蜂蜜太妃糖，硬得可以硌裂牙齿。我们得坐在那里嚼糖果，而妈妈则一边对着墙壁絮叨，一边在他的房间里忙得团团转，而祖父却目不转睛地盯着我们，无声

1 板球双胞胎，史蒂夫·沃（Steve Waugh）和马克·沃（Mark Waugh），世界闻名的板球运动员。——译者注

的泪水沿着他斑驳的脸流下来。

祖父去世的时候，我总在想，爸爸是不是更担心会错过庄稼的收获时间。在这里，没人会谈论自己的感受。他们只会把伤害和失去全都吞下肚里，就算别人提起，他们也很少点头承认。像爸爸那样讲笑话或搞怪是无伤大雅的，但其他的感情都只会得到类似《美国哥特式》[1]的漠然对待。情感都被隐藏起来了，有时我会怀疑它到底是否存在。我想爸爸是真的爱他的父亲，因为他在收获季节离开，雇了一名外来承包商在他离家的日子里照顾田里的庄稼。

我留在家里完成那周的课程，计划在那个星期六去参加葬礼。一天下午，我在房子旁边的木秋千上看书，一边翻页，一边心不在焉地摸着一侧乳房的外缘，这时我看到迈克站在20英尺远的地方注视着我。他高大壮实，是经常从事体力劳动又可能吃了许多快餐之后的那种胖，一层肌肉一层脂肪，层层堆积。爸爸说，迈克是危地马拉人，皮肤黝黑，头发黑亮，此刻他目不转睛地盯着我放在胸部的那只手。

我跳了起来，咕哝了句“抱歉”，就跑回到房子里。我甚至锁上了从未上过锁的前门，下午接下来的时间里，我就躲在卧室的窗帘后，看着他进进出出。或许是看了那本书，抑或是他那双欲火中烧的眼睛的缘故，那天夜里，我第一次有了高潮。我以前试过自慰，但显然重点在于动机。

自从我爱上彼得以后，动机从来就不是一个问题。

---

1 《美国哥特式》是格兰特·伍德创作的一幅油画，画中的人物表情严肃，不苟言笑。——译者注

但是，我每天晚上在床上想象一切，也没有在艾里克森谷仓里所发生的事那么神奇。他的愤怒吓坏了我，而我几乎失去了希望，直到他突然抓住我，把我推倒在地。我清楚地记得所有细节，记得他如何用手抚摸遍我全身的每一寸，记得被他吻过的地方是如何发烫。他大汗淋漓、性趣勃勃，然后这一切就突然结束了。

“我们不能做这件事。”他一边说，一边把我推开。

我又钻回他的怀里，亲吻着他的脖子，用双手穿过他的头发。他身上散发出一股好闻的味道。不知道男生们是从什么时候开始不再散发男生的味道，而是像他这样散发出麝香、香皂和热量的混合气味。假如他在16岁时在商场里从我身边走过，我会怎么做？8岁的我，会嗅出那个气味并一路跟随他穿过美食广场吗？我对着他的锁骨微笑，低声说：“我有安全套。”

他呻吟了一声，蹭蹭我的太阳穴，然后捧着我的脸。“你想杀了我吗？”

“不，彼得。”我在他的怀抱中费力地摇了摇头，“我要帮你活下去。”

“别演戏了，海蒂。告诉我，你到底想要什么？”

“我想要你。我只想要你。”我反复地说，闭上双眼，用自己的脸颊摩擦着他的手。他的拇指滑着我的嘴巴，我让嘴巴微张，希望他能继续吻我，但他没有那么做。

他站起身来，拖着沉重的步伐后退了。

“你还没到18岁。”

我的心扑通一声。“区区几周算什么？”

“从法律上来说，这是被开除和被开除并被逮捕然后进监狱之间的区别。”

我注意到他并没说离婚，但我不想提起这个话题，毁了我的机会。“那你准备给我什么样的生日礼物？一场派对？还是一个礼物？”

“打屁股。”他几乎是在自言自语，然后又摇了摇头，笑了起来。听起来，他的笑声并不快乐。

“嘿，我马上就 18 岁了。”我站起身来，抱起双臂，“以后你就不能把我当小孩一样说话了。”

他只是用手捂住了脸。我走过去，把他的手拉下来，这样，他就不得不看着我。

“假如有人被打屁股，那一定是你。你是个调皮鬼，对未成年学生产生了遐想。”

我装出性感老师的声音嗔怪他，但他没心情开玩笑。他的双眼在我的脸上反复搜索，仿佛在渴望找到什么，却没有找到。他不相信我说的一切，而我不知道如何让他相信。最后，他又呻吟了一声，仿佛败给了自己的呻吟，同时把我搂进怀里，把额头贴着我的额头。这是他对我做出的最甜蜜的动作，我的心在胸口怦怦地跳着。希望几乎让我窒息。

“这个世界对你我的惩罚还不够，但这不是我们来这里的原因吧？”

我不想说错话，所以什么也没说，只是闭上眼睛，靠在他身上。

“你什么时候满 18 岁？”

“1 月 4 日。”我低声说。

他沉默了一分钟。然后，他说了一句话，让我高兴得心脏都要跳出来了。

“我要带你去明尼阿波利斯。”

*

我们约好在我生日之后的那个周末见面。他告诉妻子要去看望几个老朋友，我告诉父母打算去明尼阿波利斯大学看看。爸爸坚持让我申请这所大学，以防我明年又想去离家近的地方上学。当我跟他们说要去参观一下校园，他们马上兴奋起来。妈妈主动提出可以开车接送我，我告诉她，我已经安排好了。我说我高一认识的一个女生后来搬到那附近，我已经跟她约好要住她家。

“她想带我去赌场为我庆祝生日。”一天晚上，在吃俄式酸奶牛肉的时候，我告诉他们。爸爸轻笑两声，妈妈皱了皱眉，他们两人都说我最多只能输 20 美元，但我这么一说，故事就变得天衣无缝了。对付我父母最关键的就是这一点。承认一件不太严重的错事，他们就不会发现我可能做出更严重的事。即使他们有所怀疑，但这或许是我年满 18 岁就可以做的那类事情。比如，文身或买烟。就目前来说，与我的已婚英语老师上床是不可能发生的事，而且十分可笑。

12 月份剩下的时间过得像恼人的冰山，每一天都漫长而难挨。我在 CVS 零售药店接待川流不息的顾客。汤米带我去过汽车影院，试图把手伸进我的毛衣里撩拨我。波西娅感冒了，然后把感冒传染给了我，我嗓子很疼，不停地咳嗽。唯一的好事发生在彼得的课上，我像以往一样坐在前排，装作没与他眉目传情的样子。我与波西娅、麦琪聊天，一如往常跟彼得讲课的论点唱反调。我们唯一的身体接触发生在他收作业时，他让每个人把自己的论文传到前面，然后依次把每一列的论文收齐。我把我那一列的论文递给他，我们的手指轻轻地碰了一下。仅此而已。

不过有一天，圣诞节前的那一周，我刚刚编辑完手机短信。这时，上课铃响了，彼得立刻说："海蒂！"

他的声音很大，大家都安静下来，想看一下发生了什么事。

"嗯？"在抬头之前，我点击了"发送"。

"把你的手机放到我桌上来。现在就放。放学后再来取。"

我拿着手机快步走到他桌前，对自己违反了"上课不准带手机"的规定很是兴奋。我以为他很天才，想出用这种借口单独见我。但那天放学之后，一大群高二学生涌进了他的教室，准备基础学业考试。

看到我进来，他从人群中抬头看了我一眼，说："哦，海蒂。你的手机在那边。下次把手机留在家里，好吗？"

我点了点头，拿起手机。我花了半天时间幻想肌肤接触、温柔承诺，甚至躲在门后偷亲一下，现在完全泄了气。

直到我从储物柜里拿了书之后，我才注意到那条信息。我收到了一条新信息，竟然是半个小时前从我手机上发的。

"在她的头发上，五个被钉在十字架上的头颅也在观看，跟她一样面无表情。"

这是你吗？我不停地找你，无法自拔。寻找你，这是我活着的唯一意义。

看一下你的右前胎。

我几乎是冲出大楼，穿过停车场，在轮胎上方找到了一个长方形的包裹，它被车轮遮挡得很好，用金色的包装纸包着。

我确保无人在看我，把包裹拿上了车，打开了它。是一本书，是托马斯·平钦的《V.》精装版——我在聊天室第一次和他聊天时，他想要作者亲笔签名的就是这本书。这仿佛是上辈子的事。里面什么都没写。他一直非常小心地不与我发生任何联系，但此时我无法对这个表现得满不在乎。他给了我一个圣诞礼物。

我闻着包装纸的味道，低声对它说着话——“唯一的意义”——我感到有生以来从未有过的心花怒放。

我还收到了另一个意外的礼物。杰拉尔德送了我一个摄像机，里面有一个便条，他用花体字手写着要我好好学习和精益求精之类的鼓励语。接下来那几个过节前的晚上，我是与波西娅一起度过的，我们对着摄像机表演了最喜欢的电影场景，帮我熬过了那段时间。

今年的圣诞节好生奇怪。尽管我并不想念格雷格，但他没在家，我看不到他打开礼物时惊喜或兴奋地大叫，感觉怪怪的。没有人能够转移妈妈和爸爸的注意力。他们坐在沙发上，用嘴吹着咖啡杯里飘出来的热气，看我打开圣诞树下那个大箱子，装出虚假的快乐，假装一切正常的快乐。

我的礼物竟是个旅行箱，一个漂亮的旅行箱。小巧而简单，里面有设计巧妙的袋子和隔板，下面是看上去像是钛合金做的轮子。我拉着它绕着餐桌走来走去，箱子在强化复合地板上发出了顺滑的咻咻声。

“我好喜欢。”我诚实地告诉他们，给他们一人一个大大的拥抱。

“假如你明年要去看世界的话，就得有那个样子。”爸爸边说边抚着我刚起床时的满头乱发。

妈妈向我展示如何擦掉箱子上的灰尘和污渍，让黑色的外壳保持亮丽。然后，她给我做了一个超大的丹佛煎蛋卷，我连一半都吃不了。

我赶紧把箱子收了起来，放在我房间的角落里。随着12月结束，1月到来，1月5日星期六一早，我把它放到卡车的副驾驶座上——放这里有种莫名其妙的别扭——然后驱车去了明尼阿波利斯市中心的皇冠酒店。

当我敲响他的房门时，我紧张得无法呼吸。他打开门，我们凝视着对方。

“嗨。”

我只是微笑着，没有回答，因为我不相信自己的声音。

“进来吧。”他往旁边退了一下，尴尬地向我示意。

书桌上的花瓶里插着百合花。我向百合花走了过去，用手抚摸着边缘参差的白色花瓣。“这酒店不错。”

“不——我是说，酒店是很不错，但花是我自己带来的。你曾说过，这是你最喜欢的花。”

他有点儿局促不安，但还是向我走了过来。我放开了箱子的把手，从花束中拿起了一枝花，闭上眼闻了闻。

“谢谢你。”

“生日快乐。”

听到他的声音，我感到很温暖，他的声音很低沉，离我的耳朵很近。此时此刻，我安静地站在他身边，整个晚上都是我们的，世界上没有一个人会入侵我们的领地。我想，我余生都不会比这个时刻更幸福了。我转向他，给他一个挑逗的微笑。

“这是我唯一的礼物吗？”

他举起一个手指，摩挲着我的下巴。“我还不知道。”

我向前靠近一步，微微仰起头。“我该如何帮你决定呢？”

他没令我失望。他慢慢地向我靠近，吻了我。这与我经历过的吻都不一样，无关情欲，更多的是爱与承诺。我觉得自己变得无力，身体在变湿。我伸手去摸他的上衣纽扣，但他阻止了我。

“不要。”

“不要？”我像是从未听过这个词似的。

他大笑起来，给我戴上围巾。“我们要出去。”

天气冷得要命，所以，我们走连接两栋大楼的天桥，在充满店铺和办公室二层迷宫里漫步。大多数店铺在周末都关门了，于是我们只好看看橱窗，逛了为数不多的几家营业中的小店。彼得带着我在尼科莱特购物中心里绕来绕去，然后我们走上街，穿过更热闹的剧院区。我认出了其中一间镶满灯泡的大门，那是我 10 岁时观看《胡桃夹子》的地方。

“你是说去年？”他逗我。

“我不知道，大叔。你为什么不把它雕刻在石碑上，这样就能让我知道自己有多年轻？”

“我把凿子放家里了。”他不经意地把我的手塞进了他的衣兜里，我们继续那样漫步着，仿佛那是我们的日常，经过的人都没有往我们这边多看一眼。

我们继续走着——玩耍、逗弄对方，装作喝醉的样子，尽管我们完全清醒——最后我们来到一个有蓝色灯光的餐厅，足足有三层楼那么高。

“饿吗？”他一边问一边打开一扇门有明亮的马赛克瓷砖的门。

因为是在午后，吃饭的人很少，我们立刻就有了座位。原来那是一家西班牙小酒馆，是彼得最喜欢的一种，他让我点我想吃的菜。很快我们的桌上摆满了一小盘一小盘充满异域风情的菜，我把每个菜都尝了一遍。尽管有几道菜的味道有些奇怪，但大多数都很美味。我最喜欢的是白菜牛舌卷，配着味道美妙的蘸酱。我要拿一点儿给彼得吃时，他拒绝了。

“我是个素食主义者。”

“什么？”我大吃一惊。我扫视着餐桌，想要找到他吃肉的证据，这才发现，他面前的餐盘里只有奶酪、蔬菜和面包。这原本是一件稀松平常的事，但它却动摇了我的信心，我们之间的距离又被拉大了一点。

“你还有什么事是我不知道的？”

他笑了笑，思考了一下。

“我不喜欢豆腐。”他说出这话时，嘴唇甚至噘了起来，“对于素食主义者来说，这大概是罪过了，但这个东西时常让我想起《超世纪谍杀案》[1]。”

---

1 《超世纪谍杀案》（*Soylent Green*），又名《绿色食品》，是一部 1973 年发行的美国反乌托邦科幻电影。电影描绘了一个由于全球变暖和人口过剩导致的资源枯竭的未来世界。真实的蔬菜水果变成极为昂贵的奢侈品，大多数人都依靠食用由大豆和扁豆制成的饼干度日。——译者注

“我没吃过豆腐。”

“你真幸运。”

我大笑起来。“你是怎么变成素食主义者的？”

“我妈妈就是，所以她从小也让我吃素。”

“我喜欢我妈妈做的鸡肉和小饼干。”

“我喜欢我妈妈做的烤洋菇。”

“菇类好恶心，”我大声说，“到底是谁说真菌（fungus）可以吃的？”

“要用复数（fungi）。”

“谢谢，有趣的家伙。我也是个讨厌别人纠正我说话的人。”

彼得闭上双眼，抱歉地摇摇头。“相信我，我也是。只是那句话不知不觉就出口了。”

“我也常这样。我常常讲话讲到一半，才发现我根本不相信说出口的那些话。”

我深深沉浸在这场真心话大冒险游戏中，但当服务生过来时，彼得就不说话了。等服务生走了，他向前靠过来，握起我的手，热切地望着我。在那个瞬间，除了这张餐桌，以及被四周的光圈紧紧包围的我们两人，这个世界再无其他。

“跟我说些真话。”他说。

“我刚刚说的都是真话。鸡肉和小饼干，还有蘑菇。”我脸上逗弄的笑容消失了。

“那不一样。那些都是琐事，是没有意义、无关紧要的事实。事实无处不在。跟我说些发自内心的话，与你的呼吸和牙齿一样属于你的一部分的事，那些让你不知道如何撒谎的事。告诉我可以让你和我留在这里的事。”

我注视着餐桌上的餐盘好一会儿，然后那些记忆就出现了，仿佛它一直萦绕在我心头，只等着我的诉说。我的手指抚摸着他的手，琢磨着要从何说起，但又不知道我说完之后他会如何看我。我深吸一口气，谨慎措辞。

“小时候，我常常跟在哥哥格雷格和隔壁农场比森家的双胞胎屁股后面玩。他们都是比我高大的男孩，我骑自行车都很难跟上，而且他们对我也不太友好。假如我有别人可以一起玩，或许我也不会跟在他们屁股后面到处跑。不过住在乡下就是这样，只能跟住在附近的人一起玩。”

“有时我们追逐谷仓的猫，有时我们去湖里游泳。有时他们让我从药妆店偷东西，不会有人阻止我，大家至多问我一句：‘你妈妈好吗？’其他时候，他们就直接让我回家。”

“有一天，他们骑车去采石场，和往常一样，我也跟着去了。那里四周围着铁丝网，不过有几处已经破损，而且已经好多年没人在这里工作了。想要进去非常容易。我们把自行车停在最上面，顺着岩壁爬了下去。采石场看上去像个往地下挖的超大型阶梯，我们仿佛进入了另一个世界。我很兴奋，我们一到达底部就开始到处探索。三个男孩把饮料罐立好，想用石头把它们击倒。我没注意，在他们扔石头时，我走在最前面。有块石头就打到了我这里。”

我用一根手指抚摸右眉下面的伤疤。那里的皮肤早已变得异常平滑，只有轻微的凹痕。

“我摔倒在地，血流得遍地都是。血流进我的眼睛，我什么也看不见。那些男孩互相大吼大叫着，又冲我大喊着。我想我们不该去采石场玩的。当我说他们是故意伤我的时候，其中一个男孩——我不知道是谁——靠近我的耳朵说，要是我打他们的小报告，就要我好看。他们再也不会让我跟他们一起玩，假如我再跟着他们，他们就会冲我扔更多的石头。”

“那时就是真的故意的。”他说。

“他们想把我推回到岩壁上，但我仍然什么都看不到，我的头好痛。我摔倒了两三次，后来格雷格让我待在那里，他们去寻求援助。”

“我躺在采石场的底部，仿佛躺了一辈子那么久。坑底没有阴影，太阳晒得我直想吐。我知道爸爸就要来了，我不得不向他撒谎。我害怕上帝会把我带走。要使你的父母感到荣耀，主日学的老师说过。我想象着上帝亲自走下巨大的天梯，用一根手指指着我，再也不让我回到凡间去。”

“爸爸赶到时，我跟他说，是我自己爬到采石场里来的，尽管三个哥哥都叫我不要爬，结果我自己摔倒了。我发抖着大哭起来，等着我相信一定会到来的审判，但爸爸只是用他宽大的臂膀将我一把抱起来，一路抱着我回到他的卡车上，载我回家。”

“那天没有人受到惩罚，连我也没有。”

我心不在焉地抚摸着伤疤，等着服务生把我们的餐盘拿走。

“格雷格和比森家的男孩很感谢我。他们甚至偷来一些糖果送我，那是我最喜欢的糖，但我那整个星期都被吓得失了魂。我仍在等待，无法忍受。我知道，因为我做过的那些事，一定会引发一些可怕的事。”

“那个星期日在教堂里，我第一次也是唯一一次为自己祈祷。我说，**亲爱的上帝，假如您生我的气，现在就请劈死我吧**。”

“但什么都没发生。风琴手继续演奏着音乐。我父母继续唱着赞美诗。一股轻松的快感充满了我的全身，我意识到，我安全了。原来上帝根本不介意。我开始一次又一次假装，也一次又一次被接受，接下来的那些星期日，我都在祈祷同一件事。自从八岁开始的每个星期日，我都会说这句话。**亲爱的上帝，假如您生气，就请劈死我吧，此时此地就把我劈死吧。”**

“一个又一个星期过去了，他并没有这么做，离开教堂的时候，我觉得……得到了宽恕。就如同我仍然浑身尘垢，但那些尘垢却是干净的。我知道我不是好人，彼得。我认为，我成不了好人。这件事我不知道该如何撒谎。我不能走进教堂，对上帝说，**保佑我吧，因为我犯了罪**。我知道，我不应该得到保佑。所以，我只好走进去，对上帝说，**请劈死我吧**。尽管我知道上帝早晚会带走我，但我仍然无法改变自己，虽然我应该要做一个好人和被上帝保佑的人。”我拉起他的手，亲吻了他的手掌，把脸颊贴在他的掌心上，“可是我更想要你。”

我用脸去摩擦着他的手掌，感受着他皮肤的纹理。在未来的日子里，我会将这一切牢记在心。他用拇指滑过我的脸颊，仔细端详着我的脸，仿佛他也想把这一切记住。

“你觉得怎么样？”我颤抖着问，“你觉得这件事够真实吗？”

“我想……”他深吸了一口气，又缓缓呼出，然后把我们的手放在了桌上，亲吻我的手背。

“现在，他得劈死我们俩了。”

我们回到酒店，慢慢脱掉衣服，欣赏着彼此逐渐展现的自我。当我们的衣服在地上堆成一叠，他把我放在床上，轻柔地抚遍我的全身。他一边低语，一边呻吟。他告诉我，我的胸部有多么美，吻起来有多甜蜜。他探索着我的腹部、我的髋骨、我大腿的内侧。他的话语在我的体内创造了某种东西，仿佛一头不断冲撞钳紧的野兽，锻造出上千种看不见的情绪隐藏在我的皮肤之下。当他进入我的身体时，我的身体似乎已经容纳不下那股情绪，快乐涌上我的双眼，从我的太阳穴缓缓流下。

我突然莫名想起了祖父在那令人压抑的疗养院病房里，静静地泪流满面的画面。一般人或许不太可能在那种时候想起死去的祖父，仿佛这就是我异于常人的证据，但在那一刻，我终于明白，爱有可能强烈到人的身体无法承受。

彼得看到我的眼泪，停下了动作，脸上浮现出奇怪的表情。

“怎么了？”我低声问道。

“我想叫你的名字，但我甚至不知道该如何叫你。”

我把他的头拉到我的颈弯里，将整个身体缠绕上他。“用你的姓名呼唤我。”

戴尔

2008年4月16日，星期三

DNA的问题耗时良久。这跟电影里面的情形完全不同。在电影里，他们把一些东西倒进试管，摇几下，然后就能知道凶手是谁。而我们不得不先把样本送到明尼阿波利斯的刑事鉴定实验室，他们会把你的案子放在最后面，等轮到了再做。因证据的类型不同，这也可能需要一年时间。刑事鉴定实验室的人朝九晚五，每天的工作就是观察死去女孩的细胞。他们顾不得你那个死去的女孩。对他们来说，每个死者都一样。而松树谷死去的女孩只有一个，她给这个小镇撕开了一个巨大的黑洞。

海蒂成了街头巷尾的话题，小镇居民遇到我时，眼神里只有海蒂。有关汤米·基纳基斯去验DNA的事很快传开，很可能是没脑子的汤米自己说的。伦德从学校里被警方传唤也是人尽皆知。电话如潮水般涌来，多半都被南希骂了一通，但每次她把三明治和新煮的咖啡放在我办公桌上时，她觉得她有责任让我随时了解这些传闻。布莱恩·赫夫纳继续扮演政治家的角色，每天都想开记者会。小镇上所有的父母都想知道高中的安全情况如何。由于波西娅的原因，那个诅咒的故事已经像野火一样在小镇蔓延，从市新闻电视台开出的两辆新闻车已经于昨夜扎营在主街上。我不再接听任何电话，除非是杰克……或巴德的。今天早上6点左右，他打来了电话。

“戴尔。”

“巴德。”我正坐在餐桌旁盯着今天的头版图片，这是星期五晚上海蒂在公演时穿着那件溅血的裙子、戴着皇冠的“剧照”。她看上去像是见到鬼，一只胳膊伸进黑暗中。那画面看得我浑身起了鸡皮疙瘩。我想象巴德一定也在看着这张图片。在长达一分钟的时间里，我们两人都没再说话。

“DNA 有结果了吗？”他的声音有些粗哑。

“还没，还需要一些时间。我同时还在查其他线索，把时间轴弄清。”

“你昨天把彼得·伦德带到了警局。”

他不是在提问，但我准确无误地听出了这些话背后的诉求。25年的友谊使然。

“我们会找很多人谈话。”

“你认为伦德与此事有关？”

“他是那出戏的导演，认识所有的学生。你也听说过那个胡扯的诅咒吧。假如有人有心将其变成现实，我认为伦德或许能猜到是谁。”公然撒谎，而且把那个愚蠢的诅咒当借口，这样的做法实在令人气愤。

“这么说，你认为不是汤米干的？”

“我没有认为什么，巴德。要是我对这事有既定的看法，那就会忽视其他可能的情况了。在等待 DNA 结果的同时，我正在想办法找到尽可能多的信息，试图拼凑出那个夜晚发生的所有事，把牵扯这事的所有人全都找到。”

又是一阵长久的沉默，电话那头是一声叹息，当巴德再次开口时，他的声音哽住了。听上去，这个电话已经让他无法承受。

“戴尔，老天啊。我满脑子想的，都是昨天看到她那可怜的身体躺在那块平板上的样子。我和莫娜去认领的时候，她看上去就像一块肉，全都肿起来了，而且……而且面目全非。我的小女孩，我的小女孩成了平板上的一块肉。”

他抽泣着说下去。我几乎没听清他在说什么。

“我要把干这事的狗杂种开膛破腹。我要让他后悔不该多看她一眼。”

“巴德，你听我说。巴德？”

只有摩擦声和沉重的呼吸声在回应我。

“我会找到这个家伙，巴德。海蒂有我替她申冤，不需要让她爸爸进监狱。莫娜也需要你，你知道，而且格雷格也需要你，你要等他回家。你得记着他们。”

我不知道他是否听到了我的话，他的呼吸逐渐平静下来。太阳开始升起，把厨房照成了深橘色。

“你是说，你要逮捕我？”

“巴德……”

“我女儿死了。仿佛在昨天，我还在抱着她，捧着她那可爱的小光头，看着她第一次哭。我教她如何坐在我的腿上开拖拉机，她那小小的辫子在我的脸上扫来扫去。我看着她扮演皇后——拥有一切权力的邪恶王后。她主宰了那个舞台，她的光彩照亮了舞台。而我拥抱着她，告诉她，她有多棒，然后放开她。我任由她走出那个学校，然后被人杀死。要是我光在家坐着为她挑寿衣，而让杀她的凶手逍遥法外，那我就该下地狱。”

“那正是你要做的事。”

“该死的，戴尔。你不打算跟我说些什么吗？”

“我要告诉你，我们正在调查，一抓到凶手，你就知道是谁杀了海蒂。”

一阵短暂的沉默，然后电话挂断了。我低下头，用手撑着额头。

一分钟后，我站起身来，走到窗前。房舍后面的天空已经亮了，要是平常我喜欢看这种日出，就如地狱烈焰在云团下燃烧着。日出时，我和巴德会对咬钩的大鱼置之不理，而是坐在船上盯着地平线看。20 多年来，我们经常一起去钓鱼。每一年，他都会邀请我去他家共进复活节晚餐。今年，我们都围坐在他家的餐桌旁，吃蜜汁烤火腿。海蒂一直在问我如何超速而不会被警察拦下车，我和巴德、莫娜笑得很开心。而现在，她再也不能超速驾驶去任何地方了。巴德当时让我以“蓄意超速”而当场给她开罚单，现在他却想动用私刑。而我……假如我不能迅速找到杀害海蒂的凶手，我或许也将失去巴德。

今天早上，我感到警徽异常沉重。我把剩余的咖啡倒掉，离开了家。我急切地想要做些事，任何事，只要能推进这个案子。

我去了卡尔·雅各布斯的家。当杰克昨天与卡尔谈话时，他已经证实了伦德的说法，他们的回答几乎完全吻合。他俩都说，在锁了学校大门之后，他们分头驱车前往卡尔家，伦德跟在卡尔的车后面。

他们在卡尔家的地下室喝了百威啤酒，闲聊了一会儿，然后伦德就离开了。卡尔估计当时的时间是晚上 10:25，因为他在伦德离开后打开电视看了最后一节新闻。

没有讲清楚的是他们的聊天内容。伦德说，他们聊的是公演和工作。据杰克说，卡尔一时没想起来。之后，他说他们聊的是运动——聊双城队在这个赛季的表现。他觉得他们没有聊其他话题。

到卡尔家时刚刚 6:45，这时距离卡尔出门上班为时尚早。我一敲门他就来开门，仿佛他一直在门内等着似的，他已经穿戴整齐、洗漱完毕。

“警长。这时间有点儿早吧？”他越过我，瞥了一眼巡逻车。

“早点儿到，你才能腾出几分钟的时间给我。”我朝他身后点了点头，他让我进了门。他儿子站在走廊上，还穿着睡衣。但从他的表情来看，他已经完全醒了，还有些害怕。

“早。”我向他脱帽致意，大多数孩子见到这一动作都会放松，但这个孩子并非如此。他只是垂眼看着地面，一动不动。

“我们谈话的时候，或许可以让蕾妮照看他一会儿。”

“蕾妮！”卡尔大喊了一声，他的妻子应声出现，也穿着睡衣。她看上去还没睡醒，一副不高兴的样子。

“什么事？”她没有跟我打招呼。

“我得跟警长聊几句。”

“又来了？”

“你去给乔希梳洗，好吗？”

她摇摇头，拎着那个男孩，把他带回卧室，砰的一声关上了门。

卡尔示意我到厨房去。

“她不习惯早起吧？”我和气地问道。

“怎么了，警长？我已经回答了您副手的所有问题，因此还错过了我一整节课的时间。你知道别人是怎么看待我的吗？”

“怎么看待的？”

“仿佛我就是……”他摇了摇头，“仿佛我与这件麻烦事有什么瓜葛似的。”

“有吗？”

“你要问我什么？”

“你都知道些什么，卡尔？”我把警帽放在餐桌上，盯着他。

“我知道海蒂·霍夫曼死了，就这些。我教了她两年历史课。去年是美国历史，今年是欧洲历史。她更喜欢欧洲。”

“我想了解的不是这些。你为什么向杰克撒谎？”

“撒谎！”

“我想知道你们星期五在地下室里谈了些什么，你最好别跟我说你们谈的是双城队的事。”

他注视着我，愣了一分钟，走到门口，向走廊里看了一眼。然后他在厨房餐桌旁的椅子上坐下，小声地说了起来。

“是蕾妮。”

“她怎么了？”

他叹了一口气。“我们聊了一会儿她。星期五，彼得跟着我回到家时，她很不高兴。我们吵了起来。我们这段时间总吵架。之后她气呼呼地上了楼，我和彼得就聊起来了。”

“聊什么？”

“聊太早结婚。不知道自己踏进了什么地狱。他也是大学一毕业就结了婚。”

“他的婚姻出了什么问题？你们谈了这个话题吗？”

他沉默了一会儿。“不，没真的聊。不过他问了我一件事，我跟他说的那些话并不是什么光彩的事。这就是我没有如实告诉您副手的原因。”

我等了一会儿，最后他终于说出了实情。

“他问我，如果乔希没出生，我是否还会与蕾妮在一起。假如我能重新选择的话，在无须考虑孩子的时候，我是否还会继续跟她在一起？”

他的声音压得更低了。“我说不会。我说，我甚至觉得有时就连乔希都希望我们离婚。我俩争执的那些蠢事……”

“什么样的事？”我嗅到了一股家庭争执正在酝酿的味道。

“所有的事。你结过婚吗，警长？”

“结过了。”

“哈。我还不知道呢。你们之间是因为什么事？”

“是越南。”

“你不在家的时候，她离开了你？”

“不是。是我回来后不久的事。她更喜欢我在世界的另一端。”

我从来没跟人谈起过安琪。这并不是因为我仍为此事而心痛。曾有一段时间，很长一段时间，我都在为她的离开而怨愤不已，但现在这一切都已经消散了。至于该如何与一个愤怒的战争老兵相处，她懂的并不比我多。她只想过一种快乐的正常生活。在我出征之前，她求我和她一起去加拿大，但我还是选择了那条光荣的道路，将国家利益置于我的女人之上。她的来信是一种信念，支撑着我度过了那漫长的征程，那是我如今对她的全部记忆。在听说她几年前死于迪比克市郊的一场车祸时，我把这些信全找了出来。这是一件奇怪的事，在我读着信中那些要我小心、不要受伤的叮咛时，所有的关心都从死去的安琪手中流泻了出来。我把这些信和那些从总统手中接过来的勋章、总统寄语一起放进了盒子里，从此再也没看过一眼。假如我不是对卡尔产生了同情，就绝对不会把过去重新翻出来。我和安琪都还年轻，所以我们的离婚手续并没有被财产和子女的问题弄得一团糟。我们之间只需一句“再见”和几张需要签字的文件。但卡尔和蕾妮有着共同的人生，共同的家，共同的儿子。

“太可恶了，警长。”他看上去非常生气，“战争英雄一到家就抛弃他。”

“都是过去的事了。”

我拿起我的帽子，起身走向前门。“伦德从来没有抱怨过他的妻子？”

“也不完全是。主要是他的岳母。她好像不太喜欢他。”

“你们那天晚上谈到海蒂了吗？”

“没有。”他打开门，送我出门，走向巡逻车，“没有，如果谈到海蒂，我一定有印象。”

“好吧。感谢你今天早上抽出时间跟我聊这些。”

他点了点头，蕾妮出现在他身后的纱门里，她脸色紧绷。不管她有没有听到卡尔在厨房里说的那些话，看起来他们接下来肯定还得吵架。

*

我发现自己驶向巴德家，但我能说些什么呢？他想知道的事我不能告诉他，也就是他的枪该指向哪个人。调查还在进行中，更不用说应付媒体也是噩梦，巴德知道得越少越好。

车驶过通往巴德家的岔口，向湖区开去。在路上，我打电话给刑事鉴定实验室，了解他们的进展。他们之前说档案仍待处理，无法确定准确的处理时间。最后，终于有一个讨厌的家伙接听了我的电话，他说他们正在不分日夜地处理“数量惊人的档案”。

我把车开进了海蒂和汤米星期五晚上停车的那个空地，放眼眺望着湖边的艾里克森谷仓，老旧的房顶已经垂向湖面。谷仓旁边的湖岸上长着几棵树，再过几个月，即使没有那些疯长的草随风摇曳，单这几棵树的遮蔽也足以藏身。根据汤米的说法，她下了他的车之后，独自步行去了谷仓。去见某个人。假如她不是去见某个人的话，她为什么要去那里？当时大约是晚上 10 点钟。离开卡尔家后，伦德去那里见她，时间应该绰绰有余。另一个可能性是有人跟踪了她——汤米，或是别人，但不管是谁，在深更半夜来这里，就必须有理由。我揉了揉脸，把嫌疑人名单重新想了一遍。伦德和汤米都有作案动机，两个人或许都有让她死的理由。

我下了巡逻车，顺着海蒂最后的足迹走了一遍——穿过停车场，然后在温暖、舒适的微风中沿着湖边走了过去。上个星期五有些凉也有些多云，只有十几摄氏度，日落之后，气温会降得更低。她一定感到很冷，或许走得很快，不仅是为了摆脱寒意，也为了和汤米尽快拉开距离。放眼望去，根本看不到房子或谷仓。停车场里的安全灯在亮着了，但它只能照亮一百多英尺的范围，因此只有半掩半露的月亮为她照明。她会害怕吗？我不知道。假如她是独自一人，她是不会害怕的。对于一个乡下女孩来说，独自走在寒冷的黑夜里根本不算什么。或许海蒂已经把目光瞄准了城市，但她和松树谷其他孩子一样，是这片土地的一部分，这片土地给了这里的居民最好的慰藉。它的开阔和广袤可以抚慰人心。不，假如她是独自走向死亡的话，她不会害怕。我走在嘎吱作响的步道上，再次仔细搜索着草丛的边缘。没有踩踏的痕迹，泥土没有被踢过的痕迹，没有任何挣扎的痕迹。我们已经查看过这一带，我、法医队还有杰克，但再走一遍也无妨，尤其是这件事还颇为费解的时候，而且我们还在等待着一百英里之外的实验室人员检测的样本结果。

在去往谷仓的路上，我停下脚步回望。停车场已经消失在一片土坡后，我已经看不到巡逻车了。海蒂当时也往回看过吗？汤米……没有不在场证据的汤米，并不知道她为什么要与自己分手。欲火中烧、怒气冲冲、荷尔蒙泛滥的汤米……在跟踪她吗？

我没跟在安琪后面。30多年前，当她离开的时候，我只是对她放手。我很生气，甚至在好几个漆黑的夜里喝得酩酊大醉，愤怒的程度足以让我去杀人，但我从未追究过她。她做出了自己的选择，就像我一样。我选择了战争，她选择了艾奥瓦州。她寄来了离婚协议书，第二年春天，她就嫁给了一个药品销售员。我靠《美国军人权利法案》进入学校学习，然后得到一份在沃巴什郡的巡警工作，我对谁都没说过一句讨好的话，直到巴德在克罗斯比湖边隔岸向我挥手。

他只比我小几岁，但那几岁就是入伍和没入伍的差别。他和莫娜刚结婚，刚刚开始经营农场。第一年夏天，我们只聊与鱼有关的话题。仅凭一个小小的浪花，就可以断定是什么鱼咬钩了。这种事我得心应手。第二年夏天，他邀请我去他家好几次，莫娜把我们钓的鱼用油煎着吃。第三年，我们第一次一起去了密歇根湖。他是第一个在自家院子里竖起“支持古德曼出任警长”的牌子，后来他发现没人看得见这牌子，于是他又把牌子插到他那辆载货卡车车尾。

后来我又收到安琪的来信，她祝贺我被任命为警长。这时，我所有的愤愤不平都已烟消云散，而这一切或许都归功于巴德。我给她回了封信。此后，她每年都会给我寄一张圣诞贺卡，直到她去世。每次来信，里面都会夹一张照片，是她和她丈夫以及几个胖乎乎的孩子。她是一个端庄的女人，而且一直都没怎么变。

我转身继续朝谷仓走。我已经很久没有想起安琪了，但我想这也是难免。卡尔和蕾妮。海蒂和汤米。恋情到了无法维系的地步。劳燕分飞。

黄色警戒带仍然遍布谷仓四周，是调查犯罪现场的同事们围上的。我弯腰从下面钻了过去，走进了谷仓。一潭死水，霉味扑鼻，腐烂的木头用它那特别的味道迎接我的到来，正如它们迎接海蒂一样。她离开了汤米，向谷仓走去。然后，她在谷仓里与某个人做了爱。接着，她在谷仓里被人杀掉。这与她能够产生交集的三个人有关。或者只跟其中一个人有关。

我来回踱着步，丝毫不在乎那些在我靴子下吱呀作响的木头。

假如它想塌陷下沉，就随它好了。我逐渐厘清了时间轴和当时的状况，但假如我无法锁定嫌疑人，这些信息将毫无意义。我需要DNA检测结果，我要知道谁在撒谎，这样我就可以对他们施压，直到他们告诉我到底发生了什么事，然后在拿到搜查令之后搜遍每个角落，直到找到凶器。

我拿出手机，想都没想就拨了那个电话。

“古德曼警长。”在电话铃响了三声之后，她向我问好。

“弗兰，我需要DNA检测结果。你认识明尼阿波利斯刑事鉴定实验室的人吗？”

“我很好，谢谢。你呢？”

“我不是在开玩笑。”

她收起了嘲讽的语气。“为什么你的谋杀案就比每年送到我这里的其他上千具尸体更重要呢？是因为这是你的案子？是因为牛仔古德曼需要抢时间？”

“没有什么时间好抢，弗兰。她死了。”我不停地踱着步，尽量忍着不骂人，因为我知道脏话会把她惹恼，“重点不是我，等忙完了这阵你再说我，好吗？或许你是对的——你永远是对的——但这是我朋友的孩子。他的宝贝女儿。我要把精液与两个主要嫌疑人匹配，我需要知道精液是哪个嫌疑人的，而且我今天就要知道，趁现在，还有一些留下的证据。”

在我说完这一通之后，她沉默了。我继续踱来踱去，不管她接下来要说什么，我都做好了与她辩论的准备，但她只是叹了口气。

“好吧，戴尔。我有几个熟人，我会打个电话。”

"好的，好的。"我压低身子离开了谷仓，开始沿着谷仓周围搜索。这是已经搜索过的地方，但我就是不死心。"你告诉他们，我今天就要结果。"

"你想要什么与他们能做什么，这是两回事。我会让他们快速完成样本检验。仅此而已。"

我在窗外一簇枯草旁蹲下来，把草拨开，看到一只老鼠的尸体，尸体几乎完整。"谢谢，弗兰。我欠你个人情。"

"一个什么样的人情，你说说看？"

"改天我可以用巡逻车带你兜风。我们可以给那些外地人开罚单。"

她大笑起来。确切地说，是笑出了声，这是一个小小的奇迹。但接下来，她又突然严肃起来，给我指出了一个全新的方向。

"如果你真的想找到这个凶手，戴尔，"她说，"你还应该去找另一个人谈谈。"

彼得

2008年2月15日，星期五

生活一如往常地继续着，实在是太神奇了。人可以做出超乎想象的最卑劣无耻的事，然后直接开车回家。照常上班，取干洗的衣服，在酒行买几瓶红酒，与你背着老婆睡过的那个女孩的闺密的父母聊上几句。支付酒钱。回家。

玛丽对我1月份的明尼阿波利斯之旅的细节几乎一无所知。我从我的私人储蓄账户上取出了酒店的费用，而她从不看那个账户。回来之后，她让我给她讲讲我拜访的那位朋友的情况。我说，他挺好的，见到他我很开心。然后她就继续拖地，而我上了楼，躺在我们的床上，重温那个周末所发生的每一个细节：海蒂在餐厅里的表白，之后我们在酒店床上做的事。还有，桌上和浴室。亲爱的上帝，劈死我吧。

没有人看我的眼神不对。根本没有人怀疑我们。这让我好奇：我还能神不知鬼不觉做些什么？我这样的双面人生还能持续多久？而这些问题的答案完全取决于海蒂。

在那次旅行之后的一个月里，我们几乎没说过话。没有安全的沟通渠道。我们不能用电子邮件、电话或网络，什么痕迹都可能被追查到，于是我们的恋情变成了沉默偷窥狂的游戏。每天我在自助餐厅另一头，看她和汤米一起吃午饭。课堂上，她看着我在黑板上写板书。我们在走廊擦肩而过时，她对我视而不见，一个劲儿地与朋友聊天。上课铃响时，我站在教室门口，只为了吸一口她经过时的气息。她的味道总是很清爽、轻盈，有淡淡的果香，不是草莓就是覆盆子，我始终分辨不出来。与她如此接近，让我几欲疯狂。她一定也有同样的感觉，因为有一天下午放学后，她来到教室，借口要问我有关春季公演的问题，但我不怕自己忍不住碰触她。我立即把对话地点转移到走廊上，当我越过她看向来来往往的人群时，我感觉到她越来越强烈的沮丧。最后，她用一支铅笔在作业上写了一行字，只有地点和时间。我的血液开始剧烈涌动，于是，我跑到楼上的储藏室疯狂把字擦掉。

那是密西西比河边的一个休息站，可以远眺威斯康星州的风景，但在一年中的这个季节，没人会到这样的悬崖边上来。在她到达之前的半个小时里，我只看到一辆车经过。我一句话都没说就把她拉进了汽车后座，我们一边纠缠一边脱掉衣服，气喘吁吁地拉扯着对方，直到她跨坐在我的身上，她那紧致修长的身体让我陷入了疯狂。

我从未像想要她这样想要过任何人。同时，我也害怕她对我拥有的那股强大的力量，不知她会拿它做什么事。她以为是她仰慕我，以为我是掌控者，但她会渐渐意识到，我的人生就像她脚边的纸牌屋，若要毁灭我，只需她轻踢一脚。我渴望得到她，迷恋她，而且一天比一天害怕她。

在休息站之后的那个星期五，我从学校回到家，看到玛丽与一个我不认识的人一起从房子一角绕过来。他看上去与我们年龄相仿，戴着一顶棒球帽，工作靴上沾着雪，扎着一条工具腰带。当我向房子走去时，他朝我点了点头。这些天，我看每一个人时都要多看一眼，只是为了看对方是不是要揭露我的丑行。但眼前这个人不会这么做，至少今天不会。他继续跟玛丽聊起来，我进了家门。艾尔莎坐在客厅的摇椅上睡着了。我拿起一瓶可乐，一口气喝下半瓶，然后盯着冰箱里的东西，盘算着如何再见海蒂一面。她可以在春假时去“参观”另一所大学。我们可以去德卢斯[1]或芝加哥。海蒂会很喜欢芝加哥。

玛丽打开大门走了进来，我迅速关上了冰箱。她走向洗手池，一言不发，开始洗餐盘，仿佛要完成一件刚刚被打断的事情。

我向门口走去，我的身体不由自主地撤退。除了吃饭和睡觉，我现在只待在储藏室里。即使玛丽在大半个冬日里没有表现得像个孤岛，但对此时此刻的我来说，费尽心思地与她搭腔也显得十分可笑。不过在我今晚从她的视线里消失前，好奇心还是占了上风。

“刚刚那是谁？”

“哈利·汤姆林。”

“他来干什么？”

“我请他来的。”她简洁地说道，然后耸了耸肩，把一个水壶倒扣过来，放在沥水架上，“他是我高中时的老朋友。我请他来装几扇新窗。”

“窗户？”

1　德卢斯是位于美国明尼苏达州东北部的港口城市，在苏必利尔湖畔。——译者注

“这里漏风太厉害了。就是换掉锅炉也没用，除非把窗户修好。”

“锅炉？你到底在搞什么啊，玛丽？”我惊讶极了，甚至不知道是她的计划，还是她告诉我她的计划这件事更让我惊讶。我走到客厅门口，确定艾尔莎是否还在熟睡。“不管什么时候，只要我多花一分钱，你都会抓狂。你为什么把钱——我的钱，顺便补充一下——花在一座破烂的房子上？”

“我不会动你那宝贵的薪水，好吗？把它留好。妈妈有社会保障金，我自己也能赚钱。”

“靠什么赚钱？一个鸡蛋 15 美分来赚钱？”

她的嘴角露出一丝微笑。“其实是 35 美分。”

“什么？”

“有机、散养、家庭农场的鸡蛋。”

“你到底在说什么？”

起初，她没有回答。让我对着她的侧影说话，我觉得很沮丧。她甚至不愿转过身来与我对话。虽然她完全有权把我一把推倒在地，狠踩我的睾丸，再把我踢出她母亲那破烂房子，但她并不知道。

“你还记得我们去过的明尼阿波利斯农夫市集吗？你那时是如何滔滔不绝地说这个是有机的、那个是零残忍的？”

我的确记得，但那些记忆并没有因为她的嘲讽而让人感到美好。我曾真的——显然也是愚蠢地——认为，那些记忆是我们的美好时光。那时，我们住在维多利亚式的无电梯公寓里，夏季的每个星期日早晨，我们喝着咖啡看着报纸，对一些文章发表意见，看完就扔在桌上直到桌上堆满了报纸、卡通画和被玛丽用剪刀剪掉了优惠券的废纸。

然后，我们会去市集散步，在一个个小摊上闲逛。有时，我们只买一个法棍面包当早午餐，在回家的路上用手撕着吃，就着冰沙吃掉。有几次，我们心血来潮，自己动手做菜，一次买 40 个西红柿和甜椒回家，胡乱尝试着做辛香番茄酱，把厨房弄得乱七八糟。那通常都是我的主意。玛丽会列出购物清单和计划，我们一排排逛下去，她总是一个个划掉已买的物品。

我们第一次去的时候，她看到那么多赫蒙族摊位就不由自主地扬起了眉毛，但她除了只说一句“他们不是我家的佃农”，便不再言语。在这里，只要质优价廉，不管是谁家的商品，她都会买。她还会与农民聊起他们的本行，讨论雨量和温度。她不在意除草剂，也不在意牛受到怎样的对待。我坚持要在有机菜摊买菜，而玛丽总是翻白眼哈哈大笑。我想给她看有关化肥和杀虫剂的文章，而她却嘲笑说：“什么样的研究文章都有人写。人早晚都要死的，不是吗？”

她对有机农业从未表现出丝毫的兴趣。现在怎么会有这种想法？

“我一直在与罗切斯特附近的一个人聊，他有完整的运作模式。移动式鸡舍和植物性饲料。他把蛋高价卖给城里的餐厅，我们准备从春天开始做农夫市集巡展。”

“我们？”

“我和他，还有本地区其他几个农民。这一类的市场需求不少。那些跟你一样的城里人，都希望吃到快乐的母鸡下的蛋，还有吃青草长大并以人道屠宰的肉。”

说到“人道屠宰”这个词的时候，她摇了摇头。这是我们达成共识的一点，但却基于完全不同的原因。

“你怎么会有这种念头，玛丽？你知道艾尔莎撑不过一年了。”

听到这句话，她缩了一下，而我立刻意识到说错了话，压低了声音。

“抱歉。我不是那个意思，但显然医生说得对。现在她越来越虚弱，越来越不记得别人跟她说过的话。有一天，她甚至连我都不认识了。”

我没提到的是，正因为她不认识我，那天是自我们结婚以来，她对我最友好的一天。她轻轻拍着我的手背，叫我汉克，让我给她读几篇讣告。汉克乐意效劳。许久以来，那是我第一次感受到自己在这座房子里受欢迎。

记忆力衰退的速度已经令人无法忽视。两周以来，她每天都会虚弱地问玛丽，我们为什么买了“那个 5 美元的甜椒”，直到她终于突然想起来，那是“彼得喜欢的甜椒”。她每天晚上要看两次电视新闻里的天气预报，但第二天下雪的时候，她仍然十分惊讶。假如没有充足的氧气进入大脑，她的身体还能撑多久呢？

我小心翼翼地思索着接下来的问题的措辞。“我们只是暂时在这里待上一段时间，你为什么要投资一个全新的事业呢？”

她什么都没有说，但坦率地说，我早就知道她会这样。答案就在我的眼前。

“你留在这里不仅仅是为了艾尔莎。”我跌坐到餐椅上，盯着她的侧影。她既没肯定，也没否定。“你喜欢这里的生活。她去世之后，你也不打算搬回明尼阿波利斯了，对吗？”

她仍然没有说话，只是不停地洗着餐盘，拿着抹布擦着小碟，出神地望着厨房窗外。

“该死，玛丽，回答我。我想我有权得到答案。我们一搬到这里，你是不是就已经在这么计划了？”

她洗净了一个盘子，放到沥水架上，然后，慢慢地从泡沫里捞起一个咖啡杯。“你不会明白的。”

“显然，我是不明白。你不说，我怎么能明白呢？”我紧抱双臂，决定在她向我说清之前绝不离开。

“那是……”她不说了，摇摇头，继续干活，把沾满泡沫的杯子从一只手换到另一只手里，然后继续心不在焉地注视着窗外，窗玻璃掩映在已经褪色的方格花布窗帘后面。“我不知道该怎么说。就像那些树。”

“什么？”

“在城市里，你不会留意它们。”她停了停，若有所思，“它们全都挤在一起，枝杈交错，树与树之间没有清楚的界线。它们的树枝被锯掉了，因为这样就不会触碰到电线或房顶。有些树的树干上还喷着宣告死亡的红漆，假如树根在人行道下面长得太大，树就会被伐倒。有些树让人看了就难过，要么树干扭曲、树皮被毁，要么被砍得体无完肤，直至死亡。”

“但在这里，你能看到大树真正的样子。我从小就眼看着它们在田边一天天长大，就像一针一线把棉被缝起来似的。”她凝视着车库后面的那些松树，她的声音失去了每次跟我讲话时的强硬和怒气。

“它们在农场四周的防风林里高高地耸立着，你能看到它们真实的样子。你可以勾勒出它们的轮廓，看树枝是如何弯曲和扭转。有些树轮廓分明，有些树又粗又壮，有些树像老人一样在风中弯着腰。在这里，你可以了解它们的天性。搬回这里之后，我才意识到这一点，我觉得自己又会呼吸了，有一天，从威妮弗雷德家步行回来的路上，我站在那里，仔细地端详着地平线上那些大树的样子。每一棵大树都像一幅画像，这是我见到过的最美丽的东西。那时我就知道，我回不去了。在城市里，我无法呼吸；每一天，我都感到越来越窒息。”

“但我们一直在城市里生活。”我觉得自己不得不争辩一下了，“我们的生活就在那里。我们的朋友，你的工作。你的老板说，你随时可以回去。”

从逻辑上说，我说得没错。我知道，这些话铿锵有力，但与玛丽的能言善辩相比，却显得空洞无力。

“每天困在灰棕色的五英尺隔间里工作 10 个小时？终日不见阳光？被污浊的空气和愤怒的人们环绕？不，彼得。我不能那样度过一生。我今年准备终止租约，然后明年春天再买一些小鸡。我要当个农民，像我的父亲和爷爷那样。我要把自己的命运播种在这片土地上。”

有好一会儿，我们都没有说话。她的决定十分沉重，在整个房间都能感觉到，让我们两人都陷入沉默，我们终于不得不面对那件心知肚明的事。她终于洗完了餐盘，把抹布晾在水龙头上，在我对面坐下来。

我看着她，几个月以来第一次认真地注视着她。我感觉到并为之愤怒的那种转变，彻底呈现在她身上。当初嫁给我时，她有一头亮丽的金色长发，在面纱下轻轻飘动。从婚礼走廊里向我走来时，她双颊绯红，双眼闪着泪光，神情天真无邪。而现在，坐在我面前的这个女人面无表情，显得冷静而自信。所有的浪漫情怀都像婴儿肥一样从她身上褪去，她变得坚强而完整。她对那些大树的描述，在我们之间的空气中回荡着，那些是朴实无华的诗句，足以让任何田园小说更添优美。我意识到她是如此美丽，而对于她来说，我已经变得无足轻重了。

“那么，就这样了？我想要什么就不重要了？”

“你得做出你自己的选择，决定你是否愿意和我一起留下来。”

“我和你一起留下来又如何呢？我们根本不跟对方说话。从去年秋天以来我们就已经没再做过爱了。天啊，我们到底怎么了，玛丽？”

她沉默了一分钟，我以为她又陷入了沉默，但这时，她却吸了一口气，低声向我坦白。

“我认为，生你的气比生我自己的气好过一些，因为你讨厌这里，而我讨厌我们来这里的原因。”

我还没来得及回答，艾尔莎就缓慢地走进了厨房，她虚弱地咳嗽着，问我们晚餐准备得怎么样了。我们只好又忙起来了。我扶着艾尔莎坐到她的椅子上，玛丽从炖锅里舀了点东西给我，我看都没看就直接吃了。等我上楼，透过卧室窗户向外看着鸡舍时，我对玛丽的愤怒已经反转了。她的诚实传染给了我。一直以来，我都觉得自己是个好人——合理饮食，跑步锻炼，凭着良心过日子，不管这一切是否有意义——而事实刚好相反。我的妻子在照顾她那濒死的母亲，而我却在出轨。我是个彻头彻尾的烂人。

我脱掉衣服，正找睡衣时，玛丽上楼了。

“在篮子里的床单底下。”她一边低声说一边从我身边轻轻掠过，也换上了睡衣。

我们爬上床，在床上静静躺了一会儿。玛丽转过身来，我感觉她在看着我。天啊，她如果不和我在一起的话，一定会生活得更好。或许那个人，修窗户的那个人，在高中时喜欢过玛丽。假如当初娶玛丽的人是他，那他们现在或许已经有三个孩子和一个养鸡王国了。而事实是，她父亲去世了，母亲也生命垂危，没有孩子，丈夫还是个自私的浑蛋。她值得拥有更多。

“换窗户的事，你做得对。”我说。

“我知道。”

又过了一会儿，我注视着天花板，我们俩都没装睡。这时，她侧身用一只胳膊支撑起身体。

“你会留下来吗？”她问，“我知道，家里的情况一直都不太好，但这一切都会改变的，对不对？”

真正改变的是她的手，它在被窝里移动，悄悄地放在我的胸口上。

“玛丽。”我无法说出口的一切全都蕴含在这两个字里。不，玛丽。太迟了，玛丽。当你把我排除在你的生活之外的时候，我就已经没有再等你了，玛丽。

她的双唇轻触我的脖子，我闭上了双眼，深深吸了一口气。她的手沿着我的腹部滑下，我一把抓住它，阻止了她。

“这不太好。”

“彼得，”她喃喃地说，“让我试试。”

我无权选择。自我憎恶感瞬间也在我的血管里奔流，而她的手则挣脱了我，变得有节奏起来。然后我也一起努力了，我让她翻身躺下，努力想回报她出乎意料的表示，努力表现出丈夫的样子，努力对那件事做出补偿。因为，即使是现在，海蒂仍在我内心的幽暗深处向我发出召唤。

海蒂

2008年3月

在明尼苏达休春假的感觉简直糟透了。地上到处是雪，只有唱诗班的人才会走出门，因为他们要去纳什维尔[1]参加比赛。我讨厌乡村音乐，而纳什维尔或许是我最不可能造访的地方，但它比松树谷好一点儿。波西娅唱女低音，自从彼得公布了春季公演的演员名单后，她就隔三岔五地向我提议这趟行程。

我得到了女主角麦克白夫人的角色，波西娅被确定为我的替角。

想想也奇怪，她就从那时候开始，变得很神秘，一直提到诅咒的事。起初，彼得贴出招募通知的时候，波西娅就说起了《麦克白》的诅咒，但她只是表现出了那种“我比你懂得多”的八卦语气。在她得知自己没有成为这部戏的主角后，那个诅咒突然就变得真实起来。每次排练时她都会向我们讲起那些著名的《麦克白》演出意外，到了春假前我们最后一次排练时，每个人都加入了她那疯狂的净化仪式。

这个仪式是这样的：在我们不排练的时候，假如有人在体育馆里说出“麦克白”这几个字，他们就“唤醒了那个诅咒”；为了安抚

1　纳什维尔（Nashville），田纳西州首府。——译者注

诅咒之神，他们必须立即跑到门外，绕着体育馆跑，从左肩向身后吐口水，同时“求仁慈的天使和神差保护我们”。然后，要有人允许这个人回到体育馆，我们才可以继续排练。

彼得第一次说“麦克白”的时候，波西娅让他立即做出自己那套仪式，而他却严厉地批评了她。他威胁说，假如她再提起这件事，他将不准她参加这部剧的演出。在那之后，她就转而悄悄地做这件事，直到每个人都改口说“那个苏格兰戏剧”或“麦克白夫妇”。当彼得说出那个词的时候，波西娅甚至替他去跑步，而低年级学生都跟在她的后面；所以，每当彼得叫麦克白上台的时候，就有一半的演员放下剧本，像旅鼠那样蜂拥到走廊上去。这真是个令人捧腹的场景。有时候，在等着他们去做悔过的时候，我会在胸前画十字说：“以麦克白父、麦克白子和麦克白之灵的名义。阿门。”我每次这么做的时候，彼得都忍不住哈哈大笑。

春假前最后一次排练结束后，我去波西娅家找她玩。我们没有像往常那样去看电影，她只是试了一堆去纳什维尔要穿的衣服，还装出征求我意见的样子。

“这件怎么样？”她穿着短袖两件式上衣和及膝短裙转了一圈，这套看上去和我返校时的搭配一模一样。

“看上去有点儿像要上预备班的大学生了。南方淑女的风格不是更适合你吗？”

“这不是戏服，海蒂。我只想看起来有种度假的样子，像没被父母管束的样子。”

她戴上一副太阳镜。很招摇。我躺在她床上，头枕在床沿，倒着看她。“确实像无父无母的样子。”

“这周你准备干什么？”

“打工。背台词。”我还以颜色。起初，我觉得彼得不给波西娅分配任何角色有点说不过去，但她越是对自己“绝妙的”旅行沾沾自喜，这次旅行似乎就越没什么意义。而我是真的计划再努力提高一下我的台词能力。距离首演之夜只有三周时间了，我还没把我的长段台词全记下来呢。

“如果你需要帮助，可以星期四打电话给我。我们有一天自由活动，我或许会去奥普里购物中心，但我还是会留出一小时左右的时间排练。”

“回头再说吧，我或许会找汤米帮忙。”

波西娅哼了一声，我也忍不住笑了。让汤米·基纳基斯念莎士比亚的台词，就如同让凯莉·布拉德肖[1]去耕地一样不搭调。假期里他一直要求和我见面，都快把我烦死了，波西娅知道为什么。

“你终于打算与汤米一起做了？”

我盯着天花板的角落，有一只小蜘蛛正在忙着织网。距离我和彼得在明尼阿波利斯一起过夜后，已经两个多月了，如果我用“我们做了”来描述这件事的话，就显得太浅薄了。这种感觉就如同我和波西娅之间辟出了一片海洋，而我们再也回不到大海的同一边。这让她感到难堪，也让我感到孤独。

自从二月份那个晚上我们在观景台见面之后，我再也没单独

---

1 凯莉·布拉德肖（Carrie Bradshaw），美剧《欲望都市》里的第一女主角，她是纽约著名报纸的专栏作家，是一位时尚性感的都市女性。——译者注

见过彼得。这就如同我节食了好几周，然后突然享用了一顿大餐，我必须尽可能地多吃一点，以便在接下来的节食中撑下来。那天晚上，在驾车离开之前，他把我们离开明尼阿波利斯之前对我说过的话又重复了一遍，说我们之间没有可能。“我不能和你在一起，”他说，“以你希望的那种方式。”我仍然没理会他。要不了几个月我就毕业了，到时，我们之间最大的障碍就不存在了。彼得不知道我有计划，我知道这出戏会如何发展。

与此同时，我仍维持着另一种人生。自从那天晚上彼得第一次吻了我之后，一部分的我就一直想与汤米分手，但这场表演必须继续下去。所有人都把我和汤米看作一对，一个整体。每天都有人问，我和汤米愿不愿做这件事或那件事，而我总是回答说：“我不知道汤米怎么想的，我可以问问他。”然后，在午餐时间，我的确问了汤米我们有什么计划，直到他说出我想要的答案。我尽量把我们的约会与其他情侣安排在一起，尤其是在他开始对我动手动脚之后。

“我告诉他，只许碰腰部以上。”

波西娅把她的首饰袋放进我身旁的行李箱里。“你说过他想要更进一步。”

“如果他不听话的话，那就不是我的问题了。”

“或许是你的问题。”她穿上一件外套，又很快就把它脱掉，“我在干吗？田纳西不需要穿外套。气温快到 26 摄氏度了。”

然后，她挨着我坐了下来，神情严肃起来。“我说啊，海蒂，我知道你以为你已经把汤米耍得团团转了。但你看看他。他是一个巨无霸。”

她沉默了，一时语塞，这完全不像她平时的样子。

“你想说什么，波西娅？”

“我是说，你要小心点儿。”

我从床上坐起身，站到全身镜前。在镜中与她继续对话，这让我感觉好多了。“你是说，我要小心点儿，万一我男朋友是个强奸犯？”

“差不多。”

“而这丝毫不会影响你邀请他参加赛迪·霍金斯舞会？”

“你不是开玩笑吧？他只是其中一个选项，我又不会喜欢他。”

“显然不会，如果你觉得他会强奸我的话，”我咯咯笑了起来，“拜托，波西娅。汤米？不会吧？”

我的笑声让她觉得很无趣，她只是哼了一声，然后继续挑选衣服，接着又聊起她要在纳什维尔做哪些有意思的事。旅行之前，我们没再聊过。但飞机一落地，她就禁不住开始给我发短信，这就是波西娅一贯的风格。我只是回复她“太棒了”“听起来棒极了”之类的话，这也是我一贯的风格。

汤米最终在春假快结束前的星期二来了我家。妈妈在家，在厨房里整理要寄给格雷格的包裹。我们有几周没有他的消息了，因为他在参加一次任务。没人知道这意味着什么，只知道妈妈必须为他准备一个包裹。她买了几本杂志，觉得他会喜欢，做了一些甜饼干，用泡沫膜包好，还放了一堆零碎的小东西，上面用便利贴写着寄这些东西的原因。她还寄了几盒香烟——尽管她一直反对他吸烟——因为格雷格说过，在那里，香烟比钱还好用。在我看来，那个地方很像监狱。他计划 7 月份回来，有时我看见妈妈在反复翻看日历，好像在数还要翻几下她才能重新松一口气似的。往常她忙的时候，我从未留意过。但是，晚上坐在餐桌旁或看书的时候，她的双手会颤抖。我记得，在格雷格离家之前，她的手从未像那样颤抖过。

汤米过来时，问起了格雷格的情况。我经常忘记他们曾一起在橄榄球队待过。当时，格雷格高四，而我们是高二。

“来，汤米，写几个字给他吧。看到你的字，他会很高兴。”妈妈说。

看到那支笔和便条，汤米似乎十分紧张，但他还是坐到餐椅上，照妈妈说的做了。我从冰箱里拿了些汽水，然后我们一起上了楼，经过餐桌时，我看到他写的是（全是大写字母）：“嗨，格雷格。你把本·拉登干掉了吗？去战斗吧！汤米。”

“你想开车去兜风吗？”走进我的房间时，汤米问。他坐在我那张小单人床上，像个怪兽，我不禁想起了波西娅说过的话。这是一个突然钻进我脑海里的想法，然后开始有人低声对我说，**强奸犯，强奸犯**。我在琢磨着汤米到底能用他那双强壮的手和那愚蠢的大脑做出什么事。从莱尼·斯莫[1]的角度来看，能让人联想到的就这么多。每次在他的小卡车里亲热的时候，我们之间虽然总隔着变速杆，但他的手仍旧能从我的衬衫移到我的牛仔裤上。每一次，我都会挣脱，告诉他：“不要，汤米。”就像训练一条狗，一条过于心急的拉布拉多猎犬。然后，他会言不由衷地向我道歉，送我回家。而在我的房间里，

---

1 莱尼·斯莫（Lennie Small），美国作家约翰·斯坦贝克的中篇小说《人鼠之间》的主人公。莱尼是一个大个子，他虽属人类，可动物般的举止让人觉得他是个四肢发达、头脑简单的白痴。莱尼成为智商较低却力大无穷的“巨人白痴”的代名词。——译者注

我们之间没有变速杆。床就在身旁。门虚掩着，妈妈就在楼下，跟着收音机哼唱着。

“等一下吧。”我把手伸进背包里拿剧本，“我必须先把剩下的台词全背下来，记得吗？你会帮助我吗？”

“你是认真的？”

我点了点头，他抱怨了一句。“得了吧，海蒂。我可读不了那种东西。”

“这对你有好处。”我微笑，有点调情的意味，然后挨着他在床上坐下，打开了剧本，“瞧，你只用把麦克白夫人的台词前面那些话读出来就好，然后确定我把这些台词念对就行。”

我指了指被彩笔标记过的剧本，但汤米却被其他东西吸引了。他把我拉进怀里，在我耳后狠狠亲了一口。

“现在不行。”

当我想挣脱的时候，他紧紧地抱住我，不让我走。

“只要一下下就好。”他咕哝了一句，又凑近我的嘴。

他的另一只手挪到我的后脑勺，然后亲吻我时把我的头压住。我觉得自己就要窒息了，甚至无法像往常那样想象彼得的样子。

“汤米。”当他终于停下吸气的时候，我总算能开口说话了。

“什么？”他的手捏挤着我的胸部。他怎么有这么多只手？

“现在不行。”我又说了一遍，扭动着身体想要挣脱。

他哼了一声，懒懒地靠墙躺着，甚至懒得遮掩那凸起的东西。“你每次都不答应。”

“我妈在家呢。而且我真的得背台词。”

“我不明白你为什么要演这个剧。”

“我不明白你为什么要打橄榄球。”我用同样愚蠢的语调模仿着他的话，然后偷偷按下化妆台上的摄像机。

“好，好。”他叹了口气，拿起了剧本，然后像看外国文字一样眯起眼睛看着剧本，“是这部分吗？”

“你真好。”我在他的脸上轻轻吻了一下，然后退回到房间中央。当他鼓起勇气大声说出莎士比亚的句子时，我则让自己变成了麦克白夫人。我看着汤米，直到那个性饥渴的少年消失，而他变成了我的工具。我看着他的手指，看到的是一只属于我的手，我可以操纵的手，可以供我驱使、用来杀掉国王的手。我看着他困惑的表情，看到了他脸上的疯狂，而我很快也会如此。我冷静下来，冷静得麻木。当他清了清嗓子，说出第一句台词时，我已经可以感受到自己的死亡。

*

不知为何，春假的那个星期五，我们过了十分完美的一天，是只有在广告中才能看到的那种令人作呕的完美。天空晴朗无云，太阳温暖着大家，吞噬掉雪堆。爸爸瞬间消失在谷仓里，去打理他的那些农具，为播种做好准备，而妈妈则翻着种子目录，帮她的花园挑种子，还把床单挂在绳子上晾干。我很开心，因为星期三值班期间，彼得放了一个仅储存了一张照片的 U 盘在柜台上，那是一张谷仓的照片。

“春假过得开心吗？”他回来取照片时若无其事地问道。

“没什么特别的。”

“或许星期五早上就会变好。”

“嗯，希望如此。”回应他的时候，我尽量装出无聊的语气，拼命遏制住内心深处冲撞的兴奋。

我离开家，假装要去上班，然后打电话请病假。到达谷仓时，彼得已经在那里等我了。他的妻子和岳母一整天都在医院里做各种检查。于是，我们一路走到了他家的农场，避开马路、房舍和其他建筑，那里矗立着一棵巨大的橡树，刚好标示了四块耕地交易。我们这次是有备而来。我带了一床被子和圣诞节时他送我的那本书，他带了一个野餐篮子和一瓶红酒。他翻着那本书，读了几行。然后，我们拿出干酪和薄脆饼干来吃，把黑皮诺红酒倒进纸杯里，然后喝上几口。我从来没在教堂以外喝过酒，尽管这酒喝起来涩涩的，还有股金属的味道，但我并不介意。我宁愿与彼得一起喝红酒，也不愿与汤米喝遍全世界的啤酒。

过了一会儿，我把头枕在他大腿上，他则斜靠在树干上，一边念书，一边轻抚着我的头发。我专心听着他的语调，具体内容完全没上心。我觉得自己像只猫，想用脑袋蹭着他的大腿，在太阳底下伸懒腰、打滚。或许，那些红酒让我醉了。

“于是他倾尽了自己无用的一生去寻找 V。”彼得合上书，把它放到一旁。

通常我很喜欢听他谈书，听他上课时清晰分明的分析语调，但他今天读这本书，他的声音越读越压抑，尤其是读到那诡异的跟踪者那部分时。我问他 V 是谁，想要以此转移他的注意力，让他开心起来。

“那是个无法解释的谜，不可知的问题。平钦永远不会无聊到去回答这样的问题。”

我把脸颊放在他的裤腿上摩擦。“哦，我没有问平钦。我是问你。”

他沉默了一会儿，把手指穿进我的头发，从头皮开始，在他的大腿上抚过我的头发，然后让它们落到地面上。这像催眠术一样让人上瘾。我想躺在太阳下，永远感受着他的手轻抚我的头发。我渐渐闭上了眼。

“应该说，我也没那么平庸，但这让人无法抗拒。在你读书时，她萦绕在你的心头，就像个幽灵一样引领着你翻阅每一页。”他又停顿了一下，迟疑着，“我送你这本书时，我以为，在我未来的50年里，你就是我的V。”

我大笑起来。“而你就是那个寻找我的人？”

“我不知道。或许。我是谁并不重要。关键是你，你是谁。我仍然不知道如何称呼你。你有那么多名字，那么多身份。”

“那只是演戏而已，彼得。”

“不，不是。一个人的行为决定了他的身份。假如你投票支持共和党，你就不能加入民主党。你要是吃牛排，就不能自称是素食主义者。而你的行为，它们代表不了你的为人。我一直在关注你，海蒂。课前，你会与波西娅交头接耳，对她那些荒诞不经的主意都热心撺掇，给她出的歪主意一个接一个。在自助餐厅，你任由汤米的手到处摸你，你还能脸红、咯咯笑。你在每个老师面前扮演好学生，每个跟我谈过的老师都以为你要选修他们的课。而我完全看不出你有什么烦恼。你说，你只是在演戏，但你正在把自己分成上千个，每一次我刚看你一眼，你就又消失了。你变成了别人，一个又一个的别人，这让我不禁怀疑，这个世界上到底有没有海蒂·霍夫曼这个人。这件事从头到尾可能完全是我的幻觉。”

他苦笑了一下。我没有睁眼，向上伸手，手指沿着他的裤子内缝向上摸，直到我触到了正中央。

“现在你还觉得这是幻觉吗？”我的手指反复摩擦着，直到我感到了他身体的反应。

“海蒂……”他的声音顿住了。

“你想幻想更久些吗？”我的手触到了他的裤子扣，他抓住了我的手。

“别这样。”

我生气地坐起身来。要是我这么对汤米，他早就高兴得忘了自己叫什么了，更不可能对我有什么疑问。

“有什么问题吗，彼得？今天你为什么想见我？”我质问道。

“你喜欢这样，对吗？你喜欢操控别人。让汤米跟在你屁股后头干着急，这让你很开心吗？让波西娅像个没脑子的木偶一样对你亦步亦趋？”

“不，不是那样的。”

“我第一次遇见你时，你告诉我，当事情变得不那么好玩的时候，你会弃用化名。你想知道你把我变成什么样了吗？每当想起我们的事，我就讨厌我自己。”

“我不想让你有那种感觉。”

“女演员说话了。”

“我不喜欢那样，你明白吗？”我大喊道，然后低下头，深深吸了一口气，“我曾经喜欢过。我曾经喜欢那样做，但是现在，我只觉得深陷牢笼。和你分开的时候，没有任何人，没有任何角色可以让我扮演，无论是谁，都无法带走我内心的空虚感。我讨厌这样。我讨厌自己无法摆脱那种感觉。每一天，我都度日如年，因为我真正想要的是……”

我犹豫了。现在还没到告诉他的时候。

“是什么？你想要什么？”

“没什么。”

“不要再对我撒谎了。”

“老天啊，你真不愧是个当老师的。”我转身背对着他，万分沮丧。今天的一切都与我想象的完全不一样。我们应该一起裹在这床被子里，大笑着，亲吻着，享受着这偷来的每分每秒。此时此刻，他最不该想到的事就是心理分析。

“你想给每件事都命名，分析它并把它塞进你脑子里的一个小盒子，旁边还有一百万个同样的小盒子。每个盒子上面都贴着标签、日期和简要的介绍。很好。我有一份简要介绍要给你。你想知道我是谁吗？你还想听我讲些别的事实吗？”

忽然之间，我的心剧烈地跳动起来。这不是计划的一部分，但我能感觉到这些话在我的喉咙里涌动。我再也无法隐藏。我转过身来，抓住他的手，对接下来即将发生的事充满了希望和恐惧。

“我是海蒂·霍夫曼、女演员、CVS零售药店店员和松树谷高中的毕业班学生。我与彼得·伦德彼此相爱，我想和他一起搬到纽约。”

他的脸僵住了。他凝视着我好久好久。我不知道他是要拥抱我还是要冲我大叫。我们从未谈论过未来。那是我的未来，对，但不是他的未来。不是我们的未来。这份感情存在于我们各自的生活之外，它没有未来，也没有向前发展的任何可能。

突然，彼得把手抽开，站起身来，走到垂在我们头顶上方的树枝边缘。我跟着他走了过去。

“彼得？你说句话。”

“你想让我说什么？”

“说好。”

他又笑了，但这次的笑声十分沉重，让我的胃都揪紧了。

“哦，好。我会跟你去纽约的。听上去这事很简单。”

“本来就简单。可以很简单。”

“我们住哪儿？”

“我们可以与人合租一个房间。租房网站上有数以万计的租房信息。”

“我们拿什么去付租金？”

“我有两千多美元存款。我会调到那里的药店工作。”我一口气说出我从网站上记下来的几家CVS零售药店的地址，伸手去扶他的肩膀，但他挣脱了。

“你可以教书。”我补充道。

“你知不知道纽约的教师有执业许可要求啊？”

“许可？”

他又发出那种难听的笑声。他开始冲我发难。这种情况原本不该出现的。假如我多花点时间做些调查，我就能回答他了。我就能把他的每个反对都一一击破。但是，不……他要求我对他诚实，像一个白痴一样诚实，因为我就是。现在，他甚至都不愿意看我一眼。我感觉到喉咙深处的绝望，像在舞台上怯场一样把喉咙缩紧，这让我急得跳脚，试图摆脱这可怕的绝望。

“我们会想出办法的。我们有整个夏天的时间来想办法。”

“整个夏天？”他把“整个”这两个字拉得长长的。每当他想让我觉得自己只有四岁的时候，他就会用这种讽刺的语气。

“你需要多久？搬家去纽约的人到处都是。”

“我们的情况比大多数人要复杂一些。”

“你不想跟我一起去吗？”

他什么都没有说。此时此刻，我几乎要哭出声来了。然后，他用手捂着脸。“我想。”

希望和爱意在我的全身快速而强烈地翻腾着，让我几乎无法呼吸。

“那就跟我一起去。”

“事情没有那么简单。”最后，他转过身来。双眼里充满了绝望。

“实际上，就那么简单。”

“我结婚了，海蒂。”

“那就离婚呗。”

“事情没那么简单。”

“事情真的很简单，彼得。你只用说，**我不想再跟你在一起了。这是离婚协议书。再见。**”

“她母亲快死了。”

“两个月前，当你私奔到明尼阿波利斯与我上床的时候，她的母亲就快死了。一个小时之前，当你在这棵树下亲吻我的时候，她也快死了。”

“我无法对玛丽开口。她现在最不需要的就是——”

“我不在乎玛丽最不需要什么。我会亲自告诉她的。她每周都会来我们药店为她妈妈配药。”

“你不会的。”他说话的声音也变得低沉且充满恐惧。他抓住了我的胳膊。

我靠得很近，近得能够感觉到他呼吸的热量，能够看到他的瞳孔放大和脖子上的血管跳动。

“彼得，我会做什么，不会做什么，你都不会知道。还记得吗？我那些让你抓狂的名字和身份？”我冲他狠狠地笑了一下，即使我的心正在破碎，“谁知道你老婆下一次来取药的时候遇到的会是谁呢？”

我把胳膊从他的手里使劲拽出来，用力太大，扯得很疼，然后，我大步走下小山，走回谷仓。我想向后看一眼，看看他是否跟在我身后来向我道歉，但我没向后看。我也想跑起来，跑得比谁都快，但我也同样没那么做。我走在去年秋天综合收割机耕地时留下的晒干泥巴路上，让眼泪尽情地流，感受着他在我胳膊上留下的疼痛。回到车那里时，我抽噎着，努力不让自己放声大哭。我开车回了家，走进门时，发现妈妈坐在厨房餐桌旁，她的面前放着我的电脑。她那沉重而失望的双眸离开电脑屏幕，转向我。

“我们需要谈一谈。”

戴尔

2008 年 4 月 16 日，星期三

那天下午跟弗兰谈过之后，我回到了警局，希望 DNA 结果会出现在我的办公桌上。然而，在办公室里等待我的，却是莫娜。她的双手静静地拢在一起，双眼低垂，坐在来访者的椅子上。威妮弗雷德·艾里克森陪着她。我站在玻璃窗的外面看着她们，想起了今天早上给巴德打过的电话以及他挂掉我电话的情形。

杰克带来了几张令状：两张是未缴罚单，一张是未出庭。郡务的工作仍然必须照常进行。

“她们到这里多久了？”我一边签字一边问道。

“大约二十分钟。”他的声音压得很低，“我试过请她们去会议室里等你，但她们走了进来，然后就坐下了。没有跟任何人说一句话。”

我点了点头。“还有什么消息？”

“海蒂电脑的其余部分十分干净。有很多纽约网站的暂存网页和信息记录。看上去，她似乎在浏览租房信息，甚至还发电子邮件询问过几处房子，尽管她并没有与对方确认。我有种感觉，她没有准备好马上离开这里，只是想摸摸情况。”

杰克环视了一下四周，确保附近没人之后才接着说。“就我目前所见，和文学极客没有其他联系。”

“她的通话记录呢？”

“没有。很多短信，都是发给朋友的，还有每周发给汤米的几条短信。”

“发给汤米的那些短信里有什么线索吗？”

“没有太多。只有一些类似于‘7点见面’和‘要晚点儿到’的信息。他们主要是互发一些好玩的图片。‘欢乐喵星人’（LOLCat）之类的东西。”

看到我的表情之后，杰克赶紧澄清。“呃，就是互联网图片，猫加上搞笑文字的图片。”

“嗯哼。”我签完了那些令状，递给了他，“你把全部的案卷，包括那些照片，都交给联邦调查局。”

“什么？”杰克惊讶得无法降低音量，“我们要把它移交出去吗？”

“不，我们要寻求帮助。”

我把弗兰提供的那个联络人的信息给了他，那位联络人是一个擅长犯罪现场评估的犯罪心理学家。通常情况下，我不太愿意采用心理分析之类的办法，但弗兰说，他在本州“首屈一指”，而我是不会怠慢一个或许能够用他那“首屈一指的”专业知识找出凶手的人的。

“我今天想跟他在电话里沟通一下，最晚明天。我们明天还要对两个嫌疑人进行二次讯问——在海蒂葬礼之后——详细盘问他们星期五晚上的活动。我们要看一看，与她的棺材待一整天之后，他们的口供会不会有所变化。”

杰克开始工作了，我把警局的工作和喧闹抛在脑后，打开了办公室的门。我一走进房间，威妮弗雷德就转过身来，但莫娜甚至连头都没有抬一下。她看上去像是一尊石像，双脚并拢，双手叠放在大腿上那个褪色的手包上。她眼神空洞，整个人都往内缩，她把什么都锁在了自己的心里。

我几乎是在认识巴德的同时认识莫娜的，看着她先后怀上格雷格和海蒂。如果不看她的肚子，你根本想不到她是个孕妇。不管什么时间，只要胎儿在里面踢她一下，她就会说：“你很快就要出来了，再等等吧。”然后，她会用手抚摸一下那个地方，再继续做手头的事。现在，她在镇上的律师事务所做兼职，为唯一的律师做打字和文件整理工作。同时，她仍然帮巴德干农活，做家务，把食物摆上餐桌。她做的鸡肉派水平一流，整个的蘑菇和大块的鸡肉淋上白葡萄酒酱汁，从烤箱里端出来，趁着酱汁滋滋作响时端上餐桌。如果有人对她的手艺大加赞赏，她也只是耸耸肩，然后告诉你，做这个没什么难的。

说实话，我和莫娜之间的相似之处远多于我和巴德。我和莫娜都没有时间闲聊。因此，我知道，她今天来这里一定是事出有因。

“莫娜。”

我在办公桌的另一侧坐了下来。威妮弗雷德站在莫娜的身后，一只手放在她的肩膀上，给她那种朋友式的无声安慰，而我呢，却不得不用那张办公桌与她隔开。我不得不把她当作死者的直系亲属，而不是一个我几乎认识了半辈子的女人。

“我从没想到会发生这种事。”

她似乎不是在对我们两个说话。我和威妮弗雷德看了对方一眼，等着她继续往下说。

“格雷格走了之后，这么长的时间里，我从没想过我会失去海蒂。我一直都在想格雷格，格雷格，格雷格。夜深人静的时候，我总梦见格雷格踩了地雷。格雷格的部队正在受到敌人的攻击。格雷格的脸平静苍白，躺在棺材里面。我所有的噩梦都与格雷格有关，我以为我能摆脱它们。到7月份格雷格就服役结束了，可海蒂一直想去纽约。我的一个孩子刚要回来，却又要开始担心另一个了。这似乎是……公平的。”

她终于收回了目光，现在，她看着我，世界上所有的痛苦都在她的眼睛里流转。

“我从来没想到，在她与我如此亲密的时候，我会失去她，就在家里，在松树谷失去她。”威妮弗雷德用瘦骨嶙峋的手指紧紧地握着莫娜的肩膀，仿佛莫娜只有被她的双手紧握才能坐直似的，然后，她向我望了一眼，是那种向我求助或觉得我会把事情搞砸的女人才有的眼神。

“莫娜，你怎么来这里了？在这样的时刻，你不必来这里。”

“有一些事你得知道。关于海蒂。”

她伸手拍了拍威妮弗雷德的手。“你到大厅里去等我，好吗？”

“你确定吗，亲爱的？”

“我一会儿就过来。”

威妮弗雷德拍了一下她的肩膀，对我投来警告的目光，然后，在离开的时候关上了门。莫娜又不说话了。她似乎在集聚力量。

“这些人不停地关心我，为我做很多事。我承受不起。戴尔，我自己没什么可担心的。假如她能活着，我愿意在煎熬中度过余生。哪怕让我再也见不到她，再也抱不到她，也没关系。我愿意砍掉自己的双手双脚，只要她的心脏还能跳动。只要她还能呼吸，还能微笑，还能在哪个地方活着。如今她不在了，我还怎么活得下去啊？我受不了，戴尔。我受不了。”

她费力地抿着嘴唇，努力地控制着自己。

“慢慢来，总会拨云见日，莫娜。要记得朝前看。”

她点了点头。“威妮弗雷德说，人要学会如何接受，把悲伤当成自己的另一个孩子。”

“她失去了两个孩子，她应该知道。”

莫娜点了点头，深深地吸了一口气，改变了话题。

“巴德说，你们还不知道 DNA 是谁的。”

“是的，还不知道，但我知道巴德很难过。”

“我们都很难过，戴尔。”

“不，我不是说……我是说……”上帝啊，我不知道该如何跟女人打交道。或许，假如我结婚的时间能长一点儿，我会更擅长处理这种事。莫娜看出了我的不知所措，尽管她刚刚被夺走了太多，但她仍然得体大方。

“巴德跟我说了你今天早上打来电话的事情。他很生气。他本以为你会有更多的消息。”

“莫娜……”

“我知道，戴尔。你要尽你的本职。我明白泄密事大，知道有些事你能说，有些不能说。我以前经常看侦探小说的。”她垂下了眼帘，“为了解闷。”

“我不是有意要瞒着巴德。”说出这句话之前，我甚至没有意识到自己会说谎。我继续说下去，就像那些撒谎的罪犯一样，试图自证清白，文过饰非。“一旦我们拿到 DNA 的结果，整件事就会发生改变。海蒂的凶手不会隐藏太久了。相信我。”

她又抬起了头，从她的眼中我看到了信任。她相信自己 25 年的老朋友一定能找出杀害她女儿的凶手。尽管我知道，在伦德的事上，我的保密工作做得没错，但这仍然让我痛不欲生。

“巴德以后会理解的。他会冷静下来的。”

我知道，假如他了解全部真相的话，他或许会理解的，但我不知道他是否会原谅我对他的隐瞒。我摇了摇头，不得不换个话题。

“你想跟我说海蒂的什么事？”

“我一直在回想。”她深深吸了一口气，“你来我家的时候，我没想起这件事。有太多的……”

她摇了摇头，像是在拼命地把泪水憋回去似的。只有这样，她才能把自己要说的话说出来。

“那是在三周之前，在海蒂的春假期间。她星期五原本应该去上班的，但我顺路去药店取药的时候，她没在药店。早上她从家里出门的时候穿的是工作服，上面还别着她的工作名牌。给我结账的那个女孩说，她希望海蒂能快点儿康复。我什么都没说，只是点了点头。”

“我到家的时候，海蒂还没到家，也没接我的电话。她没在汤米家，也没在波西娅家。又一个小时过去了，我走进了她的房间。通常情况下，我是不会进去的。十几岁的孩子都喜欢自己独处，你知道的，海蒂从来没有做过让我担心的事，所以，我给她留出了一定空间。由于一直没有她的消息，我就进了她的房间，到房间里查看。”

她深深吸了一口气。“在她的电脑里……”

“有什么？”我问道，心想是不是已经知道答案了，但并非如此。

她从包里取出了几张纸，从办公桌对面推给我。

“她到家之前，我把这些纸打印了出来。至于为什么要这么做，我说不清楚。我知道，我是不会把这个拿给巴德看的。海蒂是他的小心肝，他的天使。自从我们把她从医院抱回来的那天起，他就对这个孩子爱得晕头转向。”

她打印出来的是一张表格。左侧写着“角色”，下面是一行人名。我向下浏览，就看到了“汤米”两个字。角色栏旁边还有几个表头。“原动力”下面，她写着“性与接纳”；在“需求”一栏下面，她写的是“被告知如何做，合群，与我亲热”；在最后一栏“舞台指令”的下面，写的是“告诉他，他和德里克没什么不同。让他留在社交舞台。不要再参加私人派对”。

“这是什么，莫娜？”

我又看了一些内容。巴德的原动力是“农场和家庭”。波西娅的舞台指令是“尽量多地谈论波西娅而不让自己吐出来”。看到这个指令，让人很难不笑出来。最近我跟波西娅聊了很多。

“她到家之后我就找她谈话了。她看上去很悲伤，头发被风吹得十分凌乱，鼻子和眼睛都红红的。看得出来她在户外待的时间不短。

我要她告诉我她去了哪里，她为什么对老板撒谎。她说，这与我无关，她已经是个18岁的成年人了，可以做任何她想做的事情。”

“十几岁的孩子都这样。”

“十几岁的孩子都这样——但海蒂不是这样的。我一直有种感觉，海蒂爱说别人愿意听的话。我以前无法证实这一点，但一个母亲知道她的孩子什么时候是在假装。我看得出他们的心思，格雷格和海蒂，不管他们想不想让我看出来。海蒂是个开心果，尽管我一直弄不清楚她这么做是否为了不让任何人失望，或者她只是不知道自己想要的是什么。”

“总之，她把电脑从我的手中抢了过去，说这是她的私人物品，是她正大光明地买来的，我没有权利碰它。然后，她气冲冲地离开房间，狠狠地摔上了门。我跟在她的身后，告诉她，那是我的门，那是我和她父亲正大光明地买来的，而她没有任何权利当着我的面把它关上。然后，我问了她那个表格的事。我说，你想用那个干什么？别人不是你那些戏剧里的角色。她声称，那只是一次作业，能够帮助她成为一个更好的演员，就像她的摄像机一样。”

莫娜一边摇头一边回忆。“我说，你在糊弄谁呢？然后，她大哭起来。我走到床边，抱了她一会儿，像她小时候那样轻抚着她的头发。”

莫娜的眼睛湿润了，她用纸巾擦了擦眼睛。“她让我如此靠近她，是很久以前的事了。她是她爸爸的心肝宝贝，总是与我保持着距离。我始终不知道她为什么……为什么这样做。”

“但那天她需要我。她有点儿接纳我了。她一直哭，我一直抱着她。她说，她一直在糊弄的人就是她自己。我告诉她，不要再想别人对她怎么看，不要再装模作样。时间久了，人们会因此而尊重她的。”

“她说，她无法考虑太久以后的事。于是，我也说了你刚才告诉我的那句话，慢慢来，总会拨云见日。她必须想明白自己想要的是什么，然后再全力以赴地去做那件事。我跟她聊了一会儿，抱着她轻轻摇晃，努力弄清楚她内心的想法。在那一刻，我觉得我的小女儿又回来了。”

“她一直没有告诉我她那天到底去了哪里，我也没再追问。我不想打破那脆弱的纽带，让她再次拒我于千里之外。尽管，现在……现在我在想，她是不是卷入了什么麻烦，然后招致了杀身之祸。假如我想办法让她把那件事告诉我，或者不准她出门……”

她又突然停了下来，用纸巾擦拭着双眼。

“你不能那样想，莫娜。你不要自责。”

“我不是在自责。我要谴责那个作案的狗杂种。但或许我本来可以阻止这件事情发生。要是我对她严厉一些——”

“那她更会与你背道而驰了，”我打断她说，“孩子们都那样。在那样的年纪，他们很容易叛逆。”

她又擦了擦眼睛，然后点点头。“我知道，戴尔。只是这些想法不时出现在我的脑海中。它们挥之不去。”

“我们不知道她卷进了什么麻烦。孩子们总是去那个湖边，在那儿亲热。”

“但是，有一个信封。”

“什么信封？”我挺直了身体。

“是那天晚上送到的。邮箱里有一个白色的信封。没有邮戳，没有回信地址，上面只写着海蒂的名字。她从巴德手中拿走之后，就钻进了自己的房间。”

“你知道里面是什么吗？”

“没有。”

“从那以后，你还见过它吗？”搜查她的房间时，我没有留意到那么平常的东西。

“没有。”

“第二天，她又消失了。”我把时间拼凑了起来。

莫娜看上去很吃惊。“你怎么知道的？”

“波西娅。”

她点了点头。“波西娅开车去接她了，因为她的卡车在罗切斯特北面的公路上抛锚了。”

“她去那儿干吗？”

“她说她去购物了。”

“去买什么？”

“我不知道，再一次，我没有追问她，因为她好像开心多了。我觉得她已经厘清了头绪。那天晚餐时巴德抱怨起那辆卡车抛锚的事时，她还开了个玩笑。她告诉巴德，卡车抛锚是一个信号，说明巴德该给她买辆新车了，一辆敞篷汽车。这样，她可以敞开车篷，一路开到纽约去。然后，巴德告诉她，她的零用钱现在是一周5美分，她可以自己存起来。他们就那样你来我往，互相取笑。她看上去很愉快，很开心，再也看不到前一天趴在我肩头大哭的样子了。或许这就是青少年的情绪波动吧。有时，他们欢天喜地的，一转眼，又像是到了世界末日。”

从她的声音里，我听出了她在多么努力控制自己的情绪，听出了她所受的打击有多大。她弯下腰，无声地抽泣着，双肩颤抖，声音低沉。悲痛之情无法抑制。

一直站在文件柜旁边的威妮弗雷德匆匆跑回办公室，双手扶起莫娜的双肩。我从抽屉里抓起一包面巾纸，从办公桌上推到她们面前，但威妮弗雷德翻了个白眼，然后从她的包里拿出了一块手帕。莫娜擦了擦脸，打起精神。我觉得自己无用极了。

"莫娜，我需要你帮我做点儿事。"她艰难地让自己平静下来，坐直了身体。悲伤没有把她打倒。像莫娜·霍夫曼这样的女人——一个平和地面对每个季节和每场风暴的真正农妇，连上帝都会妒忌她——务实能干、精打细算和果断勇敢。即使在她生命中最黑暗的这段日子里，我知道，不管我向她提出什么请求，她都一定会做到的。

"我希望你再找一下海蒂的房间、她的卡车，她可能把那个信封放置的所有地方。"

"好的，戴尔。"

"我们还需要找到另两样东西，"我心血来潮地补充道，"她的手提箱和摄像机。"

"什么？"她吃惊地说。

我简要地描述了这两件物品的样子，然后说："我们认为，这两样东西失踪了。"

"那个手提箱是我们送给她的圣诞节礼物。巴德在博克斯通[1]买的。

1 博克斯通，美国一家成立于1965年的专业零售商，供应各种功能多、设计独特新奇、在市面上较难找的消费产品。——译者注她很喜欢。”

她说，她们挑选完葬礼用的棺材花束之后，她会再去找找海蒂的物品。

“我们今夜在家里为她守灵。只有家人。”莫娜一边起身离开，一边向远处望去。

我把她们送出了门，在那位老妇人帮助莫娜坐进轿车里的时候，我走回警局。一辆新闻车在大街对面逗留，等待这个案子出现重大转折。明天，他们将在葬礼上一拥而上，想方设法采访那些了解“诅咒杀人”的人。注视着莫娜乘车离开，我想，至少我可以为巴德和莫娜处理这件麻烦事。

过了很久，我才回到办公室。

彼得

2008年3月21日，星期五

人的身体能被撕成两半吗？我站在树下，玛丽家那棵见证了她一生风风雨雨的大橡树下，注视着海蒂从我身边走开。她给我下了最后通牒。**要么跟我一起去纽约，要么等着我把我们之间的事向玛丽和盘托出**。她没有说出这些话——说了吗？——但威胁之意表露无遗，就闪烁在她那双天不怕地不怕的眼眸里。

我注视着她穿过田野，她带着冷酷无情的青少年特有的自信，步子重重地踩在地面上，似乎在告诉太阳赶紧滚蛋。我的绝望随着我们之间距离的拉长而逐渐增长。我身体里的每一个细胞都在燃烧，我想要追她而去，想要把她拉回来，把她绑在这棵树上，让她畅所欲言，直到她的嘴再也说不出一句话，不管是真话还是谎言。她想要什么就给她什么，然后找一辆车一直开下去。带她看看这个大千世界。让我们俩都忘掉这个小镇、忘掉我们自己和把我们带到此时此刻的每一个错误的决定。

至于纽约？她指望我说什么呢？好，我会跟你一起搬到纽约？我会放弃重回明尼阿波利斯生活的机会，和你一起睡在纽约的大街上？如果真去纽约，我们也只能睡大街。即使我能够奇迹般地进入秋季教师职位的候补名单，我到10月份才能拿得到工资。我的储蓄账户上还有1000美元，这简直是杯水车薪，但海蒂以为仅靠她那2000美元，我们俩能在美国生活成本最高的城市里活下来吗？

她不知道自己要面对的是什么。她在那里没有朋友，没有熟人，没有计划。她需要我。

上帝啊，她对我的需要与我对她的渴望几乎一样多，而我已经屈服于她那疯狂的要求。

但我仍然无法忘记玛丽。

玛丽把我的根深深地扎在了这里，我注视着海蒂消失在树林中。我什么都不在乎——我的工作、我的名声——除了玛丽，松树谷的生活一点儿都不重要。

一个月以前，她把她要留在农场的计划告诉了我，从那以后，我们的关系就陷入了僵局。至于我是否也会留下来，我始终没有给她答案，而她再也没有提起过。我们像两条平行线，像彬彬有礼但敬而远之的邻居那样用寥寥数语敷衍对方。我知道，她在等我做出决定，但我看不出来她对我的决定是否在意。

我安排与海蒂这样约会不是很匪夷所思吗？海蒂，那个仿佛把我当作避难所而蜷伏在我大腿上的女孩，她对我又是恳求又是威胁，她威胁说要毁掉我，仿佛我是值得毁掉的人似的。

我喝光了剩下的酒，把剩下的食物扔给一只盘旋在我头顶的乌鸦，然后躺了下来，透过光秃秃的树枝凝视着天空。

她真的会那么做吗？玛丽下次去药店的时候，海蒂会跟她谈谈吗？她一遍一遍地告诉我，她会为我做任何事，她是我的真命天女，但她说的是她的哪个身份呢？即使她不是一个天生的演员，她也只有 18 岁，这一点就够要命的了。有什么是一个疯狂的 18 岁少女不敢做的？

最后，我再也不敢往下想了，于是我打起精神，步行回到谷仓。我到达的时候，海蒂已经不见了。或许她已经到家了，在计划着毁掉我的最佳方案。这不需要太费心思。打个电话给玛丽，或者向她的父母坦白，我的生活就完蛋了。

我把空酒瓶掷向谷仓的墙上，但酒瓶没碎，于是我把它一脚踢进了谷仓另一端的池塘里。我很想把她的野餐垫也一起扔进去。但我没那么做，我把它放在一个干燥的墙角，把那本书裹了起来。

我到家的时候，玛丽的卡车停在马路边。她说过，看完医生之后，她们打算去罗切斯特购物，但此时尚未到中午，看来她们提前回来了。

我把野餐篮扔到汽车后座上，然后悄悄打开汽车前门走了出来。如果说我有过偷偷溜上楼的念头的话，那么当我看到玛丽坐在客厅沙发上的时候，那些想法立即就销声匿迹了，因为玛丽目不转睛地看着我，仿佛她一直在一分一秒地数着我到家的时间似的。电视已经关了，也不见艾尔莎的身影。时间一分一秒地过去，玛丽仍然面无表情，我内心深处那突如其来的强烈罪恶感愈加强烈了。自去年以来，她几乎没有闲下来过。现在，她像一幅静物画一样安静地坐在这里，其中原因还有什么可怀疑的吗？

我顾不上头晕目眩和怦怦的心跳，暗自猜测她是如何发现真相的。我开始一点点回顾我的生活，寻找着让我泄露秘密而且出卖了我的隐藏信息。或许我什么都没做。或许海蒂已经把她的威胁付诸行动了。

“你去哪儿了？”玛丽终于打破了沉默。

“外面。走一走。”我什么都还没承认。

“在哪儿走的？”

“在田里。就在后面。”

我胡乱地挥了挥胳膊。“我想呼吸一些新鲜的空气，但不想跑步。”

玛丽笑了，没有一丝幽默感。“你住在农场，还跑出去呼吸新鲜空气。事情就是这样，对吗？”

“什么‘事情’？你在胡说什么？”

“没事儿。”

“艾尔莎在哪儿？我以为你们购物去了。”

“她不想被我推着轮椅到处乱跑。我把她送到威妮弗雷德家，让她去串个门。”

“好的。”我等待着指责、泪水和暴怒，但什么都没发生。她仍然坐在那里，她的表情让人看不透。

“还有别的事吗？”我迈步走向楼梯，本能地打算撤退。

“坐下来，彼得。”

我立即在椅子里坐了下来。我心里甚至对接下来的事充满了希冀。这是我婚姻的尽头——在妻子面前正式提起离婚申请——但也是一场场骗局的终结，是我扮演好人的尾声。“发生什么事了？”我问，“你的行为有些奇怪。”

她深深地吸了一口气，看着自己的双手。

“我在医生的候诊室里晕倒了。”

“什么？”我大吃一惊，“发生什么事了？”

“那真是太愚蠢了。我们只是在候诊室多等了一会儿，我们坐在那里很久，候诊室很热。当医生叫我们名字的时候，我起身太快，然后就晕倒了。醒来的时候，一名护士和那位接待员站在我的身边。她们把我扶了起来，给我喝了点儿水。”

“你今天早上吃早餐了吗？你把这里的一切都照顾得妥妥当当的，唯独对自己不上心。所以，你才会晕倒。”

“我知道。这一切都必须有所改变了。”

“你现在还头晕吗？”

“一点点。”她点了点头。

“医生问了我几个问题，然后给我做了检查。”

玛丽生病的可能性似乎不大。她早就成了艾尔莎的守护神和卫士；她单枪匹马地恢复了农场的生产；她应付各种开支、洗碗做饭、打扫卫生，她用里弗家族的坚忍刚毅打理着这里的一切。她是无敌女金刚。

“什么检查？”

“结果是阳性。”她的声音很小。突然，我想让她看着我；我要看着她的双眼。

“什么检查，玛丽？”我站起身来穿过客厅，在她面前蹲下身来，让她看着我。与她四目相对的时候，我看到了她眼中的心慌意乱和犹豫不决。看得出来，她正要鼓起勇气告诉我一些话。不管她要说什么——这件事显然与她这个不忠不贞、谎话连篇的丈夫无关——这件事正在把她的心撕成碎片。

“我怀孕了。”

“什么？”我跳起身来，踉踉跄跄地后退了两步，“什么？”

我的大脑一片空白。房间在我眼中变得一片漆黑，就像我读到的女性小说中的场景那样，而我经常会因为其中的文字伤感夸张而半途而废。她怎么可能怀孕？是我的吗？玛丽不是个会出轨的人，但我们好几个月都没做过爱了，我们没有……

这时客厅又变得清晰了。

“那个修窗户的家伙来的那天？”

“一定是。他们问我最后一次月经的时间，说我已经怀孕6周了。这两个时间对得上。”她的手指交叉着放在肚子上，十指相扣。

我把双手先插进了头发，又抹了下嘴巴，试图从眼前发生的事情中缓过神来。

“你打算怎么办？”

“开始吃早餐，我想。”她发出紧张而短促的笑声。我没有开口，她则接着往下说。

“我买了一些孕期维生素和苏打饼干。妈妈说，我需要苏打饼干。”

我仍然无法开口。

“我知道，我们最近的关系不太好。”我突然的笑声只是让她停顿了一下，她很快接下去。“但这是我们想要的。”

“你打算留下这个孩子。”

“别想把你那无用的建议说出来。”她的声音仍然十分低沉，但现在却像钢铁一样坚硬。

“我能给你什么建议？连我自己都不知道自己是怎么想的，你怎么就知道？”

“我了解你，我知道，我们一直不快乐，但这是我的孩子。”她分开双手，捂在她那小小的、平坦的小腹上，“这是我们的孩子，我们的亲人。”

“你要在这里把孩子养大。”我唯一能做的是，在我心如刀割的时候，陈述出那个显而易见的事实，咕哝着说出每一个简单的事实。

“这个问题我们以前已经讨论过了。我需要有人帮我养那些鸡。我再也不能亲自扛那些饲料袋了。那个独轮手推车应该还能用。鸡粪中的氨气我没把握，但每天至多耽误你一个小时。我与妇产科医生预约好了时间。”

她坐在那个褪色的沙发上，目光落在我们之间的某个地方，描述着我几乎无法理解的一些细节。我感到这里的一切都完全不对：玛丽是一个极其自律的务实主义者，而我则惊慌失措。我们把这个时刻应有的样子演绎得异常拙劣，假如这件事发生在一年前，绝不应该是如今这个样子。我们没有庆祝，她是在对我下最后通牒。在这样的时刻，我觉得度秒如年。

“这个消息似乎并未让你喜出望外。”我勉强说道。

“我很吃惊。”

我用几乎窒息的声音，表达了我的同意。

“但最近已经好多了，不是吗？”她劝说道，“你一直都在陪伴妈妈。校长说，你把戏剧做得非常出色，你还指导出了好几个有天分的学生。”

“上帝啊。”我再也听不下去了，海蒂的影子就徘徊在我们身边，似乎想要进入这场梦魇，“我得想一想。”

“彼得——”

“我只是需要时间来想一想。”

我抓起钥匙，离开了家，猛地踩下汽车的油门，开车上了马路，飞一般地冲向了砾石路。我把车速提到60，然后是70，石子重击着车的底盘，这声音听上去就像一百匹绝望的马在舍命狂奔。

三十分钟以前，我还一直在为自己找借口——海蒂的情欲折磨和引诱，以及在此过程中玛丽对我的抛弃。我为什么没有一走了之？我为什么没有在海蒂说出那些话的时候把她抱起来，然后在她改变主意之前把她强行推进车里？如果这么做了，我们现在应该在威斯康星。我原本可以从麦迪逊向玛丽发送一封邮件，乐得对这个孩子一无所知。我原本可以逃避的。

现在，我已无处可逃。往哪儿逃呢？上帝啊，我能把怀孕的玛丽一个人留下，永远让她背负着丈夫为了海蒂·霍夫曼——那个参与戏剧表演甚至还没有高中毕业的女孩——而将她抛弃的羞辱吗？“你知道的吧，他是她的老师。”我能听到他们的窃窃私语，想象得出他们那充满同情的表情。

我加快车速开往罗切斯特。田里的冰雪正在融化，以至于田里的泥土变成了白棕色的泥团。然后，市郊高速公路沿线的汽车店和大型仓储式超市一一闪过。我驱车向梅奥医疗中心和市中心驶去，当人们在午餐时段穿过人行道的时候，我放慢了车速。那些人的脸上都是一副愉快的表情，享受着这一天里反常的温暖。

我向玛丽求婚的那天也很暖和。上帝啊，那似乎是上辈子的事了，但实际上离我们毕业还不到六年。

我驱车走在商业区那些弯弯曲曲的大街上，最后在一家咖啡店旁边停下车。然后，我一边步行一边思索着被我求婚的这个女孩的一切，她身上那些让我珍惜的一切。我爱她那温柔踏实的性格。我爱她对美国文学名著，对斯坦贝克、凯瑟和梭罗的忠诚。我爱她每年两次去旧货店采购，总是在实行夏令时的日子里去采购，从来没有忘记过。她会把那些旧衣服用蔬菜袋装起来卖掉，可以赚到去买新衣服的一半的钱。她对自己的钱如此上心，与我完全不同。我能一周都只吃拉面和豆腐，但之后，我会在星期六去酒吧，豪掷 100 美元买醉，然后打出租车回家。我知道我需要玛丽这样的妻子。在很多层面上，这都是很有道理的，对此，我从来没有怀疑——就像我的许多朋友对他们的女朋友所做的那样——除非我能找到更好的人。没想到有一天我会为了一个谎话连篇的天才女演员而抛弃她，这是多么可笑的事啊。

我计划在索莱拉风味餐馆向她求婚，就是我在明尼阿波利斯时带海蒂去过的那家西班牙风味餐馆。但是，当我告诉玛丽我在那里预订了座位时，她却犹豫了。

“太贵了，”她说，“30 美元一瓶酒？不可思议。”

她建议我们去野餐。于是，毕业典礼之后的那个星期六，我们乘坐公交车到石拱桥，步行去了河水北岸的公园。玛丽准备了一些美味的冷食—— 一个水果奶酪拼盘、酥脆的法棍和用葡萄汁瓶装的红酒，因为这样的话，公园的警察才不会打扰我们。我们躺在高高的堤岸上晒太阳，注视着骑自行车的人和滑轮滑的人从桥上疾驰而过，而我们则一边吃东西，一边用面包渣喂鸭子。一个下午过去了，那些鸭子越来越大胆。求婚的环境堪称完美，一切都完美极了。

甜点是我的出场暗号。我从烘焙店买来了玛丽最爱吃的巧克力蛋糕，但当我把蛋糕拿出来的时候——那个戒指盒也从我的口袋里极其显眼地鼓了出来——我却胆怯了。我怎么也说不出那句话。吃了几口蛋糕之后，玛丽注意到了我的汗流浃背和紧张不安，于是问我是不是不舒服。我撒了个谎，说我可能被太阳晒得中暑了。我们把野餐的东西收拾起来，而我却自责不已，挖空心思地寻找求婚的办法，尽管我此时已经错过了最佳时机。直到我们从桥上走回来的时候，我才在玛丽不知情的情况下找到了第二次机会。她停下脚步，斜靠在栏杆上，微笑地看着尼克莱特岛前奔涌的激流。

“今天这不是很完美吗？”她问道，尽管这显然是反问，但我知道可以加以利用。

“不太完美。”我把野餐篮放到地上，取出戒指，然后单膝跪下，“但你可以让这一切变得完美。”

“哦，上帝啊。”她低语道，我记得。她用双手捂住了嘴，就像我想象的那样。几个轮滑的小伙子从我们身边疾驰而过，冲我们发出了欢呼声和口哨声。

她脸红了，放下双手，她突然又清醒了，热切地看着我的眼睛。

“你在向我请求什么吗？”

“是的，”我结结巴巴，终于开了口，“玛丽·贝斯·里弗，你愿意嫁给我吗？”

“看情况。”她的回答让我猝不及防，事实上，我不由自主地摇晃了一下。我记得，在那个时刻，我感觉天旋地转，然后我艰难地站定了，手里还紧紧地攥着那枚戒指。

“有什么条件？”

她回答时每一个细微的表情如今仍然铭刻在我的心头：她那庄重的语调和精心打扮的面容在忧郁的蓝色天空、庄严的市商业区和地平线上亨内平广场大桥的塔尖下显得黯然失色。每一处都市风光似乎都把此时此刻横亘在我们之间的东西变得神圣起来，甚至比神父在后来的婚礼上所做的那些事都要神圣。神父把别人的话拿来，让我们说给对方，而现在这些是我们发自内心的誓言。

她问我：“你想要孩子吗？我不能嫁给一个不想要孩子的男人。”

“是的，我想要。”我立即回答道。我的确想与玛丽生儿育女。她将会是一个好母亲。

一丝微笑浮现在她的脸上，泪水在她那平滑红润的两颊上闪闪发光。“是的。是的，彼得·马丁·伦德，我愿意嫁给你。”

六年之后，她怀孕了。如今的玛丽，与我当年在石拱桥上抱起来旋转了好几圈的那个明艳的女孩已相去甚远，如今，她终于历尽艰辛怀上了她的孩子。

我觉得有些不舒服。穿过罗切斯特市中心的时候，我跟海蒂一起喝的酒化作了怦怦直跳的头疼。午餐时间结束后，人行道上的人群渐渐散去，留下我像一个漫无目的的流浪汉一样。我没有目的地，就连陌生人等红灯时向我表达明尼苏达式的礼貌时，我仍然无法强迫自己装出笑脸。过了一会儿，我慢下了脚步。再继续这样走下去似乎已经毫无意义了。我站在人行道中间，凝视着混凝土地面上浑浊不堪的水坑。

在这件事上，我没有任何选择，对吗？我不能逃避自己承诺过的责任。

与此同时，我沮丧地意识到——我知道，我此生剩余的时间都要在松树谷度过了。一个妇女打着电话走出商店时撞到了我，她赶紧向我道了歉。我瞥了一眼橱窗里展示的那些衣服，一时无法呼吸。我脑袋里的疼痛翻滚着，击打着我身体四周的空气。我无法思考更多的问题，于是我走进商店，买下了橱窗里的那套衣服。

我开车去银行，从我的储蓄账户里取出了最后的1000美元，带着这笔钱直接去了霍夫曼农场，一个我之前只在谷歌地图上看到过的地方。霍夫曼家的房子掩映在云杉树下，风车分布在地平线上。我看不到房子的窗户，当我把一个落款为海蒂的白色信封投进邮箱里的时候，我暗暗希望没有人看到我。在信封里面，我装的是一个便条和十张百元美钞，便条上面写着："玛丽怀孕了。去纽约吧。要记住，我爱过你。"

然后，我带着从商店买的衣服回家去找玛丽，那套衣服——小小的衬衫和裤子，上面印着毛茸茸的动物——就放在我身旁的座椅上。

戴尔

2008年4月17日，星期四

距海蒂的葬礼还有两个小时，我穿着我最好的礼拜日套装和沾满泥点的雨鞋，绕着学校走了一圈，检查校门口周边的安全情况。

学校今天停课，他们确实应该这么做。卫理公会的教堂只能坐下三百多人，所以葬礼改在体育馆举行，时间是上午11点。我们希望大部分孩子、家长、老师都能出席，此外还有整个教会的会众以及来自罗切斯特市那些和海蒂一块演出过的朋友、莫娜和巴德的亲戚以及镇上其他人。总之，至少有一千多人出席。

厚重的阴云笼罩着小镇，天空灰蒙蒙，但天气预报说今天不会下雨，所以我们或许也不必担心路况。我的同事们各司其职：谢尔站在停车场入口指挥交通，一切井井有条；杰克负责媒体，大街上早就有两辆新闻车在搜寻值得报道的讯息；其余人则在检查其他地方，留意歇业的店铺。准备完毕后，我们还得带着送葬的人群去墓地，封锁十字路口，指挥送葬人的车辆返回消防局的大厅，大家会在这里吃午饭，然后整个下午都要维护秩序。如果两个嫌疑人都没出现，我还得派人去监视他们。今天，我对每个人都很注意。我只希望上帝保佑今天高速公路上不出任何事故，因为实在没有多余的人手了。否则，南希就只好打电话叫州警来了。

早上四点钟我就起床了，花了很长时间考虑穿制服还是穿便装。阮家的猫一副无精打采的样子，懒洋洋地躺在卧室门口。最后我选择了西装，将手枪和警徽藏在衣服里面。在我给弗兰推荐的那位犯罪心理学家—— 特伦斯医生打电话时，杰克很知趣，没有就我的装扮多说什么。特伦斯医生马上就接听了电话，语气温和有礼，还说他愿意施以援手。

“听冈田医生说，你们搜集到了罪犯完整的DNA样本，还有两个非常可疑的嫌疑人。”

“嗯？”

“我通常更愿意把时间花在当地执法机关那些更具有挑战性的案件上。”

杰克看了我一眼，在电话旁用手比画手枪的形状。

“你看过案宗没？”我问。

“看过了，就在我跟前。”

“好的，那请告诉我，你看到什么有价值的消息没？请稍后再对案件做出评论。”

他叹了口气。

“在大多数杀人案中，愤怒和暴力是主要原因，这两种因素在这个案件中都有迹可循。由于性行为而导致的死者身体上的伤痕是暴力的体现，但这起案子很明显并不是为了满足性欲而杀人。”

“请继续。”

“在色情谋杀案中，杀人本身也是一种性行为。而这起案子里有两种不同的行为。虽然性行为很激烈，但他们使用了避孕套，所以更像是双方自愿的，这使得案件更加复杂。使用避孕套只有两种解释，要么是嫌犯出于对被害人的尊重，要么是嫌犯不想留下DNA。而在本案中，两人发生性行为后，被害人又穿好了衣服。很明显中间发生了什么。”

“中场休息。”杰克嘀咕道。

“你说什么？”特伦斯医生问道。

“没什么。”我白了杰克一眼，以示警告，并打算在案件结束后，派他去查酒驾，“所以，在性行为演变成谋杀之前，他们很有可能发生了争吵？”

“对。这是个具有决定性作用的转折。在这个案件中，很多迹象表明凶手是首次作案。而首次作案的人很少会在杀人前做好计划。显然，凶手与被害人之间发生了长时间争吵，而且越吵越激烈。我们再来看伤口，致命的第一刀直插心脏，力道大，下手准。虽然凶手杀人没有预谋过，但可以看出凶手很想杀掉被害人。这可以从凶手在被害人死后仍然划烂她的脸这一行为中得以印证。第一种情况，凶手可能怨恨被害人。”

“怨恨？”杰克打断道，“他都把她杀了，还能有什么可怨恨的？”

“毁容的目的一般是为了让别人无法辨认死者身份，而对于某些杀人凶手而言，毁容可能比杀死被害人还重要。毁容展现的是凶手完全毁了被害人，也就是说，凶手想要表明，他能除掉任何对他产生威胁的人。去年，我看过一个案子，一个选美冠军杀死了对手，并向她脸上泼了硫酸。这样一来，被害人对凶手唯一产生威胁的东西——

那张漂亮脸蛋，就没了。怨恨的动机性很强，但第二种情况的可能性更高：恐惧。”

“恐惧什么？怕被抓吗？”

“还没到那个程度。凶手把被害人的包扔进湖里的时候，才是怕被抓。这里所指的是，杀人案记录里常有的凶杀后的首要情感，也就是恐惧。这种情况可以促使凶手产生任何行为，毁容、藏尸、甚至销毁整个尸体。凶手想要毁掉被害人身份特征来抹掉犯罪事实。从本质上来讲，这是由于悔恨所致。”

“他把她杀了，然后又觉得后悔了？”

“我觉得是这样。性行为和刀伤都显示出凶手巨大的情感波动。很有可能，凶手很快就感到后悔和恐惧。你们要找的凶手应该是一个年轻人，情绪易激动、很难合群、曾有过一段不稳定的感情，可能与被害人，也可能与其他人。”

我和杰克对视一眼，杰克指了一下嫌疑人名单上某一处。我点了点头。

不管特伦斯医生所说的是不是新线索，但从举证的角度来看，他的话很有道理。在表示感谢并确认他能出庭做证之后，我和杰克奔向学校准备葬礼。

在学校维护治安的人员和葬礼工作人员昨晚就将整个场地收拾好了，但今天早晨那些葬礼用花才送到。完成外围安全检查后，我陪着几个花匠走进体育馆，开始整理布置。

体育场的舞台在上周末就被拆除了。取而代之的是露天看台，学校集会用的那种，场馆里摆放了许多椅子。所有椅子都面朝体育馆前方，那里摆放着讲台、鲜花、图片以及学校年鉴。我沿后墙走着，发现上面挂着一条横幅，写满了对海蒂的怀念。

她总是面带微笑。

她多次帮我修改英文论文。

我们从我姐那里借来了《欲望都市》的最后一季，那晚她住在我家，我们看了一晚上，评论里面的服装。她认为她们很可爱，我并不那么觉得。

和她一起在奶品皇后冰激凌店吃过香蕉圣代。“不要草莓酱，谢谢。”

她很善于倾听（我不止一次体会到这一点）。她倾听了我所有的烦恼，并帮我出了许多主意。

海蒂真的善于倾听。

横幅下面画着城市的天际线，一个小仙女拿着手杖在窗户前挥舞。

走到最后我才发现，有人把海蒂演话剧时的戏服挂了出来，她演的是麦克白夫人，但戏服上的血迹被洗掉了，衣服恢复到原来的纯白色。它在墙边挂着，像一个幽灵。几天前，她还穿着这件衣服在这个体育馆里演过话剧。那晚我一直忙于处理成堆的文件，似乎怎么都做不完这些工作。经费太少，以至于什么都得自己想办法。我本应该把这些都抛在一边，过来看她演出的。

灵柩到了，巴德、莫娜和格雷格也一同来了。他们随着灵柩走进了体育馆旁边的一个房间，在那里等着，海蒂的家人将一直待到葬礼开始。格雷格从我身边走过，冲我点了点头，他看上去很憔悴，衣服也不太讲究。巴德和莫娜都没抬头。

随后，镇上的人三三两两地来了，没有人是独自前来的。威妮弗雷德·艾里克森进来的时候拍了拍我的胳膊。阮家人相拥而泣。整个体育馆弥漫着低沉的愤怒声。布莱恩·赫夫纳来了，他戴着镶有珍珠母扣子的蝶形领结，每个竞选季他都是这身装束。

“戴尔，情况怎么样？新闻发布会上别净说些废话。”

“目前仍在调查。”

“大家都很伤心，都想弄清楚海蒂的事情。”

我都能察觉到旁边的人正竖着耳朵听，红着眼盯着我们，等着听到一些消息。

“我们不想让人们惊慌。”我压低声音。

他四下看了一眼，也低声说：“戴尔，这个案件你得快点解决，不然大家在投票的时候还会记着，上次投票的时候因为你的年龄，支持率已经岌岌可危了。”

“我还没下台呢。”

“如果这个案件拖得太久，那你估计也差不多了。”他看了我一眼，立即开始为自己辩护，“我这么说是因为你是我的朋友。别让你的职业生涯因此终结了。”

我现在最不想谈的就是工作。我草草点了个头，就从这位朋友身边走开了。每次我摆臂时，袖口总磨手。

这套西装是几年前为了母亲葬礼而买的，在那之后，我再没穿过。母亲这辈子都活跃在教堂里，她去世那天，所有人都为她送行，包括巴德和莫娜，他俩当时就站在我身旁。气氛肃穆，但让人欣慰，好像人们觉得，母亲的一生是我们每个人都期望拥有的一生。我们谈论母亲生前的趣事，坐下吃东西，看着姐姐的孩子们在花丛中玩捉迷藏。那个时候，葬礼就是那样。死亡就是农场里人们每天都在目睹的轮回的结束。大部分事情都能被他们拿来开玩笑，插科打诨，虽然有时会遇到些困难和损失，但他们都能忍受下来，从不大惊小怪。我去过的葬礼有多少我自己都不知道，在葬礼上吃过的夹着火腿和黄油的三明治也不计其数。一般而言，当灵车开过大街时，我只是在平静地吃着小面包。但海蒂的葬礼却完全不同。

悲伤和愤怒的气息充斥在人群中，强烈得我几乎可以闻到。人们坐定后，我沿着过道走，感到视线从四周聚集到我身上。这身衣服没能瞒过任何人。他们知道我在想什么，就像我知道他们在想什么——谋杀。

我走到体育馆较远的一侧，扫视着人群寻找嫌疑人。罗切斯特市的杰拉尔德·琼斯看了我一眼，冲我点了点头。尽管室内说话的音量越来越大，我还是听到了走在我前面的两位母亲的对话。

“把他从学校里揪出来送到警察局去。”

“我听说凶手是海蒂参加的那个学校舞台剧的导演。”

“真是。星期五那晚我就在这儿，海蒂死前几个小时我还看到她了。当时那场戏让人汗毛倒竖。现在报纸上说这是个诅咒。”

“你听没听说彩排的时候发生的事？”

“没有，怎么了——”

她们发现我走在后面，便加快脚步，找个位置坐了下来。

再往远看，我看到了汤米。他坐在第一排中间，整个橄榄球队都坐在这一排，长椅好似不堪重负地嘎吱作响。他们没怎么说话，只是盯着体育馆前面看，全身的肌肉紧绷着。汤米穿的西装很紧，与他的体型完全不符。他看起来魂不守舍，仿佛即使你在他耳边吹出半场哨，他也听不见。汤米的父母坐在他后面，看着我。我继续往前走。

彼得·伦德坐在看台后面最远的地方。很多教职员工都坐在那个地方，但是他们和彼得之间隔着一段距离。离彼得最近的是卡尔·雅各布斯，尽管两人并不大像多么要好的朋友。卡尔把葬礼的流程单打开又合上，而伦德盯着人群中央，似乎没注意到自己和其他人之间的这段距离。彼得的西装看上去比汤米的时髦些，但他眼睛充血，胡子至少有一整天没刮，因此这套衣服穿在他身上也显得不合适。我没看到玛丽·贝斯。

特伦斯医生说过，恐惧和悔恨驱使凶手划烂海蒂的脸，让她没有任何东西可以留给世人看。到底是哪个家伙愤怒到想杀她，之后还对她的死感到愧疚？

我原路返回，走出体育馆，告诉同事我确定了两个嫌疑人的位置。然后，我深吸一口气，一只手伸进口袋，走到体育馆旁边的教室，海蒂的遗体和她的家人在那儿。

海蒂的灵柩摆在教室的前面，上面盖着一层百合，掩盖着灵柩里让人恐惧的一幕。牧师站在灵柩前，手放在巴德和莫娜的肩上，闭着眼，抬头做祷告。

“天父啊，我们都知道，这不是您为海蒂安排的结局。我们的悲伤和愤怒无处安放。我们为之窒息。主啊，我们需要您赐予我们力量。我们需要您指引我们得知这一切是如何发生的。尽管我们知道，海蒂已经伴随在您的身边，但我们无法克制内心的困惑和对公正的需求。主啊，请帮助我们熬过这艰难的时日。尽管复仇之罪炙烤着我们的心，但请您帮帮我们，让海蒂安息。”

随着牧师的祈祷，轻轻的啜泣声开始充斥着房间。男人们拼命忍住泪水，但女人们则一个接一个哭了，她们用纸巾捂住脸，把妆都哭花了。唯一没低头的是格雷格。他没有像其他人那样做，而是直视着我，好像一名严阵以待的士兵，时刻准备战斗，准备替他妹妹报仇，好像牧师的祈祷使他鼓起了勇气。

祈祷结束后，我向葬礼主持人点点头，示意他时间到了。我把住门，让护柩者和格雷格就位，把灵柩抬了出去。巴德和莫娜紧随其后，这次巴德看到我时停了下来，导致后面的人都停了下来。

“戴尔？”他问道。我知道他想问什么。他脸上挂着泪水，莫娜紧紧握住他的手。

“对不起，巴德。”

我伸出一只手放在他肩上，但他没有任何回应。巴德慢慢呼了一口气，好像在努力控制自己，要自己坚持住，然后继续往前走。我的手在空中慢慢垂了下来。

其余的家庭成员都走出去后，杰克出现了。他等到所有人刚好走进体育馆的时候，才进来报告。

“新闻车都在外面待命。记者想问一些问题，都是东一句西一句的，没涉及我们那两个嫌疑人。他们在为晚间新闻拍素材，谢尔正盯着他们呢。”

走廊里传来一段钢琴演奏的音乐，接着就是数以千计的声音在场馆上回响。我看了一下流程单：《承诺的赞美诗》。

“很好。”我清了下嗓子说道，“每个人都要清楚葬礼后各自的职责。我进去看看，在后面盯着。我要——”

手机响了，我拿出看，显示的是双子城的区号。我和杰克都吃了一惊，然后我摁下接听键。

“我是古德曼。”

“古德曼警长，我是明尼阿波利斯市刑事鉴定实验室的阿曼达。案件编号 094627 的 DNA 化验结果出来了。”

说得好像我有上百个案子等着 DNA 化验结果似的。我的心咯噔一下。

“标本中的 DNA 和第二个 DNA 样本吻合，也就是彼得·伦德的样本。我现在把整个结果发到你的电子邮箱。”

该死。是那个已经结了婚的老师。

“十分感谢。”没容她再说别的，我就挂了电话，告诉杰克，“凶手是伦德”。

杰克愣了，脸上的肌肉动了一下。“我们现在不好抓他吧？”

“民众可能会一拥而上把他弄死。不能在人群中动手，也不能在媒体的转播车前动手。”我检查了一下放在肩套中的枪，“我告诉你他在哪里。葬礼结束后，你跟着他，跟到他的车旁再逮捕他。把送葬队伍从墓地送回来后，我就去找你。如果我在那之前走开，势必会太显眼。”

进了体育馆之后，我跟杰克说了伦德的位置，我们从看台后面溜了过去。汤米仍在第一排，但所有人都在站着唱圣歌，我根本看不到馆内远一点的地方。即使杰克的个头比我高，我觉得他的视野也好不了多少。圣歌好像一直唱不完，在一阵又一阵的旋律中，海蒂被送到了上帝那里。歌声悲怆，我们也沉浸其中。终于，圣歌结束了，人们坐了下来。我伸长脖子望去，却发现只有卡尔·雅各布斯一个人坐在那里。

伦德跑了。

肾上腺素在我的体内涌流，我这把老骨头感到了那种熟悉的肾上腺素激增的感觉。杰克紧张不安，我知道他现在的感觉跟我差不多。周围所有的事物开始变得安静、沉寂。牧师的声音渐渐消失。

“再确认一遍。”我嘀咕道。我们检查了一遍又一遍，但伦德杳无踪迹。我们迅速离开葬礼现场，我还给所有下属发了条短信：

伦德跑掉了。堵住所有出口和安检口，发现后马上报告。不要在公共区域实施拘捕。

谢尔回复道：

十分钟内，没人从前门离开过。我一直在盯着前门和东门。

我们依次搜查前面的走廊、卫生间以及教师办公室，然后前往教室搜查。我示意杰克上楼搜查，我在底下观察每个房间的动静。伦德的教室在右手边尽头的一道门，两天前校长曾带我去过。走近这间教室后我才发觉，教室内传来一阵阵粗重的呼吸声。我从枪套中掏出手枪，贴着墙往前走，然后闪进屋内，发现伦德背对着我站在窗户边上。我没看到他的双手。

“别动！”

听到我喊话，他全身一颤。原来是个胆小鬼。

“彼得·伦德，你因涉嫌在亨利艾塔·休·霍夫曼的谋杀案中妨碍司法公正而被逮捕了。”我谨慎地向前移动，枪一直对着他，“把手放到我能看到的地方。”

慢慢地，他举起手，转过身来。他脸色很差，好像生了病一样。看起来像是从上个星期五晚上到现在一直没睡过觉。

“她不让我结束，一直逼我……逼我……”接下来，他的声音变得越来越小，简直和嘀咕无异，但下一句话的骇人程度不亚于一声枪响。

“要是她放手的话，说不定她还活着。”

彼得

2008年4月17日，星期四

警长一直拿枪对着我。他让我面对着墙，手放在背后，一个年轻点的警官走进来，给我戴上了手铐。之前我从未戴过手铐。手铐有些冰冷。

“你们是不是该宣读一下我的权利？”

“我在想以哪种最好的方式把你带回警局，免得外面那些人把你的头打爆。”

我从没想到过这个。这两天，我想遍了DNA化验结果出来后我可能面临的所有情景。警察可能在我家或者学校逮捕我。我知道他们不会让我开自己的车，尽管事实上我并没有逃离这个小镇，也没有失踪。昨天我来了学校，走过场一样上完课，所有的老师以及一半的学生都盯着我看，好像我是最凶狠的食肉动物。昨晚吃饭时，我坐在玛丽对面，艾尔莎却当我不存在一样，漫不经心地聊着给婴儿取名字的话题，以及这些名字可能给这个未出生的孩子带来什么影响。玛茜。埃塞林德。阿布思。我盯着餐盘，听着外面路上汽车轧过石子的声音，等着车头灯光穿过卧室的窗户。我甚至能想象到古德曼警长把我从葬礼带出来，扔进警车，媒体的相机发出贪婪的咔嚓声，把我一口一口吃掉，但我从没想过我有可能被海蒂的某个追悼者一枪打死。我也不知道为什么没想到这一点。这完全可以理解。威妮弗雷德·艾里克森厌倦了自己的丈夫后，杀死了他，而且一天也没在监狱待过。他们也完全可以对我开枪。

他们决定把我从垃圾桶旁边的咖啡馆出口带出去。一段高栅栏把这块区域围了起来，四周弥漫着发酸的牛奶和塑料盒的恶臭味。副警长离开去把车开到这附近，这样就只剩下我和警长了。尽管我戴着手铐，周围恶臭扑鼻，老警长的眼里满是怒火，但这也比在体育馆里盯着海蒂的灵柩强。星期一早上，消息就像野火一样在学校蔓延开来：海带死于一刀直插心脏，脸被划烂，一半身体沉在湖里。我实在没勇气在房间里面对她的遗体，然后再想象着她的恐惧和痛苦。在完全崩溃之前，我踉踉跄跄地走出了体育馆。

"我没杀她。"话说出来之后，我在想为什么之前我一直没这么说过。

他看着我，就好像我才是垃圾桶里正在腐烂的东西。然后，他开始宣读我的权利。

"给他做一下笔录，好好审审他。"警长猛地关上车门，"把送葬队伍从墓地带回来后，我马上就过来。"

副警长点了点头，慢慢驶出小巷，装作在楼旁边进行安全巡逻的样子。三辆新闻车停在街边，摄影师和记者在车前晃悠。

我们刚驶出停车场，记者就发现了我，突然间，相机狂闪，记者蜂拥到警车旁。我呆呆地坐着，至于这件事对我的人生意味着什么，我已经漠不关心。

“嗯，我想一定是有人走漏了风声。笑一下吧。”他缓缓驱车来到大街上。

“我没杀海蒂。”

“很好。接下来你就可以说你没有和你那未成年的学生乱搞。”

她已经成年了。我抑制住说出来的冲动。我们沿着大街开了几个街区，对于我的沉默，他嘲讽地笑了笑。

“不打算否认吗？现在给我闭嘴，别找什么借口。”

到了警察局，他带我录了指纹、拍了照，然后把我扔进里面三间牢房的第一间。之后，一切归于寂静。

牢房里真的有铁栅栏，这一点看上去十分老套。我在牢房里开始踱步，一连串名字就浮现在我脑海里——威廉·西德尼·波特（美国著名短篇小说家）、肯·克西（美国小说家）、保罗·魏尔伦（法国象征派诗人），还有每个俄国作家——这些人可谓是极佳的课堂讨论素材。他们是如何在监狱中创作作品的？我还可以让大家对奥斯卡·王尔德与索尔仁尼琴当时所面临的社会压力作一下比较。我甚至都能想到要把作品打印出来，发给前排的学生，一想到海蒂会因为期望而脸红，我就忍不住激动。她会在下堂课开始之前，把每段都读一遍，然后她会坚持……

一阵歇斯底里的笑声把我拉回现实，之后那笑声变成了一声哀号。我捂住脸，不让自己再发出任何声音，这样那个副警长就不会回来找我，不会因为我没做过的事情而威胁着要把我打个半死。

我没杀海蒂·霍夫曼。

数月以来，我备受内疚、迷恋和渴望的煎熬。从某种意义上来讲，是海蒂杀了我。她在嘈杂的教室里对我腼腆地眨一下眼，就会让我彻底迷失，失去自我。周五晚上，我和她在谷仓见面，任她将我彻底摧毁。我缴械投降，不去管什么责任，只要能和她远走高飞，我宁愿抛弃一切。那晚，我和她做了爱。之后，与她吻别、回家。我真没有杀她。

但又会是谁呢?

在过去的五天中，我一直在思考这个问题。我不停地想到她死亡的场景，想到她那颗柔软的心被刺穿，血洒在肮脏、冰冷的木板上。汤米，我唯一能想到的人就是汤米。我想象着汤米那壮实的胳膊搂着她的肩膀，就好像正搂着橄榄球赛的奖杯一样；他那张大饼脸还有点婴儿肥；他经常会在餐厅突然大吼一声；他在橄榄球赛前动员时流露出狂热的神情；等等。我也曾近距离地观察过他，这一点估计他想都没想到。海蒂的秘密恋人一直在偷偷地跟踪她的公开恋人。海蒂想利用汤米来刺激我，天啊，她的目的达到了。那晚，汤米肯定偷偷跟踪海蒂到了谷仓。肯定是汤米杀了海蒂。

这也是我坚持去学校的原因——为了监视汤米，看看他的内疚会不会表露出来。但最近一周他一直没来上课。直到今天，我始终没有找到在人群前与他对质的机会。我要趁他看到我时与他对视。如果那晚他看见我们了，并因此杀了海蒂，那么，在与我对视时，他那双呆滞的大眼睛根本隐藏不住任何秘密。

牢房只有 10 英尺长，我来回踱步，脚都僵了，等待着警长从海蒂的墓地回来。

两个多小时过去了，那位副警长又来了。他把我带到两天前的那个会议室，但我注意到，与上次不同的是，这一次这里多了一套录像设备。

“我想打个电话。”

他没理我，于是我又说了一遍。

“一会儿就能打了。”警长大步走进来说道。他在葬礼上穿的西装已经换成了制服。

“如果你想给玛丽·贝斯打的话，她已经打过来了。其他人也在往这里打。几辆新闻车就停在那儿。”他指了指门口。

“我没杀海蒂。”

“现在不是讨论这个问题的时候。”他坐到桌子对面，直直地盯着我。

“好吧，显然我和海蒂确有暧昧关系。但这段关系是不理智的、错误的。相信我，我知道这段关系的影响有多恶劣，但我真心爱她。我绝不可能伤害她，更别提用刀把她捅死。”

“我们很快就会知道，秘密情人。”警长向后靠到椅背上，双臂交叉于胸前，“你们俩的关系是从什么时候开始的？”

我把一切都告诉了他。在我弄清楚她是谁之前，她是如何追求我的；她如何把和汤米约会当作幌子；她在作业上给我留的信息；去明尼阿波利斯市的旅行以及之后的每一次约会。说完之后，我感到如释重负，终于从这半年来藏在心里的秘密中解脱出来。我还讲了和玛丽这几个月唯一一次性生活后发现玛丽怀孕了，我只好结束和海蒂的关系，把所有的积蓄都给她，希望海蒂能用这笔钱去纽约。

“我想让她离开这里。我一看到她就情不自禁，而且我也不想让她面对玛丽怀孕这一事实。”

“你的意思是不想让海蒂和玛丽对话。”警长说。这是我讲到现在，他唯一说过的一句话。

“对。我的意思是，不想。但我还是常常想念海蒂。我不想给她造成更多的伤害。”我低下头，“我毁了她的清白。我知道这是我的错。我想至少我得帮她实现梦想。她会在纽约找到一个能给她幸福的人，然后把我忘掉。”

“真是个不错的浪漫故事。我相信你的律师也会喜欢的。”他看了一眼桌子上的文件，“那么现在，我要问你一个问题。3 月 21 号，也就是海蒂死亡三周前，你就为海蒂送行，并祝她一路顺风。那为什么在她死的那天晚上，我们在她体内发现了你的精液。”

“周五……”我开始陈述，然后做了个深呼吸。警长身子向前一探。

“演出结束后，发生了什么？”

“就像之前对你说的那样，我的确去了卡尔家。我们喝了点酒，之后我就去了艾里克森家的谷仓与海蒂约会。”

“刚才你还说想和海蒂结束这段关系。”

“的确。我的意思是，我试着——”

“你要再撒一次谎，我就踢碎你的蛋。懂吗？”

他下巴的肌肉抽了一下，说话的声音沉闷。我点了点头。

“很好。你什么时候去的谷仓？”

“10 点之后。我把车停在农场那边然后步行过去的。大概 10 点半左右。”

“然后呢？”

我双手伏在桌上，试着回想当时的情景。“她之前说想把钱还给我。可我到了之后才发现，她已经把钱花光了。之前我一直不知道，直到……”

“直到你和她发生性关系？”

我突然回过神来，预料到对话将把我引向何方，并预见到这会让我看上去罪行累累。海蒂跟我说了钱的事，之后就开始威胁我。

“我要找一个律师。”

对于我申请使用米兰达权利[1]，警长似乎毫不惊讶。他关掉录像设备，一句话也没说，就把我带回了牢房。在等待律师的这段时间里，副警长把玛丽带了过来。

“只给你十分钟。别碰铁窗。别给他递任何东西。我会一直看着你们。”副警长冲着摄像头点了点头，给了玛丽一把椅子，然后就走了。玛丽一只手轻轻放在肚子上。她肯定打了孕妇这张牌，警察才放她进来的。

玛丽坐下后，环视了一下整个房间，她双眼扫过了房间每一个角落，唯独没看我。最后，她把视线定在摄像头上，双眼盯着摄像头的红光。

“我跟我妈说我去趟杂货店。”她对着摄像头说。

“玛丽。”

“妈妈让我给她带几个桃子，这一周以来，她一直想吃桃子，但

1 米兰达权利指案件嫌疑人有不被强迫自证其罪的权利，有权行使沉默权和要求得到律师协助的权利。——译者注

八个月前桃子就过季了。不过这也不是什么麻烦事。”她低下头，“等我到家的时候，她估计就已经把这事给忘了。”

我咽了咽口水。牢房本身就给人一种压迫感，玛丽的到来更令人窒息。“你不问问我为什么会在这儿吗？”

“他们已经告诉过我了。”玛丽低头看着双腿说道，放在肚子上的那只手在画着小圆圈。“他们说，你因为之前撒了谎才被带到这儿来的。我现在才知道，原来撒谎也是一种罪，至少在某些时候是的。”

“他们觉得是我杀了海蒂。”我试着压低声音，朝牢房门和摄像头瞥了一眼。他们很可能正在监听我们的对话。

“因为你和她睡了。”

我全身一惊。玛丽的语调和表情没有任何变化，好像这事对她完全没有任何触动。唯一变化的是，她终于抬起头，用清澈而悲伤的眼眸看着我。

“现在他们肯定知道了。”她补充道，等着我回答。

我不知道该怎么回答她。我想说对不起，但这未免太荒唐可笑。把饮料洒在别人身上或在走廊里跟人撞了一下才需要说“对不起”；对于生活简单而规律的人而言，说“对不起”是一种礼貌。在我们之间，现在根本不存在“对不起”这个词。

“你是怎么发现的？”我问。

她没有立刻回答，而是起身走到门边，透过门上的观察窗向外看了一眼。之后，她才走回铁窗前，站到我对面。

“我从来没想到会为一个杀人犯生孩子。”

“我不是杀人犯，我没杀海蒂。天哪，我甚至连只小鸡都不会杀。”

她没理会我的话，继续用怪异、消沉的声音说道。

“我也不知道我那会儿为什么要带着刀。”

她的声音很轻，我差点没听清楚。之后，我确信自己没听错。我脑袋里的血开始翻腾，我蹒跚着向前走去。她下意识地后退几步，转过身。

“你刚才说什么？玛丽，看着我。”

她没理我。完全不像我印象中的她，现在的她显得呆滞、刻板。

“周五晚上，我听到你的车回来了。我当时正在谷仓里磨刀。父亲生前常说，工具要经常保养。把刀磨锋利，再放起来。我向外看去，发现你正朝屋外走。我就跟着你。一直走到艾里克森家的林子，我才意识到手里还握着刚磨好的刀。那个时候我才知道你要去哪儿。到那儿之后，我才明白你为什么要去。”

一种无可名状的恐惧袭上心头。这比我听到谷仓附近发现一具尸体的消息还要恐怖，比周六演出时海蒂没有出现却传来她死了的消息还恐怖，比我断定汤米是凶手还恐怖。天啊，难道是玛丽杀了海蒂？恐惧在我心头聚集，我吓出一身冷汗。

“玛丽……”我哽咽地喊着她的名字，“你到底做了什么？”

她回过头来看着我，眼里满是愤怒的泪水，但泪水一直噙在眼里。

“我看见你和她在一起。彼得，她看你时的那种眼神，就好像你是她的。”玛丽的愤怒正在郁积。她那只手紧紧地捂着肚子。“你怎么能这么做？我好不容易才怀上了孩子。你以为瞒得住吗？你以为在我老家我还发现不了你的秘密吗？”

我看着她放在肚子上的那只没有血色的手，它好像在保护着她一直期待着的孩子，不让孩子受到这段对话以及接下来糟糕生活所带来的伤害。她怎么保护孩子的安全？保护她的家人？我见过她那双手做过的事，我之前一直觉得不可能：她用手割开鸡的脖子，冷静地把它倒挂起来，让血流干。现在她怀孕了，比我想象得还要情绪化。她正怒火中烧。天哪。

“玛丽，你到底做了什么？回答我。”我抓住栏杆，绝望地喊道。

“你知道我干了什么。你有什么资格这么问我？”她噙在眼里的泪水终于夺眶而出，一滴一滴从脸颊流下，“我要把这一切都告诉警长。”

“一切？”

“从这里出去后，我就说我看到你们俩那天晚上待在一起。我把刀扔在谷仓外面后就急匆匆地跑回家了，之后我再也没见过那把刀。”

“什么？”我一时没明白。她要撒谎？

副警长正在门外徘徊，还不时转过头去和其他人说话。现在，他马上就要进来了。现在有可能是我弄清真相的最后机会，但玛丽似乎对我的疑问充耳不闻。她现在情绪异常激动，几个月来压抑的怒火终于喷薄而出，在房间里，她终于找到了要发火的对象。

“不管发生了什么，不管你做了什么或者现在说什么，我都要养大这个孩子。你这辈子休想再见到他。我更不会在出生证明上写你的名字。”

“上帝啊。可你打算怎么在监狱里养孩子？”

“我？在监狱里？”她厉声问道。这时，副警长开门走了进来。

“时间到了。”

我和玛丽一时都愣住了，双眼紧盯着彼此，因为这很可能是我俩的最后一次见面。

“夫人？”副警长伸手拉她。

“不管发生了什么。”她重复道。探长把她拉了出去，关上了门。只剩下我一个人拼命地摇着铁栏杆。

警长再次进来，时间似乎已经过去了很久，久到足以让人的生命结束，而让另外一些东西重新开始。我双手抱头坐在床上，玛丽因憎恨而扭曲的脸、揭露的真相以及发的毒誓一一浮现在我脑海中，挥之不去。她会告诉警长她把刀丢下跑了。对于一个有动机、有机会、有作案凶器、而没有不在场证明的人来说，这无疑是个谎言。那么，玛丽为什么要承认这一点呢？

把凶器嫁祸给我。

这才是唯一行得通的解释，但我却毫不生气。也许，玛丽已经开始觉得，我是应该为这场噩梦负责的人。

我想象着我们的孩子尚在襁褓之中，而我则力图向法庭证明我是孩子的父亲。如果我被拘留了，我将是个多差劲的父亲。我哭了，为了这场逝去的婚姻及其带来的这个我不想要的孩子，为了我像扔垃圾一样扔掉的美好生活，甚至为了玛丽努力奋斗所创造的新天地。她像一只愤怒的凤凰，挣扎着想从死亡山谷中涅槃重生。在想清楚是我连累了海蒂之后，我也为她哭泣。因为我的懦弱，海蒂永远没有机会成为她心里想做的那个人。最后，我擦干眼泪，一种麻木的冷静开始渗入我的身体。目前，保持清醒是我唯一的选择。因为在松树谷几乎没有秘密可言，我知晓了案件的所有细节：传遍整个学校的犯罪现场；威妮弗雷德告诉艾尔莎，包从湖里捞了出来。如果这些还不能说服他们，我还有最后一个证据，他们甚至都不知道，我要用它做最后一击。

经历了数月的羞愧、内疚，在意识到我还有最后一个机会做点好事时，我感到一阵欢喜。孩子不会受到影响，小镇上的人还是会接受孩子和玛丽，把他们当成自己人。我的名字自然也不会被提到。我在牢房内慢慢踱步，然后深吸一口气，把肺充满，感觉肺的扩张。马车载着西德尼·卡顿[1]前往刑场时，他当时可能也是这样的心境。

过了一会儿，警长开门进来，我冷静地站在牢房中央，垂下双手，等着他。他的身后站着一个陌生人，他身材偏胖，看上去犹豫不决，海蒂要是在的话，一个眼神、一个微笑就可以把他拿下。

警长点头道：“这是你的律师。”

“好。”我直视警长，“我要认罪。”

1　西德尼·卡顿，狄更斯的小说《双城记》中愿为女主而死的男主角。——译者注

海蒂

2008年3月22日，星期六

把我送到家之后，波西娅真的气坏了。不过我不在乎。在过去的一天半时间里，我实在听够了她说的合唱队之旅那些鸡毛蒜皮的事。我威胁过彼得，在母亲肩上哭过，向彼得要了封口费，和他分手了，之后跑到明尼阿波利斯市，差点被国土安全局的人抓了，在路上车抛锚了，我还在野地里呕吐过。她在乡村音乐名人堂吃过那传说中的恺撒鸡肉沙拉？对不起，波西娅，你说的这些我现在根本不感兴趣。

不过，她的确带我去了罗切斯特，我在商场买了些必需品并装进了旅行箱里。我用彼得的几百美元给波西娅买了件衬衫，以示感谢。我也看上了一条裙子，很漂亮，让我禁不住想立马穿上，转个圈、跳个舞，开始新的生活。我已经受够了成天穿着戏服。

波西娅把车开进我家车道时，我惊讶地发现汤米也把车停在了房子旁边。他的手插在口袋里，靠在皮卡引擎盖旁，正跟我爸说话。我从车里出来时，他们都看了过来。

“谢啦，波西娅。”

“不客气。”她翻了翻白眼。我还没关车门，她就已经开始倒车了。

她看上去很生气，但我没有像以往那样讨好她，这一点很奇怪。真正的海蒂已经彻底受够了，我再也不想回到过去了。

我深吸一口气，朝汤米和爸爸走过去。

“你的车呢？”爸爸一见到我就这么问。

“坏了。”我咧嘴笑笑回答道。我给他们讲了来龙去脉，没想到在一些细节上我还发挥了一下，不过不要紧。对那辆抛锚车的怪声和状况，他俩又详细问了些问题，最后觉得可能是引擎出了问题。

“我的车刚换过引擎，和轮胎一起换的。”汤米兴奋地踢着轮胎说道，“我可以帮你把车拖回来。”

“这主意不错。”爸爸说道，这时我突然打断爸爸。

“没事，不用你操心了，汤米。我知道你现在肯定很忙。”

他看着我，就好像我疯了似的。“我还以为咱们要一起去德里克家看终极格斗锦标赛呢。大家都要去的，还记得吗？”

“嗯。”这事我已经忘得一干二净了。应该是周二说的，但现在感觉已经是上辈子的事了。“我可能去不了了，演出我还没准备好，还有点担心。我和老爸去把车拖回来就行，之后还得去对台词排练呢。”

看来汤米还想为这事争论一番，我只好过去尴尬地抱了他一下。“你真该走了。帮我向德里克道个歉。”

汤米结结巴巴地说了几句，然后开车走了。爸爸看着我，我耸了耸肩说道：“实在不想看那个锦标赛。”这倒是实话。

爸爸大笑，我很喜欢爸爸各种各样的大笑，刚才这种大笑也是其中之一。之后我们就去拖车了。

“最近很少见到你啊，女儿。”爸爸在把车开上高速公路之前说道。

“太忙了。”这也是实话。

“汤米老缠着你？”

我耸耸肩。“他是个高中生，我觉得他不一定控制得住自己。”

爸爸又笑了，我们俩又为该听哪个广播电台拌了会儿嘴，这是我们俩都享受的相处之道。我告诉爸爸车抛锚的位置，到了之后，我们一起把车钩住。如果我和彼得一样在城里长大，可能就不会知道如何打结，如何垫木板，怎样把车从泥泞里拉出来。虽然去了纽约，这些也不是什么值得炫耀的事，但我现在十分高兴，因为爸爸根本不让格雷格或者汤米来帮他，我就可以。当然，这是我自己搞出的烂摊子，也得我自己收拾。

到家后，我陪着爸爸待在车库里，帮他递工具，拿手电。我爱爸爸。我喜欢他每次说完话后都会开上一句玩笑，喜欢他和别人拌嘴，他看上去健壮、友好。如果在纽约，爸爸看上去会特别显眼，或许我身上有他的一些特点。毕竟我身体里流着一半他的血。

三月过后，转眼就是四月，学业越来越重。几天后，我那征服世界的想法就渐渐消退了，我竭力避免重拾旧习。波西娅又开始跟我说话了，尽管我要是不立刻迎合她的观点，她就会表现得很不开心。我会向老师坦白，我的阅读作业没做完，甚至还因为旷课被课后留了下来，因为我也毫不掩饰地承认旷课了，毕竟我觉得学数学是在浪费我的时间。

在被叫去辅导员办公室时，她抱着最后一线希望让我再考虑一下去上大学的事。我告诉她，我还不知道自己以后要干什么，去纽约让我既期待又害怕。我打算用一年的时间好好想想，或考虑一下东海岸的学校。她看着我，叹了口气道：“这是你到现在为止说过的最明智的话。”

晚上，我把所有想法都录进了杰拉尔德送我的摄影机里。我对着镜头回顾了一下人生，的确有点悲惨，但我还是把我之前做过的每个愚蠢的、疯狂的、糟糕的事都说了出来，感觉还不错。我最终做到了诚实。即使只是对自己。

但新生活里最糟糕的事要数每天都要上彼得的课，每次他朝我这边看的时候，我都尽量忍住不哭。虽然不想，但我还是注意到，彼得看上去状态很糟。他脸色苍白，以前经常刮得很干净的下巴如今总是有一些胡须，以及由于粗心大意留下的剃须刀的划痕。衣服也满是褶皱，讲课支支吾吾，死气沉沉。

波西娅看到我空洞的目光，误以为我是觉得上课无聊。

“他真没救了。”带妆彩排的那天下课后波西娅说道，“那个诅咒，现在已经缠上他了。”

我转过头，看到彼得忧伤地盯着窗外。“你知道吗？波西娅。你可能说对了。”

物理课上，我俩同桌，都懒得做课堂笔记。波西娅在笔记本上画了许多喝醉的牛，诙谐地指代那些去她家酒馆的顾客。将近半个小时，我怔怔地盯着笔记本胡思乱想：为什么纸上只打了三个洞而不是四个，彼得的孩子会是什么样，他的小孩上学的时候是否还会用这种笔记本。

也许彼得每次看到孩子的时候，就好像看到监狱一样，他是为了孩子才放弃了和我一起幸福的机会。天哪。难道人就是这样的吗？难道世界上都是些骗子和浑蛋以及他们生出来的小骗子和小浑蛋？当然，我也是其中一员，而且还是最坏的那个。母亲曾告诉我世界上有许多东西值得我学，我多么希望那个时候她也告诉我学习的过程有多么痛苦。

“我希望你今晚对这个诅咒心怀敬畏。”当我们走进自助餐厅吃午饭时，波西娅说。“这是首演之前的最后一次彩排。不能出任何差错。”

“随便啦。”我走向橄榄球员们坐的那张桌子，甚至懒得去取午餐。桌子的另一头，有几个家伙在聊用牛奶盒做道具的事。我在汤米身边坐了下来，他就停下讨论，拍拍我的腿，冲我笑了笑。我已经不再到学校外面和他约会了，准备慢慢疏远他，然后自然分手。我不想过多地伤害他。

我看到波西娅端着午饭，正在桌子旁和负责灯光的人说话。过去几周，彼得在排练的时候一直敷衍了事，他不想让别人知道他很难过，但这也仅仅是隔着一层窗户纸而已，每个人都看得出来。波西娅则开始代他管理戏服和布景之类的事务。在这个节骨眼上，她俨然成了幕后的导演，这一点大家也都清楚，彼得自己也很清楚，因为在最近的几场排练中，他已经开始就一些特定场景询问她的意见了。

波西娅坐下后，就直接开始聊著名女导演的话题——她喜欢哪个人啦，女性在这一行业中如何被忽视啦。

“这一行不完全是男性的天下。”在吃面包的间隙，她说，“这个行业里还是有很多女性榜样的。彭妮·马歇尔是票房女王，但我觉得索菲亚·科波拉已经为下一代电影人开创了风格。”

她对这个行业突如其来的痴迷让我很想白她一眼，但这一行确实也适合她。几年来，波西娅成功引领了八卦界的潮流。也许这就是我们俩成为好朋友的原因：她是我的导演，我是她的演员。

“波西娅，你要拍电影吗？”汤米问。

“对啊。目前大学还没有太像样的电影专业，但从大学起步还算不错。”波西娅对着汤米旁边的桌子说道。她从不正眼看汤米。

“你应该在电影里给海蒂安排个角色，她会成为明星的。”汤米搂住我的腰，把我拉近他身边。

波西娅冲我得意地笑了笑，说：“欢迎她试镜。”

“今晚一起去玩怎么样？这周末你们俩肯定要忙演出的事。”汤米搂着我，手指紧紧扣住我的肋骨，好像害怕失去我一样。他绝对留意到了，在校外的时候我在有意躲着他，但他拒绝接受这个现实。

“今晚也得忙演出。”

“今晚是带妆彩排。”波西娅补充道。

“又不需要忙一整晚，对不对？彩排后我去接你。有几个人要去德里克家。我们要讨论今年夏天去木屋的计划。”最近他一直跟我提这事。木屋在北边，基本上年年都去，在那里，酒桶、篝火、喝醉后裸奔以及浪荡的女友成为标配。

“都跟你说了，我不知道打工能不能请假。”

我下意识地向角落座位瞥去，彼得和雅各布斯坐在那儿，我想跟汤米保持一定距离。彼得在桌上放了本书，一只手托着头，但他没有看书，而是在盯着我看。一旦和我四目相对，他就收回视线，翻一页书。

天啊，我还爱着他。不顾一切地爱着他，完全不管他那怀孕的妻子，也不管自己几周后就要离开，而且再也见不到他，可我还是爱着他，尽管我内心正在备受爱与痛的煎熬。

第一次，我不再想利用汤米来刺激彼得，我觉得这样做并不会让自己好受一些。尽管在过去的几个月里，汤米越来越喜欢我。汤米人很温柔，也很单纯，一直计划着去旅行，说他要上大学，说我会喜欢那里的。在汤米眼里，未来一定要规划好。我总能知道他在想什么，接下来会说什么。他很喜欢我，甚至到了爱屋及乌的程度。他让我联想起一条狗，一直跟着我、不论我做什么都会冲我摇尾巴的狗。但人和狗是无法相爱的。

“那么，今晚彩排后，你没其他安排吧？”汤米仍抱着希望，“去德里克家吧，去了你就会知道木屋有多棒了。”

“我也不知道彩排什么时候才能结束。”

汤米看上去很失望，我忍不住补充道：“你可以明晚过来看我们的首场演出。”

他埋怨道：“没意思。”

“你一定会喜欢。演出里有巫婆、骑士决斗和砍头的戏。到处都是血。”我很是诚恳。我知道汤米特别爱看恐怖电影。

“你演的不是个单纯、爱尖叫的女孩吗？”他笑道，完全不记得几个星期前他还帮我对过台词。

“不是。”我拍拍他的手，并把它从我腰上拿开，“我是一个杀人放血的主儿。”

*

放学后，我换上样式简单的白色紧身戏服。我觉得戏服的希腊风格太强烈了，但克里斯蒂·索伦森负责服装，她肯定不想听到这样的话。戏服是在家政协会做的，共做了四套，每场演出用一套，彩排一套，因为每演一场就得换一套。麦克白杀了国王后，我和他就会戴上王冠，每一幕戏后我们都得往肩上洒点红色的玉米糖浆，而且越洒越多，做出女巫让皇冠滴血的效果。这是彼得的主意。在我们讨论场景设计和演出的时候，彼得说必须真实还原莎士比亚的作品。大部分人可能不会按抑扬格五音步[1]来念台词，但每个人都知道“白刀子进红刀子出”是什么样的。因此，演出主要侧重于舞台提示和演员动作的说明。当然，演出里还有许多斗剑的场景，这些显然是大家都喜欢看的。

我们换好戏服后，波西娅把大家叫到舞台前，然后拉着彼得的胳膊，把他推到我身边，这让我十分恼火。

“好了，各位。”彼得看了一眼每个人，除我之外。他离我很近，我希望自己没因此脸红。

“大家握住手。”波西娅在彼得另一边说道，同时握住她旁边同伴的手，“我们组成一个能量圈。”

每个人开始往后退，手拉手围成个大圆圈。我和彼得是最后才伸出手的，为避免尴尬，他慢慢拉起我的手，小心翼翼地握在手心。

“大家最近都很辛苦。”他清了清嗓子，缓缓说道，“看看这布

1 抑扬格五音步是一种英语诗词格律术语。其特点是：每一行诗分五个音步，每一个音步有两个音节，重音落在第二个音节上。——编者注

置——”大家转过头一看，都很喜欢。

“这完全可以和我在大城市见过的小型专业剧场媲美。这布景真棒。服装也和我设想的一样，克里斯蒂干得很好。线条清晰，完美再现。真不错。灯光音乐配合得完美无缺，肯定是因为波西娅像大导演彼得·杰克逊一样要求你们的。波波，谢谢。”

听到彼得像我那样称呼波西娅，还用那种语气叫她，我的醋意顿时涌上心头。在这段演出前的动员演讲中，波西娅这个名字轻易地从他舌尖溜了出来。我想起曾跟他聊过波西娅，讲述过她的事，否则他不会知道这些。比如，她多么喜欢戏剧。她的床头柜里藏着瑞恩·高斯林上身赤裸的海报。她多么反感父母要求她在周日晚餐时说他们赫蒙族语。她多么希望自己显得十分合群，但又多么想脱颖而出。

但好像没人注意到这一点。大家都对着波西娅笑，波西娅也报以微笑。

彼得换成上课时的语气继续说：“这不是一出喜剧，但它的文学地位很高。我们看得出来，莎士比亚洞悉弑君者的内心活动。麦克白并非邪恶之人。用邪恶来解释一切是最简单不过的，只有小孩子才会把人们做坏事的原因归于邪恶的本性。然而，真相却复杂得多，值得去深思。在这场剧里，莎翁对此进行了深刻剖析。当然，莎翁还在剧里加了女巫和杀戮，吸引了不少观众。”大家都笑了，除了我。“但这场剧的内核，其实是心理分析。为什么人会去犯罪，而且还明知故犯？”

我手心开始出汗。他开始慢慢握紧我的手，慢慢地用力，所以刚开始我根本没注意到。

“野心作祟。”波西娅答道。

“女巫告诉他，他会成为国王的。”扮演第二个女巫的艾米丽补充道。

“是他老婆让他杀国王的。”扮演麦克白的亚当说道。我冲他吐吐舌头，他回以眨眼。

“你们说的都没错。”彼得说，“但最深层的原因是欲望。如果我们追求最阴暗的欲望，那他会怎么做？我们会怎么做？如果我们越界，我们会丧失自我的哪一部分？会给我们身边的人带来什么影响？”

他攥紧了我的手。

“麦克比——麦克白，”彼得改口道，这让波西娅高兴地笑了，“越界了。他得到了他想要的，不顾后果，无视规则，无视良心的拷问，甚至连命都豁了出去。这才是这部剧能成为经典的原因。他其实也是个普通人，至少在某种程度上是，我认为，他自己也清楚欲望会给他带来什么样的后果，但他仍然屈服了。”

“这就是这个周末你们要呈现给观众的：人若屈服于丑陋而强大的欲望会产生什么样的后果。你们都很努力，我相信你们会演出成功的。那个可怜虫的灵魂，你们会完美重现，可别心软。”

大家松开手，开始鼓掌、欢呼。我不知道该做什么。其他人欢呼的时候，我一动不动，也没看彼得。他最后攥了一下我的手，不舍地松开，然后走开了。我转身进入后台，呆呆地等着第一幕第五场，那时候该我上场了。

尽管算不上十全十美，但彩排也相当不错。剧中刺客要杀死班柯时，剑却掉地上了。班柯大笑，但这时，刺客假装勒住了班柯的脖子，班柯也配合地倒地死了。

该亚当说台词了，独白时他的感情很到位。一些演员觉得他有些孩子气，不是太喜欢他，但我很喜欢，因为这会让人觉得是我在唆使他谋杀国王。我穿上高跟鞋，都快高出他一个头了。第一幕我们俩策划谋杀时，我倾尽了全身气力。我严厉尖锐的语调、严峻的表情，让人印象深刻。

但我演得最好的要数梦游那一幕了，那也是我的最后一幕。皇冠斜戴在我的头上，衣服前面几乎染满了鲜血。看上去我更像是被害人，而不是凶手，这一点也很重要。戏中的背叛正在慢慢毁灭我们。我踱步走上台阶，心中满是痛楚，双手抱在胸前，好像它们已经与身体的其他部分断开了连接。我目光空洞地看着体育馆的墙，看着演出时将会人头攒动的观众席，现在彼得一个人坐在那片黑暗中。房间变得模糊，这时我才发现自己哭了。我把心痛全都在这幕戏里发泄了出来。彩排时，我像演醒着的场景一样努力表演梦游的部分，给自己催眠，让自己忘掉谋杀。

“洗洗手，换上睡衣，脸色不要这么苍白。”

我的台词流露出绝望，就好像我知道自己正落入疯狂的深渊，却不理解为何坠落。我的声音发颤，几近破音。

“我再跟你说一遍，班柯已经被埋葬，不可能从地里爬出来。”

如果先前麦克白夫人冷酷无情地策划谋杀，是令人恐惧的，那么现在她无意识的忏悔则令人震撼。我第一次读这个剧本时，觉得麦克白夫人是个内心强大的反派，跟《101 忠狗》里面的库伊拉一样，没有心，也没有良知。我以为梦游只是个插曲而已。但现在我才知道这其中的含义。她跟麦克白一样饱受折磨：她的欲望便是她走向毁灭的根源。演完最后一场后，我直接回到休息室，整场演出结束前，我一直精神恍惚地坐在那里。

我的生命里不能没有彼得。绝对不能没有。没有了他，新生活、旧生活对我而言都不重要。我的欲望便是我毁灭的根源。我知道这一点，但我无法逃避。我们迫切地想要得到彼此，丧失了理智和谨慎，不计后果，跟他刚才演讲中说的一样。我必须想办法跟他谈谈。

最后一出戏演完后，我听见了掌声，于是，我走回体育馆，大脑开始飞快运转。

“你刚才去哪儿了？我一直在到处找你。”波西娅跑过来问我。

我看着她，突然咧嘴笑。

“麦克白！”

我一遍又一遍地喊着这个名字，波西娅那惊恐的眼神，以及大家争先恐后跑到门口的行为让我发笑。大家都离开了体育馆。当他们绕着体育馆跑步时，我能听到他们的脚步声。聚光灯无人看管，光束点亮舞台，彼得站在灯光的另一侧，面对着我。我们的眼睛被灯光晃得睁不开，两人都朝着暗处走去。

“我还留着你的钱。”这是我想到的第一句话，尽管我在撒谎。

“海蒂，求你了。”他低声道。

“我想把钱还给你。”

“我不想要。”

外面的脚步声越来越响，宛若雷鸣。他们已经进行到一半了。

“明晚。演出结束后，谷仓见。”

聚光灯下，我看不清他的脸。他稍稍向前走了一点，仅仅露出头部的轮廓、上下起伏的胸膛以及不坚定的内心。跟他一样，我也向前迈了一步，感觉到灯光在亲吻我的嘴唇。它把我们连在一起，给我们温暖。

“我做不到。”他说。

“你必须去。必须说再见。”

“我做不到。别逼我。”

脚步声在门口停住了，然后响起了一阵沉闷的歌声。那是一首大家都会背的十四行诗，用来给我驱魔。

“我整晚都会在那等你，彼得。整晚。”我无法隐藏声音中的渴望，“来拿走你的钱，然后告别。”

彼得转身时，门突然大开，人群的声响几乎淹没了他那句悲伤的“再见”。

戴尔

2008年4月17日，星期四

海蒂葬礼那天的下午三点零二分，我指控彼得·伦德犯谋杀罪。

我感到不安，玛丽探监后，他就坦白了。玛丽宣誓作证，她跟踪彼得去了谷仓，看到彼得和海蒂在一起，她把手里的刀扔掉，然后离开。她描述的那把刀，跟凶器完全吻合。

“过去六天里，你为什么一直不说这件事？”我质问道，“我在农场的时候，你怎么一句都没说？”

玛丽一只手在肚子上摩挲着。“那段时间发生了太多事情，我一时难以接受，警长。那时我刚发现丈夫背着我和这未出生的孩子在外偷情，我从来没想过他会偷情，更别提杀人了。”

“那天你是在和威妮弗雷德·艾里克森谈凶杀。别跟我说你们当时说的是杀鸡的事。”

她点了点头，之后又垂下头。“你说的对。很抱歉，我确实对你撒谎了。我们当时谈的是堕胎。”

“那你为什么撒谎？”

“我想，我是觉得羞耻。我不知道该不该生下这个孩子。”

我和杰克交换了一下眼神，身子向前探出，等玛丽抬起头，看着我的眼。她这样做之后，我脱下了手套。

“周五晚上你看到他俩在一起的时候，也许你心生恨意，想要报复你那出轨的丈夫。”

“我没有。”她看上去并没有因上述指控而变得不安，更别提惊讶了，“如果那天晚上我想杀人的话，死的人应该是彼得，而不是那个女孩。”

杰克瞪大了双眼。

“你的意思是你上周一直考虑的是杀掉你丈夫和肚子里的孩子，但却和海蒂的死一点关系都没有。”

“对。”

我盯着她，她也立刻盯着我。最后，她微微点了点头，好像对自己说了什么重要的事一样，说道：“如果你经历了我上周经历的一切，你也会这样想的。”

“你把刀丢在谷仓外之后又做了些什么？”

“我跑回家了。我只记得那天很冷，到家之后，我关了停车场的灯，走回屋子。我想着我要等他回来，好好问问他是怎么回事，但最后我甚至不想再见到他。我直接睡到了母亲房间里的小床上。”

“你回家之后就直接睡着了？没再去想刚刚看到的那一幕？”

“没有立刻睡着。我小声哭了一会儿，还不敢让母亲听到。我想那晚我可能整夜都恍恍惚惚，回过神来时天已蒙蒙亮了。我想大概是怀孕让我很累吧。最近，一过中午我就一直打盹。星期六那天，我一直在想该怎样面对他，是把他一脚踹开还是怎么着，那时威妮弗雷德就过来和我谈发现尸体的事。”

“彼得听到这事后有什么反应？”

她耸耸肩，说：“周六有演出，他很早就起床去学校了。”

我把那晚发生的事又和她确认了一遍，她说的基本上出入不大。她看上去很忧郁，泪哭干了，脸色苍白，回答问题很直接，丝毫没有慌乱，也没多余的解释。半个小时后，我和杰克结束讯问，走了出去。

“我搞不清楚，戴尔。”杰克用手掩着嘴说道，以避免招来从葬礼回到警局的人的目光。电话仍然在响个不停。

我叹了口气：“我们现在没有任何证据能拘捕她。现在唯一能证实的就是她提供了我们到现在还没找到的凶器。我们现在必须等彼得的辩护律师来，听听他的说法，之后再考虑下一步。”

我将玛丽送出警局，确保她与记者保持距离。照相机在停车场的另一侧不停地闪光，但没人前来骚扰。他们或许还不知道她是犯罪嫌疑人的妻子。

“对于孩子，你最后决定怎么办？”她打开车门时，我问她。

记者的存在似乎让她分心了，她愣了一下，转身爬进了满是尘土的车里。“生下来。就当是借精生子。”

“知道吗，玛丽？你父母生下你之后，就好像获得了第二次生命。”

她表情僵住了，等着我说下去。

我看了一眼她的肚子。“或许你也会像他们一样。”

自从进了会议室以来，她第一次像是要哭了。她闭上眼，点了点头，说她也希望如此，之后就关上车门，开车走了。

*

辩护律师一小时后才到。杰克出去给大家买奶品皇后冰激凌了，但我吃不下。我喝了杯咖啡，做了些文案工作，并告诉南希，在律师出现之前，我不见任何人。律师露面后，我觉得他看上去像个毛头小子，而且神色紧张。我和杰克把他带到被告那里。彼得镇静地认了罪，这让我们所有人都大吃一惊。

杰克很兴奋，我能看出来，但我却一点儿都兴奋不起来。之前逮捕伦德时，他还发誓没有杀海蒂，现在还不到两个小时，他却又冷静地认罪了。我把他和律师一块带到审讯室，就一些细节问题对他严加盘问。

“你从哪儿拿来的刀？”

“我发现有一把刀被扔在谷仓外。”他安静地对着桌子说道，没看任何人。

“我和海蒂做完爱之后就想离开。我想这应该是最后一次，也觉得她会像自己承诺的那样把钱还给我，但她却告诉我钱已经花光了。之后，她就开始威胁我。她说，如果我不和她一起走的话，她就要去辅导员那里揭露我们的关系。我看到了那把刀，就把刀捡了起来。”

“然后呢？”

他闭上眼睛。屋里鸦雀无声，甚至那位律师也沉默无语。

“我本打算用刀吓唬吓唬她，并不是真想伤害她，但她一直坚持要我离开玛丽，和她一起去纽约。我只想让她离开。我想回到之前的生活，回到遇见她之前的生活，回到我搬来这个倒霉小镇之前的生活。我把她逼退到角落里，用刀指着她，要她放过我和我的家人。

她……她竟然开始大笑，我一咬牙，一刀捅死了她。”

“捅她哪里了？”

他过了一会儿才回答，但回答时声音还和刚才一样，很轻，没有任何情感。

“捅了她的胸部。之后她就倒下了。”

“之后你又做了什么？”

“我划烂了她的脸。我不愿那张脸再盯着我看。我想忘掉她的脸。”

这和犯罪心理学家说的悔恨之情有点相似，描述的位置也和伤口吻合。

“那把刀你是怎么处理的？”

“我把刀和她的包一块扔到湖里去了。然后我回到家，把衣服烧掉，洗了个澡。”

“你在哪儿烧的衣服？”

“在车库后面的火坑那儿，我把打火机里的油淋到衣服上面，并把所有的灰烬都撒掉了。”

“你妻子和岳母有没有看到你回家？”

“没有。”他顿了一下，咽了口唾沫，“我谁都没看到。直接回了房间——我是说电脑室——然后整晚都待在那儿。我睡不着觉，一直想着……将来怎么办。”

我手摸下巴，靠在椅背上。彼得一直低着头，好像有什么莫名的重物正压在他身上，他坐着一动不动。我甚至很难分辨他是否还在呼吸。

“为什么把她的包扔了？”

听到这个问题后，他抬头看了一眼，这是本次审讯过程中，他第一次抬头，但视线又立刻移开了。

“为什么拿她的包，彼得？”我又问了一遍。

“我要找到钥匙。”

杰克目光一闪，我身子往前一探。

“什么钥匙？”

“在罗切斯特巴士车站有个上锁的柜子，钥匙在她手上。她说过，我们离开这里时所需的一切都在里面。她有个随时能拎走的旅行箱，还有两张去纽约的单程票，票是用我们的名字购买的。”

“我向她要钱的时候，她拿出了那把钥匙，向我解释了这把钥匙的用处。然后，她就把钥匙放回包里，开始威胁我。之后，我意识到我必须拿到那把钥匙；否则事情可能会败露。那时我还没想到避孕套的事，也不知道我的 DNA 竟然会被验出来。所以，我拿了她的包，把钥匙取出来，然后把包也扔进了湖里。”

“那钥匙现在在哪儿？”

他双肘并在一起放在桌子边上，过了好一会儿才以低沉、敷衍的语气回答道：“在我办公室的桌子里。”

“你没去找那个上锁的柜子？”

“没。我想等案子结束后，再去把……证据毁了。”

我盯着他：他低下的头、小心摆放着的双手、时髦西装下垂下的双肩。都对得上，他说的跟整个案件都对得上。身为警察，直觉告诉我，坐我对面的这个人就是杀害海蒂的凶手，但我还有一些疑问。

“你惹上大麻烦了，不是吗，彼得？再好好想想整个过程。”

他耸耸肩："我想，我的确惹上大麻烦了。"

"那你告诉我，三个小时前，你还信誓旦旦地说跟海蒂的死没有任何关系，而现在为什么却又把自己的生死置之度外呢？"

"因为玛丽。"他立刻答道。

"为了保护玛丽？"

"我一直在努力……保护家人。玛丽今天来告诉我，她看见我和海蒂在一起了，在这之前，我完全不知道。她……她说要做证揭露我，交代她看到的一切。直到那时，我才知道再撒谎下去也没任何希望。就这件事而言，我逃不掉了。"

彼得再次抬起头，对上了我的眼神。"老实讲，我现在倒有点释然。我就想早点了结这一切，早点服刑。可以吗？"

他朝律师看了一眼，被他这么一看，律师才意识到自己来这里不是做个听众的。他俩要求独处一会儿，讨论量刑的事。

我们把他送回牢房，让律师和他待在一起。之后开车去学校找钥匙，找到之后又去罗切斯特的灰狗巴士[1]车站。在那个上锁的柜子里，我们发现了海蒂的旅行箱——依旧闪亮，散发着新箱子的味道。还有一个装着300美金的信封，彼得的分手纸条以及两张去纽约的单程票，跟彼得说的完全一样。

我们拍照取证后，把东西都打了包。我转身面向杰克，点点头。

"给他登记列案，二级谋杀。"

1 灰狗巴士，美国的一种长途汽车。——译者注

*

我离开车站，直接开车去了巴德和莫娜家。天色渐晚，尽管葬礼和午餐早已结束，但看样子仍有一半的送葬队伍去了巴德和莫娜家，在他家的车道、草坪以及路边，停着十几辆车。

莫娜的一个教友领我进门，带我进了卧室。相册到处都是，海蒂的照片海报挂满了墙。屋里人很多，人们或站着，或坐着，或陪莫娜和巴德坐在沙发上。有的人盯着照片在微笑，有的人在哭，有的人悲喜交加，我进来时，他们都停了下来，变得沉默。

巴德看到我穿着警服走进来，拉着莫娜站了起来。

“我们去外面透透气吧。”他说。

我们三个人一起朝谷物筒仓走去，他们家的狗“熊仔”也跟在后头。时值春天，天空中满是厚厚的云，遮住了太阳，小路泥泞不堪，走在上面随时可能滑倒。

我们刚走出房子里的人的视野范围，巴德和莫娜立刻转向我。我也没拐弯抹角。

“DNA 检验结果出来了。”

尽管他俩什么都没说，但看得出来他们眼中瞬间燃起了怒火，我有种不好的预感。

“是彼得·伦德的，海蒂的英语老师。”

“什么？”莫娜踉跄着退了几步。

巴德过了好一会儿才想起开口，一张嘴便吼道：“是她那混账老师？是他强奸她的？”

“没。”我直直地盯着他的眼睛。他们应该得到比真相更好的结局，但真相是我唯一能给他们的。“他们从一月份开始就在一起了。”

我感到拳头向我挥过来，但我没有躲避。伴随着莫娜的尖叫，我倒在了地上，尖叫时断时续，拳头不时打来，“熊仔”狂吠不止，在我们三人之间跑来跳去。巴德举着拳头，俯视着我。莫娜试图把他拉开，他却置之不理。

“一派胡言，戴尔！这就是无耻的谎言！别跟我说海蒂跟她那个变态老师上床了。她绝不会那么做的。”

我揉揉下巴，把所有细节都对莫娜说了，从去年秋天的邮件到星期五晚上的约会一五一十地都说了。

莫娜仍挽着巴德的胳膊，在我说完之后，她放声大哭。“熊仔”安静了，警惕地站在主人身旁。巴德盯着我看，没再反驳我，但他的怒火丝毫未减。

“我要杀了他。”

我小心翼翼地站起来。“你不能杀人，巴德。”

“他现在人在哪儿？”莫娜勉强开口问道。巴德也问出了这个问题，但他的声音完全不同，充满恨意。

“他已经被拘留了。关在警察局里。案子结了。”

巴德面无表情，所以我试着补充道。

“今天下午，他全招了，很快他就要被正式审判，付出应有的代价。”

莫娜靠在筒仓的墙上，双手掩面；巴德双手握拳，垂在身体两侧，额头上青筋暴起。乌鸦的叫声从附近传来。我不知道接下来该说些什么。此刻，公正对他们而言毫无意义。我兑现了五天前在沙发上向他们做出的承诺，已经告诉他们凶手是谁，但在这个过程中，也夺走了他们对女儿的最后一丝念想。

格雷格出现在筒仓边上，朝我们走来，看上去跟他父亲一样阴沉毅然。我拍了拍莫娜的肩膀，朝车走去。他们沉浸在无尽的绝望中。

*

我们一直没找到那把刀。潜水员在湖底搜寻了整整三天，但找到的都是些生锈的船只发动机部件。我想找到那把刀。每晚我都会梦到彼得的供词以及审讯过程。有时海蒂也会出现在梦里，看着我搜查谷仓、田野和湖底。可就是在梦里，我也没找到那把该死的刀。

值得庆幸的是，在明尼苏达州，二级谋杀罪不需要作案凶器来定罪，吻合的供词、一具尸体和其他大量的证据就足够定罪了。

从明尼苏达州到佛罗里达州，彼得·伦德的审讯过程在各个电视台都有转播。后来，我姐姐还给我打电话，说她在塔拉哈西的两个电视频道上都看到了。媒体人员大多在法院边上逗留，有一些还去了大街和学校旁边拍一些素材。

我站在法庭的后面，站在一群法警身边。巴德、莫娜和格雷格坐在原告席的前排，他们的家人和朋友坐在他们身后。法庭很安静。我没有看到玛丽，但在开庭前，威妮弗雷德·艾里克森悄悄走了进来，面无表情地和卡尔·雅各布斯坐在了同一排，也就是辩护律师后面的那一排。

法官传被告入庭，彼得走进来，每双眼睛都盯着他。他像只温顺的小猫一样静静地走着，眼看地面，坐了下来。从那时起，我能看到的就只是他的后脑勺了，在法官问他是否认罪之前，他几乎一动不动。

“我认罪。法官大人。”他头朝法官微微抬起，声音中没有一丝感情，没有任何情绪波动，就像是在订购办公用品。

听众席上有人窃窃私语，但法官没有理会，他宣布三周后举行量刑庭审，这次庭审就此结束。

威妮弗雷德走出法庭的时候，走过来跟我聊了聊。

“下周我就要把谷仓炸了。”

“你得经过审批才行。”

“申请书已经递交到你那儿了。实在不敢再看那个谷仓了。真瘆人。”

她朝后面点了点头，霍夫曼一家正站在检察官身旁，可能刚刚得知彼得估计要被判 20 到 30 年。

“我已经跟巴德和莫娜说过了。不管你批不批准，我都要把它炸掉。”

海蒂

2008年4月11日，星期五

谷仓渐渐显露，就像一只水怪从湖里冒了出来。视线所及之处，都被黑暗笼罩着，像恐怖电影的场景一样，警告人们不要靠近，而我却很兴奋。汤米把车开到湖滨停车场，没有熄火。

我似乎仍处在演出的状态中。一想到在聚光灯下的舞台上表演，观众席里彼得对我的迷恋，我的肾上腺素就开始飙升。整场演出进行得十分顺利，没有布景掉下来，没人受伤，没人昏倒。每个人都记得自己的台词，亚当和我都渐入佳境。别妄想了，波西娅。带妆彩排后我就知道，她私下里盼着我在台上摔倒，最好把胳膊都摔断，这样一来，她就能演麦克白夫人，进而自鸣得意，说这都是诅咒。明天也许会发生什么，也许整个体育馆都会塌掉，但这都与我无关。我全部心思都在今晚即将发生的事情上。

演出结束大家都走后，我在原地等了很久，希望能偶遇彼得。希望他能给我一些今晚赴约的暗示，为此我花了很长时间梳妆打扮。我把溅满假血的戏服扔到椅子上，把皇冠挂起来，换上配着精致腰带和缀着柔软黄色裙褶的细肩带裙。换好衣服后，我还是没看到彼得，却看到了汤米。他看到我的裙子时，眼睛都亮了。我知道自己该做什么。当我告诉他开车去克罗斯比湖时，他看起来比我预想得还高兴。尽管感觉很糟糕，但我还是冲他微微一笑。一路上，我一句话都没说。

到谷仓后，他打开车门隔板，从夹层里拿出一瓶酒，喝了一大口，然后递给我。

“这是什么？”我闻了闻，并做了一个难闻的表情。

“我爸的波旁威士忌。尝尝。”

我用嘴唇稍微沾了一点，便立刻想吐。

“这比啤酒还难喝。”

“不喝酒。不做爱。你简直就是你爸的小天使，不是吗？”他边说边笑，并向我靠过来。他想把胳膊从我身后绕过去，但我立即躲到座位的一角。

“汤米，我们得谈谈。”

“谈什么？”

“我再也不能跟你一块出去了。”

“什么？”

我没看他，重复了一遍，感到他眼中满是疑惑。我很想就此收住，以免伤害他。望着前面的谷仓，我深吸了一口气，不断提醒自己，不到一小时前我才跟波西娅说过：我受够了表演。

“你说什么？你的角色被换掉了吗？还是怎么了？”

“没有。”我沉着地说，“我想和你分手。”

我能感觉到他退回到了座位另一侧。过了一分钟，他才开始问为什么。

“因为我们要分道扬镳了。你不会懂的。”

“是因为我刚才说了做爱的事吗？对不起，我不会再提了。我发誓。”

如果他想这么理解，也未尝不可。反正这也并非谎话：“可你不知道我是怎么想的吗？你让我感到很不舒服。咄咄逼人，你知道吗？”

“好，行了吧？我再也不会提这个了，甚至在毕业舞会上也不会再提。”

“毕业舞会？”这件事似乎离我还很遥远，就好像这个词并不是用英语说出来的。我的心思全都在演出和彼得身上，关于毕业舞会，我想都没想过。

穿着夺目的裙子、跳着慢舞，站在房子前让爸妈给自己拍照，这看起来太……像高中生干的事了。

“我们可以和大家一块去。他们一直说要租一辆豪华轿车，准备各种各样的东西。”

“我不会去毕业舞会的。”

“但大家都要去。”他说道，好像这是他唯一的论据。他要是知道我对大家的看法的话，也许就不会这么说了。

“但我不会去。”我甚至都不愿去想毕业舞会有多糟。和汤米在体育馆里跳舞，还得提防着他的手到处乱摸，而彼得则在角落里和女伴站在一起，这个场景光是想想就让人难受。整晚我都得找机会和彼得说话，而彼得肯定不喜欢这样，因为他担心我们俩一不小心会说话太多，或盯着对方的时间太长。

我以手掩面，摇了摇头。“汤米，不是所有女孩都想去参加毕业舞会的。”

他又向我靠近，座椅顿时向下一沉。他那粗大的手指一开始摸我的后背，我就迅速坐起身来。他的脸上满是犹豫和受伤的表情。

“汤米，坐回去。”

“我怎么你了，海蒂？我难道做了什么罪大恶极的事吗？”

他声音沙哑，我甚至能看到他的喉结在停车场的灯光中颤动着。我忍无可忍，再也受不了坐在这里听他恳求一个已经对他没有任何感觉的女孩。

我猛推开车门，拿着包，跳下了车。

“你要去哪儿？”

“我爱去哪儿就去哪儿。”

他的表情变得更加痛苦。“大家都劝我不要和你约会，说你就是个固执己见的怪胎。我现在才知道他们是对的。”

“那你领着其他女孩参加舞会吧，汤米。我打赌肯定有学妹愿意和你上床。”

我关上车门。朝停车场的暗处走去，树林黑压压的，仿佛要把我吞噬。我听到背后车窗摇下来的声音。

“你到底要去什么鬼地方？”

“纽约。”我头也不回地喊道，“赶紧滚吧，汤米。”

我跑到一处杂草丛生的地方，找到了一条小路，然后一直等着，直到停车场里传来引擎启动、汽车开走，以及车胎下沙砾飞溅的声音。对汤米说了这些话并大发雷霆之后，我胃里难受极了，但现在这样更好。我估计下周一之前，他都不会主动和我搭话。他肯定会跟德里克以及其他橄榄球队员说我有多贱，然后他们会吐槽我，灌汤米一些啤酒，仅此而已。

汽车的轰鸣声渐远，我开始留意到其他声音。湖里的青蛙鸣唱着春天之歌；去年的枯草在微风吹拂下沙沙作响；远处的猫头鹰在咕咕地叫，声音肯定是从谷仓那边传过来的。夜色渐深，不祥的预感全部消散，现在我终于自由了，再也不用去扮演那些我给自己设定的令人生厌的角色了。

湖面上泛着月光，照亮我前行的路，我轻快地走在路上。月明星稀，万里无云。我以后一定会怀念眼前这番景色的。在纽约可能连星星都看不到，即使在中央公园也不一定看得到，但在这里，唯一的干扰源就是身后停车场透过来的些许光线，这让我感觉好像身处太阳系边缘。成千上万的星光在黑暗中闪烁、律动。而唯一打破地平线的就是前面的谷仓。星光带来的视觉盛宴是如此壮观，整个宇宙在我面前展开。我抬头仰望，像刚才那样探路前行，感到自己既伟大又渺小。我会想念这些星星的。

走进谷仓，我点亮上次遗忘在角落里的提灯，并看了下时间。

10 点 17 分。还早着呢。彼得现在可能还在学校忙碌。

我并不介意多等一会儿，等待的这段时间里我刚好可以组织一下一会儿要说的话。我不会再扮演任何角色，我受够了，但提前准备好也不无裨益，我要确保我所说的话恰恰就是我想说的。上次我打算对彼得敞开心扉的时候，却语无伦次，但这次我绝对不会再犯同样的错误。这也许是我们最后的机会。

一切准备好之后，我开始在谷仓里跳舞，一是为了通过运动让身体暖和起来，因为我忘记在裙子外面加件毛衣；二是我想起了汤米刚才说的有关毕业舞会的话。正式舞会会是什么样呢——当然不是松树谷高中体育馆里的毕业舞会——是不是在舞池里穿着漂亮裙子，和一个身穿燕尾礼服的男士跳舞？我开始跳华尔兹，伸出双手，搭在根本就不存在的男伴肩上，一二三,一二三。就像10岁那年，看完《胡桃夹子》后，父亲在卧室里教我跳舞的样子。

墙上的影子在旋转、跳动，我完全沉浸在想象之中，因此，当我转向破窗户看到一个人的轮廓时，吓得差点大叫出来。

我心跳加速，放下双臂，却被一块松动的地板绊倒了。好一会儿，这人都一动不动，之后才开始慢慢向我靠近，这时我才看清楚是彼得。他用一种奇怪的表情盯着我看。当时我还以为他看到我跳得如此笨拙、生硬，一定会嘲笑我，但他的脸上始终没有任何表情。他从窗户那里走出了我的视线，来到门前，走了进来。我们久久地凝视着对方。

我什么都没说，不想打破此刻的美好。我朝他走过去，他伸出一只手放在我的腰上，我们又伸出各自的另一只手在空中握住，我则抱着他的肩，身体之间留出了合适的空隙。我俩配合得十分默契，尤其是眼神的交流。我能感到他的欲拒还休。一二三,一二三。简直像奇迹一样，他也跳起了华尔兹。

与刚才自己一个人跳的时候相比，现在的舞步更慢。他小心地搂着我在房间内跳着，跳到靠湖的那一边，他的视线始终没有从我身上移开。我们都没笑。我能感到体内的血液开始沸腾、流速加快，我心里也开始有了反应，每次彼得一碰我，都会发生类似的反应。我看得出来，彼得也一样。

我们跳着舞旋转到谷仓干燥的那半边，那感觉就好像时间静止了。跳到谷仓中央时，我们就停了下来。彼得的手从我腰上拿开，之后拉着我开始转圈，慢慢地转了两三圈。我们指尖相触，再慢慢分开。他垂下双臂，我们两人分开站立，气喘吁吁。

“我不知道我在这里干什么。”

“和我跳舞啊。”我试着把事情说得简单些，虽然我知道彼得从不会把事情想得简单。他叹了口气，我知道他复杂的心情又涌了上来，已经涌到嗓子眼，马上就要脱口而出了。我走上前，举起了手。“等等，就一会儿。”我深吸一口气，回想起刚才准备说的话。

“你将是一个糟糕的父亲。”

彼得张开嘴巴，然后又闭上，最后说：“谢谢。”

“我把整件事情想清楚了。彼得，我了解你。你觉得你应该做出对孩子有利的选择，应该和玛丽待在一起，但玛丽永远不会离开松树谷。所以你要么被困在这儿，每分每秒都在悔恨中度过；要么会和玛丽离婚，两人争夺孩子的抚养权，导致孩子将父母讨厌对方的原因归咎于自己，在心里留下一辈子都无法治愈的创伤。”

“然后，你就会搬去明尼阿波利斯市重新开始独自一人的生活，你会因离得太远而见不到孩子。到那时候，我可能已经二三十岁了，很可能跟华尔街的某个人结婚。这个人唯一值得我喜欢的地方就是他和你很像，讨厌他则是因为他根本不了解我，我还怀上了他的孩子，我十分肯定，我不想过这样的生活。”

彼得尽量忍住不笑。“他叫什么？”

“巴里。”我摇了摇头，仿佛这个名字我已经叫了几百万遍，它就像粘在我鞋底的口香糖一样。“他叫巴里。你相信吗？”

“我相信。别忘了巴里还有一份好工作。你可能还会在纽约的汉普顿拥有一套房子。巴里能让你过上你值得拥有的生活。”

“巴里是个浑蛋。”

彼得突然大笑起来。我继续往下编故事，像个怨妇。

“他从来不帮忙看孩子，总是在外面和他的朋友鬼混。你知道他上次是什么时候带我去看的演出吗？更别提让我试演一场了。”

彼得的笑声越来越小，然后微笑地摇摇头。“天啊，我觉得这个世界上没有哪个巴里能阻止得了你。”

我走过去取来包，从里面拿出一把小巧的黑柄钥匙，然后走回来放到他手里。

“这就是你的钱。当然，只是一部分。”

他盯着钥匙看，眉头微皱，我特别喜欢他这副模样。“这是什么？”他问道。

“我们的未来。”

“我们，”他强调了一下这个词，刚才的快乐顿时从脸上消失，“没有未来，这到底是什么？”

“灰狗巴士车站，24号柜子。我们的车票就放在里面。”

他像被勒住一样支吾了一声，转身从我面前离开，把钥匙紧紧攥在拳头里。他朝湖边走去时，地板发出一阵刺耳的声音。我继续说，说得十分谨慎，好让我的声音听起来足够冷静。

“毕业后的第一周我们就走，我已经在旅馆预订了两周的房间，在这段时间里，我们就去找找看有没有合适的地方租住。用你剩下的钱和我的积蓄，足够支付定金和两个月的房租。只要有空缺的职位，我就能在三个不同的CVS药店打工，你就想办法取得纽约教师资格证，但我觉得这样还不够，你还得去出版社打打工。”

他来回踱步，十分生气。“你是在痴心妄想。”

“相比这个词，我更喜欢积极向上。”

“你对我撒了谎。你说你想把钱还回来，然后就说再见。”

“我确实是这么说的。”我向前一步，“但我的意思是，我们一块走，一块跟这个谷仓、这个小镇、这个糟糕的环境说再见。没必要让我们饱受离别之苦。我们可以逃走。我们可以开始新生活。”

“你想和一个抛家弃子的人一块开始新的生活吗？”

“我舍不得你，彼得。唯独舍不得你。不管你给我们的关系贴上什么样的标签。这几周，我脑子里想的全是我们的事。”我把手放在他胳膊上，虽然他的肌肉变得紧绷、僵硬，但他却没拿开。

“遇到你之前，我是个不可捉摸的人。没人能打动我，没人能让我大哭或者大笑。我觉得自己凌驾于这一切之上，同时又深埋在这一切之下。我就像一具空壳。而你正是黑暗中的那束光，给予我勇气，让我第一次看清自己的内心。但我不知道，其实你的内心也是破碎的。你做了很多错误的选择，如果我没认清自己的话，很可能会重蹈你的覆辙。你需要一个人来拯救你，我也是。而现在，我们发现对方就是那个人，我们无法逃避这个事实。我不能让余生都沉浸在认识你之后却又与你分离的悔恨之中。”

泪水顺着我的脸颊流下。彼得也泣不成声，他咽了口唾沫说：

“但玛丽怎么办？我怎能抛弃她？”

“你爱上了我，又怎么能安心和她生活在一起呢？”

“如果离开她的话，我会恨自己的。”他想把胳膊抽开，但我用双手紧紧抓住了他的上衣。

“如果你继续留在这儿，你只会更恨你自己。”我把他逼退到谷仓干燥的墙角处，我们的影子渐渐缩小，“而且，玛丽也会恨你，因为她会知道事情的真相。女人早晚会知道的。她会知道你在和她做爱时心里想的是别人。”

“海蒂……”

“你的孩子也会恨你，因为是你让他的母亲不开心。”我一直逼他后退，直到他的背撞到墙上，他搂住我的腰，想把我推开。但我说话声音越来越大，越来越有力。

“整个学校都会恨你，因为你不合群，因为你比他们更优秀，更聪明。整个小镇都会恨你，因为你格格不入。在这里，你将慢慢变为虚无的存在。到最后，你会变成一个年迈的、没用的——”

他猛然靠近我，用他的嘴堵住了我的嘴，疯狂地吻我，同时把我的手攥在他的手心里。这股力量让我吃惊，他把我的身子翻转过来，猛地摁在墙上。我猝不及防，不禁叫出声来，但他却没停下来。上帝啊，谢谢你。

“彼得。”我喊他的名字，他抚弄着我的头发，把膝盖挤进我双腿之间，把我向上顶。

“这难道就是你想要的吗？”

“对。”我摸到他的腰带，解开带扣，“对，我一直想要。”

他一边呻吟一边喊着我的名字，就好像它被从他身体中剥离出去。之后我们都不再说话，双双躺在地上，衣服也来不及脱，渴望着对方。整个过程似狂风骤雨，迅速而粗暴。结束之后，他躺在地上，把我拉向他，紧紧地抱着我。

很长时间我们都没说话，等待呼吸恢复平静。然后，我用一只胳膊撑起身子，对着他笑。

“早知道这样，我就该侮辱侮辱你。”

“如果你对我说一些积极向上的话，我反而会大吃一惊。”

“我是很有创造力的。”

他笑了笑，但笑容就像一丝阴影一样从他的脸上一闪而过。我用手轻柔地抚摸着他的下巴，盯着他看。

“和我一起去纽约吧。”

他学着我的样子，伸手上来，轻抚我的脸。“我觉得我做不到。”

然后他闭上眼睛，用手捂住双眼。“但，天啊，我觉得……”我的心跌落谷底。“我也离不开你。”

“什……什么？”

他突然坐起，在事情混乱不堪的时候，把我拉过去，然后抓住我的胳膊，凝视着我，咽了一下口水说道：“我爱你。海蒂·霍夫曼。”

“我也爱你。”我的心脏剧烈地跳动着，比今晚任何时候跳得都快。我已经摊牌了，所以也没什么可说的，没什么可做的。这是他的决定。

“我的钱不够。”他说。

“我也是。”

“支付孩子的抚养费之后，我更没钱了。”

“没关系。”

“在取得纽约的教师资格证之前，我不知道自己能做什么工作。”

“你可以去出版社打工，你可是文学极客。”

“走之前必须跟你的父母说一声。”

这让我无话可说。

“我是说真的，海蒂。我不想再伪装。要做我们就都做，要不做就都不做。”

这次轮到我咽了一口口水。“我父亲会杀了你的。”

“那样我也死得心安理得了。”

我深吸一口气。“好吧，我们一起去告诉他们。不过在此之前，我得先把我们家放枪的柜子锁起来。”

“到了你毕业的时候我就跟玛丽说。”

我们深情地望着对方，脸上渐渐露出微笑。我的呼吸变得轻快，兴奋感不断袭来。

“你会和我一起去纽约吗？”

他看上去很开心。突然间，我看到他内心也还是个孩子。他脸上满是真诚和希望，丝毫不见伤心的影子。

“我会和你一起去纽约。”

我开心地抱紧他，我们大笑着在地上滚来滚去。我在他脸上亲来亲去，直到他迎上我四处游移的嘴唇，久久地、深情地吻着我。那一刻，我觉得我是世上最幸福的人。这种幸福太过强烈，并向外扩散，于是它充盈我的手指、眼睛和乳房，并在破败谷仓中最黑暗的一角撒下光明。

“我爱你，我爱你。”我不停地说。突然，外面传来了声响，我们立刻分开，转身向窗户望去，但除了风声之外什么都没有，这让我感觉毛骨悚然。彼得用手抚摸着我身上的鸡皮疙瘩，叹了口气。

“时候已经不早了。”

“不，现在还不晚。”我微笑道。一想到余生都能和他拌嘴，我的心里就充满欢喜。

“而且你身上很凉。”他一直向上抚摸到我的肩膀，“你为什么不穿个外套？”

“农场女孩无所畏惧。”

“最好是这样，因为接下来才是难关。我们得把这件事告诉每个人，斩断所有羁绊。”

我抱住他的脖子。“那我想要更多的吻，好为未来的困难做好准备。”

几分钟之后，他再次想要离开。“我们真的该回去了，你能自己走回车里吗？”

我差点忘了我没开车过来，但我没提这事。我不想在新生活还没开始时就变得无助。我会给波西娅打电话，让她来停车场接我。她现在很可能还和剩下的演员及工作人员一起在冰激凌店里。

“你先走吧。我还有其他的事要先处理一下。”我拿起包。

“这东西怎么处置？”他捡起不知何时掉在地上的钥匙。

“你留着吧。我说过今晚会把钱还你的。”

“那你真是说到做到的典范。”他朝我走来，抱住我的腰，咧嘴笑着。

“你也一样。我们真是绝配。”

他最后吻了我一下，好让我们下次再见时有勇气共渡难关，然后就离开了。我开始找手机，内心满是欢喜。从去年遇到他到现在，每时每刻、每个决定都在我脑海中一一闪过。我沾沾自喜地转了好几个圈，把微型摄像机从包里拿出来，迫不及待要把刚才发生的奇迹的每一分每一秒都叙述出来。

戴尔

2008年5月10日，星期六

威妮弗雷德在开渔节的早上把谷仓给炸掉了。往常，我和巴德会在那一天开着巡逻船绕克罗斯比湖一周，总是会捕到一大堆大鳃鲈鱼，但这些鱼小得没法儿吃，只能扔回水里去。我们通常在7月底去密歇根湖，那正是秋收和秋种的间隙，巴德能抽出一周时间出门，而我也刚刚把独立日那天喝醉的白痴们送去戒酒。那是我们正式的钓鱼之旅。开渔节只是小试身手，让我们感受钓线被投进水里的满足感。

在开渔季，所有警员都要被派到湖边巡逻。他们查酒驾，给那些没穿救生衣的人开出罚单，但更多的人在忙着把皮肤晒成棕褐色。所有人都喜欢湖区的轮班值守，我会满足他们的要求，但开渔节那天除外。这一天一直是专属于我和巴德的日子。

自从逮捕伦德那天我被巴德打倒在地，我们就再也没说过话。我想打电话给他，却不知道该说些什么，日子一如既往地被工作事务挤得满满的。汤米的情绪变得反复无常，有一次他因为酒驾而被警察要求把车停到路边。他的父母向法官求情，考虑到他的经历，法官予以宽大处理。我派了一辆拖车到公路上去接管出事的汽车，处理了一起家畜偷盗案的投诉；一位90岁的老人开车撞到了一根灯杆，因为他挂错了挡。我填完了各种表格，设置了绕行路线。我一直觉得应该向巴德道歉，却不知道用什么理由道歉。有两次，我在镇上遇到他，我们在行驶的车上向对方举手示意，然后朝着相反的方向继续行驶。最后，在传讯之后，我签署了威妮弗雷德的爆破许可证，然后打电话给他。我告诉他，在安全爆破期间，我会在湖上轮值。

“我跟你去。”巴德说，然后挂掉了电话。

谷仓爆破的那天早上5点，在拂晓之前，我们把船推下了水，把巡逻车停在停车场的门口。我在入口的报纸公告栏粘贴了“湖区关闭”的告示。

“天气已经暖和起来了。”我们从码头开动巡逻船的时候，我漫不经心地说。巴德坐在副驾驶的座位上，看着前方黑色的水。他点了点头，但脸上的表情却让人捉摸不透。“今年夏天一定是大热天。”

之后，我们两个都没有再说话。还有不到一个小时就要爆破了，于是，我熄灭了引擎，顺着水流漂进了一片水流平稳的水湾，把鱼饵递给了巴德。我们默默地把钓线扔了出去，然后就地等待。每过一会儿，我都会转身看看警员们的进展。他们在谷仓四周来回转悠，一群黑衣人出现在地平线上淡橘色的霞光里。几天之前，他们悬挂起渔网，用来接住那些可能掉进水里的碎渣，这让整个谷仓看起来像被一张巨大的苍蝇拍罩住了似的。

巴德没有转身。在他的钓竿被鱼咬钩之后，他甚至没有把鱼拉出水面。我想说，把钓竿拉出来，但却没有说出口。我们都这样注视着钓线，直到鱼儿自己脱钩并游走。

过了一会儿，太阳出来了，把香蒲和野草笼罩在第一道霞光里。

我把我的钓线拉了回来。

“到时间了。”

巴德如法炮制，又把他的钓竿放到一边，不置一词。

“最好再在这一片区域搜索一遍，然后我们可以在水面正中央撒网，远离爆炸区域。”

他点了点头。

当我们接近码头的时候，我放慢了速度，确保没人试图从巡逻车旁边溜进停车场。路边停了许多辆汽车，但人们只是手拿双筒望远镜躺在他们的汽车引擎盖上。他们都是来看爆破的。在爆破时间选择上，一直有许多人发牢骚，不过，现在没有真正的渔夫来湖区折腾。

我驾驶巡逻船驶向谷仓东边，向执行人员轻轻地点头示意，让他们知道，清场完毕。

“最后 15 分钟。”工头站在岸边大喊道。我挥了挥手，掉头向湖中央驶去。

当我们把船靠近谷仓时，巴德的目光似乎更加冷漠了，但他仍然没有开口说一个字。尽管我们这些年来有过太多的安静时刻，但大多数时候都是我先沉默的。巴德一直是那个活跃气氛的人，随时都能讲出有关孩子的笑话和趣事。我一直在沉默中生活，沉默就像是我的妻子，我们相处融洽。巴德的沉默很不自然。我不知道如何打破他的沉默。现在，我们之间已经有了隔阂。

我把船停好，然后熄灭了引擎。今天，连一丝微风都没有，这很好。时间一分一秒地过去，我禁不住紧张起来，恶心感再次袭来。

“我要是能对爆破习以为常，那才是活见鬼。”我说道，只是为了说点儿什么。

我们注视着最后一拨人从谷仓出来，开着他们的四轮驱动越野车向威妮弗雷德家的方向驶去，那里是指挥中心。他们马上就要爆破了。

此时此刻，我的额头直冒冷汗，我用一块破布擦了擦额头。巴德长叹一口气。

“我猜，你没有把查抄的酒带过来。”

我很吃惊——巴德以前从不喝酒。“我没有。今年还没有人下过水。通常情况下，不管我们搞到什么，都会分掉，不会久留。”

“这样或许最好。只是……我不能……”

“我知道。”

“你不知道。”他摇了摇头，双眼久久地凝视着谷仓，始终不愿移开视线。

“你不知道你女儿的生命从你的身边被带走之后，你要面临什么，你会觉得自己像一只蝼蚁，渺小无力。然后，你又发现，她和她的老师纠缠不清，而她的老师已经结婚。这让你觉得，自己对她一无所知。你对自己的骨肉压根就不了解。”

“胡说，你当然了解她。她只是个十几岁的孩子，巴德。人在十几岁时，只要觉得自己坠入爱河了，就会做一些愚蠢的事。他们最终都会成长起来的，海蒂也不例外。”

“还有他。”他又勃然大怒起来。

“不到两个月以前，在海蒂的家长会上，我就坐在他的对面，他向我们描述她是一个多么聪明、多么有天分的女孩。就在我们看不见的地方，他把他那双脏手伸到她的裙子下面。上帝啊，仅凭这一点，他就应该在监狱中度过一生。他后来还杀了她……朝她的心脏上捅刀子……”

巴德的全身都在发抖，他的愤怒煎熬着他，无处释放。

“这还不够，戴尔。让他蹲监狱还不够。我得做点什么。我现在就想把他扔进那个谷仓。我想把那个狗杂种剁碎喂鱼，他该为自己的所作所为付出血的代价。”

“巴德……”我不知道要说些什么。我不知道在发生那样的事情后，是否还有什么话可以宽慰他，但这都不重要，因为就在那时，那场爆破撕裂了清晨的天空。

在一连串的火花四溅和木头横飞中，谷仓被炸掉了。然后，烟雾如波涛般滚滚而来，笼罩住了一切。来不及多想，我用手扣住了手枪皮套，然后蹲到船的挡风玻璃后面。巴德似乎没有注意到。浓烟飘走之后，空气中充满了火药味。我放慢速度，驾船靠近岸边。这些拆除人员做事有条不紊。现在，谷仓变成了一堆木头和碎石，一半堆在地上，一半落在他们那张巨型大网上。

几分钟之后，那辆四轮驱动的汽车回来了，向船上的我们挥手，告诉我们警戒解除。

“哦，结束了。”我把船掉头，这时，巴德的身体倾向了一侧。

“等一下。”

他手指水面。两条太阳鱼浮出了水面，直挺挺地躺在那里。不一会儿，又一条浮了出来。然后又是一条。

“那儿。在那儿。”

“看那一条。它一定有三磅重，至少三磅。”

在我们四周，很多鱼翻了白肚，它们的银色肚皮闪闪发亮。数不清有多少条鱼。到处都是。

“一定是冲击波导致的。”我能感受到冲击波穿过我的身体，但是它的力量如此之强确实出乎我的意料。看到这些死鱼，反而让那种感觉消失了，大地的战栗已经消失殆尽。

我们并排站在那里，眼睛注视着水面。“我们去喝一杯，好吗？”

“嗯。”

我把船掉转方向，离开了到处漂浮着死鱼的水域，那些引爆人员聚集在碎石四周，用手示意巡逻船靠岸。我们的船停靠到码头之后，无线电里传来了调遣消息。

“在 12 号公路上，有两辆汽车出现了 10-50-2 情况，就在湖区附近。戴尔，你还在湖上吗？”

“刚刚上岸，南希。我直接过去。”我已经向巡逻车走去，“抱歉，巴德。你可能得跟我一起走，并且在车上等着我。如果你想留在湖区这边的话，我会通知莫娜过来接你。”

但他已经坐在副驾驶的座位上，正在系安全带。我打开警灯，加大油门，一口气超过了好几辆车。路旁的围观者冲我们挥舞手中的双筒望远镜。

“10-50-2 是什么？”

“有人员受伤的车祸。”

没过几分钟，我们就找到了车祸地点。一辆半挂车弯成了 V 字形，司机站在旁边，拼命地挥手示意我们停车。我们的车缓缓停下，我看清楚了半挂车底下的皮卡货车，或者说是皮卡车的残骸。从外观上看，这是改造卡车的一种类型——改良版的 F150。

我把巡逻车停在路的正中央，让来往车辆从左侧通过。“他径直朝我冲了过来。”

我打开车门的时候，那位司机开口说。“我听到了巨大的轰隆声，然后这辆皮卡就冲我撞了过来。我没能躲开。”

“你车上拉的是什么？”我检查了他的燃油管，看看是否完好无损。

“农产品。加利福尼亚的草莓。”他在皮卡残骸外面停下，我一个人在半挂车底盘下艰难地爬行，“嗨，你好！我是古德曼警长。你能听到我的声音吗？”

没人回答。

在卡车的另一端，我看到一双皮靴在走来走去。

“戴尔！”是巴德的声音。

我低头从车轮旁边钻了过去，在车的另一侧看到了他。

“这是汤米的卡车，”巴德说，“汤米·基纳基斯。”

“帮我一起把驾驶座旁的门打开。”

我们用力拉门，直到拉出几英尺的宽度，我把头探了进去。

汤米看上去已经被他的卡车完全吞噬。仪表盘撞到座椅上，汤米被紧紧地卡在两者之间。鲜血顺着方向盘向下滴落，他残破的衣服上也满是血迹，旁边还扔着几个空酒瓶。我不抱任何希望地伸出手去摸他的脉搏。这个男孩睁着双眼，眼神空洞。

我从汽车残骸里抽身出来，冲巴德摇了摇头，然后打电话给指挥中心叫救护车来负责“抵达时已死亡”的情况。

“上帝啊，他死了？”卡车司机双手托着自己的脑袋，好像脑袋要掉下来似的，他在自己车旁的土坑里走来走去。我撇下巴德，走过去跟卡车司机谈话。

“请把事情的经过再向我复述一遍。这次慢点儿说。”

“我要在罗切斯特卸半车货，剩下的半车要卸到红翼街道[1]。当时，我刚刚离开罗切斯特，正在想是不是该给车加油了，然后就响起巨大的爆炸声。”

“爆破人员引爆了山上的一个谷仓。离这里不到一英里。”

“哦。哦，好的。”他习惯性地擦了擦额头上的汗水。

“那么，在爆破之后……”

“就在那时，就在轰隆声响起的时候，这辆卡车冲我撞过来了。他是从对面开过来的，看上去他刚刚转向，车速至少有70。他的车尾突然改变了方向，我赶紧踩刹车，想要开到路肩[2]上去。我还没反应过来，他就已经拱到我的车下面了。我听到汽车发出吱吱嘎嘎的声音，整辆车摇摇晃晃地停了下来。我赶紧跳下车，去看他有没有受伤，我唯一能辨认出来的是他的脑袋，但他一动不动，无论我如何叫喊，他也没有回应。于是，我跑回自己的车里，用电话报了警。”

“在此期间，没有其他车辆经过吗？没有其他人看到吗？”

“是的，没有。这里很闭塞。或许后来有车辆经过，但我不记得了。”

1　红翼街道，位于美国中西部的明尼苏达州的一个街道。——译者注

2　路肩指公路路基两边没有铺路面的部分，用来支承路面、停靠车辆等。——译者注

“戴尔！”巴德在大喊，我看了一眼，看到他在汤米的卡车里面。

“你密切留意救护车。”我告诉司机，小跑着回去。汤米还能活过来吗？我没有摸到脉搏。

“那是什么？”

巴德退了回来，像是刚刚被人从背后砍了一刀似的，双眼盯着卡车。他竖起一根手指，指了一下。

我进去看了看，但车里没有任何变化。汤米仍然纹丝不动。我也没有闻到汽油味。

“车门。”巴德愤怒地说。然后，我也看到了。

驾驶室车门内侧的隔板裂开了，在那里放着玛丽·贝斯·伦德的宰鸡刀，刀身上沾着已经干了的黑褐色血迹。它正是我千辛万苦寻找的那把刀，我们在湖里找不到的那把刀。我又向前靠了靠，看到那把刀下面有一个带按钮的长方形物体。我敢打赌，那就是海蒂丢失的摄像机。

“狗娘养的。”我低声说。

巴德向我靠近一步，我们站在那里，凝视着汤米残缺不全的身体，看着他的血一点点凝固起来。

“伦德。”巴德安静而低沉地说。我知道，此时他和我想的是同一件事情。彼得·伦德认下了他并没有犯的罪行。或许，他以为自己保护了别人，或者他想要赎他犯下的其他罪过，而他十有八九将在监狱里度过接下来的二三十年，唯一能够阻止这件事的东西就在我们眼前。

我瞥了巴德一眼。远处传来了救护车的呼啸声和其他警车的警笛声。没有时间去仔细琢磨这件事了。没有时间去质疑一个人行为的合理性了，不管他是选择了朋友还是选择一个国家赖以发展的法律；也没有时间仔细思考那一串问题，而那些问题可能会在无数的午夜时刻不断萦绕在我的心头，我通宵达旦地坐在漆黑的卧室里注视着邻居家的猫，觉得自己无颜佩戴警徽，觉得我已经毁掉了自己毕生的事业，却不知道这意味着什么。警笛声越来越近，我转向巴德，我结识最久的、心碎欲绝的朋友，我把他自己丢失的东西归还给了他一点点。

“听你的。”

泪水沿着他那胡子拉碴的双颊流了下来。

“我不知道，戴尔。”

“那么，就为海蒂做一次决定吧。为她做出选择。”

我看到巴德的手缓缓地伸了出去。是撬开那个暗格，还是永远地蒙蔽世人的双眼？是揭发那个杀害了他女儿的真正凶手，还是让她的情人一生都为她赎罪？

在做出选择的刹那，他的双手在颤抖。

戴尔

2008年5月11日，星期日

我和杰克从头观看了那盘录像带。问讯室里到处都是海蒂的影子，一会儿是她聪明活泼地跟我说个不停，一会儿又是她那双明亮的大眼睛流露出忧郁的眼神，向我们讲述着她短暂的一生中最后一年里做过的所有事情。这是我几周以前在她的房间里搜查时一直希望找到的那个“日记本”。

当镜头从她的卧室转到谷仓那黑暗碎裂的地板上时，我们都挺直了脊背。我身体里的每一个细胞都紧张起来，然后又变得冰冷。海蒂对危险浑然不知，心里想的全是她和伦德约会时那些细节和他们准备一起私奔的计划。她容光焕发，浑身洋溢着生机和希望。然后，嘎吱声响起，她的目光离开了录像机，脸上露出喜色。

“你是不是忘了——”她的笑容消失了。她被松动的地板绊了一跤，跌离了镜头，也远离了那个刚刚走进谷仓的人。

“汤米。”

“你这个谎话连篇的贱人。”

海蒂后退了几步，只有半个头出现在镜头里。“你怎么来了？”

“我来找你。”汤米走进镜头，一只手紧紧抓着玛丽·贝斯的那把刀，“我先回了家，然后又折返回来。我沿着回来的路一直在寻找你，想要载你回家，因为我对自己说过的话十分懊悔。”

“你真好。”她说话的时候，声音是颤抖的。

“之后，我来谷仓找你。”

他缓缓地向前走着，然后在镜头的另一端站定了，就在海蒂的旁边，背对着摄像机。

“然后，我听到你描述自己如何坐在伦德先生的大腿上，跟他做了爱，仿佛从星期日起他已经换了四种方式跟你做爱。”

“汤米，我有话要向你解释。”

“我不需要任何解释，海蒂！我亲耳听到了！你不愿意跟我做爱，却把自己献给了我们的老师。他是不是会给你打高分？他给你打的每一个A，都是你这样交换来的，对吗？”

“我爱上了他，汤米。”海蒂不停地瞥着那把刀。

“所以，你和一个老师合伙来欺骗我。你告诉我的那些你不愿意做的事，全都跟他做了，对吗？你们在背后没少嘲笑我吧？一边跟他亲热一边嘲笑我，对吗？”

“不，不，我从来没有嘲笑过你。我从来……没有看扁你。”她又后退了一步，地板吱吱嘎嘎地响了。现在，她不得不靠近湖水的边缘。“你真的是一个非常好的男朋友，汤米。真的。我很抱歉。我不是要故意伤害你。我没有想过这么做。”

突然，她用手指着汤米紧握的那把利刃。“你拿那个干什么？”

“我要从你这儿得到一些答案。我亲眼看到他离开这里，一直等着你从里面走出来。然后，我发现了它。”他第一次举起了那把刀，用刀指向海蒂的胸口。

“你不能把那个放下吗？我们可以去别的地方，你想去的任何地方，然后我们再谈。我会把你想知道的一切都告诉你，原原本本的真相。我保证。”

“你是在这里与他发生关系的吗？”他盘问道，嗓门很大。

她犹豫了一下，回答说：“是的。”

“那么，我想就在这里跟你谈谈。”

现在，他们相距只有几英尺的距离了。

“你是从什么时候开始与我们的英语老师鬼混的？”

“从一月份开始的。”

听到这里，他踉踉跄跄地后退了几步，他们之间拉开了一点距离。海蒂的眼神掠过那个距离，然后又看着他的脸。在她的神情中，有一种拼命压抑的恐惧，但也有沉思，就好像她在脑子里盘算着什么。

“一月份？几乎是从我们约会开始，你就已经在跟他上床了？”

“汤米，我开始跟你约会，然后才跟他上床。”这句话又让他向后退了一步，她的声音恢复了正常的音调和自信，“他不想让任何人发现我们的事，于是，我找了一个男朋友。一个橄榄球英雄、典型美国式的男朋友。这是一个完美的伪装。”

“哦，天啊。天啊。”汤米的双手扶着脑袋，他开始激烈地摇头。

“我不是要故意伤害你，但我也没有刻意保护你。我真的对你没感觉，汤米。我从来就不在意你。”

杰克就在我的旁边，他坐在椅子里的身体摇晃了一下，然后低声问：“她在干什么？”

我立即明白了。“她想要他后退。每当她说出难听的话时，他都会退缩。看出来了吗？”

我用手指着屏幕上他们之间的空地，那是她能利用的唯一的逃生路线。

“你，”汤米控制着自己的情绪，又一次用那把刀指向她，“我以为你是个好女孩，以为你喜欢我。多少个夜里，我都在想，我才是那个坏人，因为我想……但你就像今天晚上这样。是吗？你就像在舞台上表演。”

“什么？”海蒂脸上的专注的表情不见了，取而代之的是震惊。从屏幕上看，她的双眼变成了两个白圆圈。

“你就是那个王后，那个指使男人们做可怕之事的罪恶淫妇。那就是你，对吗？你……操控着所有的人。”他支支吾吾地寻找着合适的词语，但之后却流畅地说出了那句话，“你利用他们来得到你想要的东西。”

我从眼角看到杰克用手捂住了脸，然后，一切都发生得那么迅速。

汤米向前跨了一步，海蒂试图从他身边跑掉，利用她刚刚一直努力在两个人之间拉开的那块空地。她消失在视线外，汤米迅速追过去，挥起手臂，猛地朝空中刺去。那是迅疾而致命的一击。动作一闪而过，紧接着是一声惨叫、一声哭喊，瞬间结束。海蒂仰身向后倒去，她在镜头中一闪而过，嘴巴大张，双眼圆睁，然后砰的一声，她倒在了地板上。

汤米仿佛瘫痪了一般，仍然半蹲在那里，随后，他消失在屏幕外。

“海蒂？海蒂？海蒂！”他央求道，然后又站起身来，猛烈地摇晃着她。

“不，不，不，不，不，不。”他的动作幅度越来越大。他开始一边摇头，一边喊叫。“不是海蒂，这不是海蒂。”

他把这句话重复了很久，孩子般、失魂落魄地摇晃着身体，双手捂脸。然后，他跪到了地板上，仍然不愿相信刚刚发生的一切，他的声音哽咽起来，时断时续。

他用刀划花了她的脸。

当他再次出现的时候，他手里拿着她的包，那把刀不见了。

“毕业舞会。小木屋。她想走。所有人都走了。”他一边说，一边走过摄像机。他满面通红，双目呆滞，眼神空洞。一分钟之后，他回来了，嘴里喃喃自语，大声痛哭，含含糊糊地说着什么。

他弯下腰，抓起那把刀，退回到镜头的正中央。他静静地站了一会儿，这一次，他终于毫不掩饰地抽泣起来。然后，他转过身来，仿佛要逃走。就在这时，他发现了摄像机。

他停止了哭泣，凝视着屏幕，就像是能够看到我们坐在这里注视着他似的。他低头看了一眼手中的那把刀，然后，他突然向前走去。画面和声音变成了一片混乱，随后是一片漆黑。

许久许久，我们俩都没有动。房间里的一切变得模糊起来，而我没去管它，任由我从上个月以来一直拼命压抑着的悲伤从心底泛起，淹没了我。当杰克终于起身关掉电视的时候，他很体贴地没往我这边看。

彼得

|

2008年6月9日，星期一

警长的巡逻车停在监狱的大门外面，汽车没有熄火，正在等待着我。没有人告诉我他会来这里，就像从来没有人提起过他们会在半夜里将我释放，将我从熟睡中唤醒，而我的狱友们则对着狱警的手电筒沉默地眨眼。

不知为何，我并不惊讶。在区检察官打电话把那个消息告诉我之后，我想，已经没有任何事可以再让我感到惊讶了。

他们发现了一份录像，是海蒂亲手录下的这桩谋杀案的录像。杀死她的人是汤米·基纳基斯，而汤米也死了。经过几个星期的文件整理，我的判决被推翻了。

我从监狱入口的警卫照明灯下面走过，路过大门口的窗户，那里站着一个全副武装的警卫，他正轻蔑地盯着我。我从法院穿到监狱的那套衣服此刻轻飘飘地套在我身上。除了裤兜里的那个钱包，我一无所有。

我静静地上了巡逻车。警长没有回头，也没有表现出任何得知我的存在的样子，他只是把车挂上挡，驶离了停车场。我们驱车向南，开往明尼阿波利斯，四周的小山一片黝黑，高速公路上偶尔有几束车灯闪过。仪表盘显示，现在的时间是凌晨 1:07。

“我们要去哪儿？”车子开了大约 10 英里之后，我问道。

仿佛他又驶过了 10 英里才开口回答。

“到了你就知道了。”

他或许会把车停在市北某个脏乱的街角或黑帮领地再让我下车。我都无所谓。

我不知道现在要怎么做。在过去的几周里，这个问题一直像几只苍蝇一样在我的大脑里嗡嗡作响。我对它置之不理，照样吃着那散发着塑料气味的午餐，或者绕着跑道去跑步，或者在金属碰撞声和回荡在监狱大楼里的大笑声中入睡。以那样的方式活着对我来说更容易一些，就那样活在我为自己设计的失忆的未来岁月里。但突然之间，另一种未来出现了，那是我完全没有准备的另一种现实。

我的教职已经丢了。我的教师资格证在我还在松树谷监狱的时候就已经被吊销了，但即使它没有被吊销，我也无法通过美国任何一所学校的背景调查。

我也失去了我的妻子。被转到圣克劳德市监狱之后，我收到的第一封信就是离婚协议书。我在玛丽的签名旁边签上了自己的名，用已付邮资的信封把那些表格寄了回去。我以为，这会是我们这辈子最后一次联系。然后，我接到了区检察官的那个电话，那个改变了一切的电话，而玛丽则在第二个星期日的探望时间里出乎意料地出现了。

她看上去气色很好，两颊又丰润起来了，嘴唇也有了一些颜色。她穿着一件我没见过的裙子。当她走进探望室的时候，裙子轻轻地飘扬着，像一片娇嫩的绿叶，那不完全是一件孕妇裙，但也不是她过去常穿的那种收腰的旧样式。当她坐下来的时候，裙子的布料下凸显出一个更加浑圆的肚子。我目不转睛地看着那里。

我们两个都不想先开口。我们看着两人之间那张空空如也的桌子，过了整整一分钟之后，玛丽才打破了沉默。

“你已经听说了？”

“是的。”

又是一阵沉默，然后，她直奔主题。

“我以为是你干的。我以为你又像在其他所有事上那样，一句实话都没说。那就是我去监狱看望你的原因。我要确保你会认罪。”

她说话时看着她那双紧握的双手，我注意到，她的婚戒已经不见了。她的手指上没有被太阳晒得黑白不均的痕迹。

“但是你以为是我干的，对吗？”她接着说，“在我们听说了汤米的事之后，我把我们的对话又回忆了一遍，我意识到我说话时的口气是什么样了。你之所以认罪，是因为你以为那是我干的。”

“是的。我感到抱歉。”

她点点头，深深地吸了一口气，仿佛是把一直紧紧抓着的什么东西一下子放下了似的。我改变了话题，问了问艾尔莎和农场的情况，又不自然地聊了一些小事，然后，她起身准备离开。

“你什么时候能出来？”她的目光闪烁起来，扫视着整个房间。

“我不知道。很快吧，我想。”

“你打算怎么办？”

难以回答的问题。我注视着在警长汽车车灯照射下显得坑洼不平、干裂无比的人行道，它让我想起了玛丽在拒绝看我一眼时那下巴的线条。她身上总是有股风和太阳的味道。

我告诉她，我想出了支付抚养费的办法。

她尴尬地点了点头，转身走了。

我在这座城市还有几个朋友，在我找工作的时候，他们或许会收留我。当我开始思考工作的地方时，我们的车穿过了郊区，进入市中心。低垂的天际下，金色的光在福赛塔精致的塔尖下显得更加明亮，像一个熟稔却略显尴尬的老朋友一样。经过这么漫长的黑暗之后，我的眼睛被街灯刺得流泪。直到我们穿过密西西比河来到圣保罗都会区，我才意识到，我们已经基本走出了治安不良的街区，但他还没有把我扔到街上去。又过了几英里，巡逻车开始向南，行驶在一条通往罗切斯特的高速公路上，另一种可能的未来展现在我的眼前。

或许他会把我带回松树谷。在深更半夜里。没人会看到。

我的脉搏突突地跳着，随着形势的逐渐明朗，我的喉咙也突突地跳起来了。警长是霍夫曼家的朋友。很好的朋友。

“请你告诉我，我们要去哪里，好吗？”我又问了一遍，这次我向我们之间的隔板靠近了一点。警长大笑起来，但他的声音里没有一丝幽默的成分。

“你似乎有些紧张。害怕回家吗？”

“我和玛丽已经不是夫妻了。她不想让我回去。”我尽量让自己的声音镇定一些。

“你可以想象一下。”

他透过后视镜扫视了我一眼，然后，目光又回到前面的路上。城市像海市蜃楼一般消失在我们的身后，消失在黑夜里。他是在奚落我吗？我忽然明白了，这个人对我的所有生活细节几乎了如指掌，而我却对他知之甚少。他或许是一位已婚人士、一位同性恋者、一个犹太人、一个无神论者，或者集以上各种身份于一身。但不管他是哪种身份，都真的不重要。凭着这些信息也无法让我得知他是一个什么样的人。

他没有戴帽子，我第一次注意到了他的年纪。他那花白的头发被精心地修剪过，正好在领子上面，太阳晒过的痕迹仿佛成了他脖子上的一道皱纹。尽管他笔直地坐在座椅上，双手握方向盘的姿势是标准的 10 点 -2 点式，但他并没有过分注重礼节。他看上去就像一个几十年如一日都保持着同一套行为模式的人。

“假如我告诉你我多么抱歉，这有什么意义吗？”

他那双映照在镜子里的眼睛变得黯淡起来。“我看不出有什么意义。”

我摇了摇头，无法否认。遗憾无法改变任何事。

每走过一英里，我的顺从心理就增加一分，但它并没有代替我的恐慌，我无法让自己不心生恐慌。我的身体不想死去。我的心痛苦地跳动着，我感到呼吸困难，但我安静地向后靠着，手掌紧紧地按住身体两侧的座椅。

假如这是我最后一次坐汽车，我不想让自己在恐惧中度过。我们又爬上了另一座山，穿过一片漆黑的树丛后，两侧出现了大片的田野，庄稼在月光下发出淡淡的光泽。即使是在黑暗中，我仍然能够分辨出豌豆和玉米，我还认出了远处那片土地上的奶牛。奇怪，这种常识是怎么来的？我想不起来是什么时候学来的。然后，我想起了一些事。“海蒂被吓坏了吗？”

警长一定看过那个录像带。他已经亲眼看到了海蒂的最后时刻，这是我想象了一千次的场景，不了解她的恐惧程度使我的恐惧不可遏制。

他叹了一口气，声音的沉重让我肌肉紧绷，我等着他的拳头。我屏住了呼吸。

“她很恐惧。”他最后说。

“发生了什么事？”我急切地想要知道答案。

在他回答之前，仿佛过了一个世纪那么久。我甚至想穿过玻璃隔板，亲手把消息从他的嘴里掏出来。我的双手已经攥成拳头，浑身颤抖不已。

“求你了，”我补充道，双眼紧闭，“求你告诉我。”

他终于开口了，声音非常平静。

“他用那把刀吓唬她，把她逼到墙角。她被吓坏了，但她回答了他的每一个问题。她把真相告诉了他。然后，她试图逃跑，但被刺中，倒在了地上。”

他叹了一口气。我说不出一句话，沉默地靠在车窗上，不让他看到我，当谋杀的场景在我的眼前展开时，我默默地擦掉了泪水。我看到了海蒂倒地的样子。她一次又一次地倒下，一直没有倒在地上，那最后的时刻变得永无止境。我的想法无法让她复活，也不愿让她就这样死去。

“事情错位了。”又过了几英里之后，警长开口了，他突然打破了沉默，我差点没缓过神来。“大多数东西都在这里了。DNA 报告，供词，寄存柜里的每一样东西。”

他说话的音调都变了。听起来，他不像是在对我说话，但我还是接上了他的话茬儿。

“我想，我做了一件正确的事。唯一的一次。”

他缓慢地点点头，双眼始终没有离开前面的道路。“我想，应该是。不过，你差点让我们错过真相。”

“汤米杀她是不是因为我？”

“汤米·基纳基斯不是杀人的料。你们两个让那孩子丧失理智了。他撞上那辆半拖车的时候，他血液中的酒精含量是 0.25。现在，他的家人要把房子卖了，甚至都不敢在镇上露面了。我觉得……”

他的音调忽然提高了，然后又降下。我只能看到他的一小边脸，他似乎在竭力控制着自己的情绪，当他再次开口时，他的声音哽咽了。

“……我认为，该怪的人是海蒂。”

他重重地出着气，努力让自己的情绪稳定下来。

“我爱那个女孩。她的俏皮可爱、自作聪明，我都爱。但事实是，在一定程度上，她也杀了他。他们两个都不是故意那么做的，只是两个傻孩子而已。”

迎面而来的车灯一闪而过，使他的侧影黯然失色，他摇了摇头。“再也没法长大的傻孩子，他们没有见过外面的世界，也不会知道，回家意味着什么，也不了解他们的人生意义，在于他们在人生旅途上认识的朋友。”

车子又驶过了好几英里，只有车轮有节奏的转动声回荡在柏油路上。眼前除了在黑暗中争分夺秒地成长的庄稼，什么都看不到，无须在海蒂、玛丽和汤米三者之间做出选择，而我做出的全部选择已经把我们带到了这个地方和这个时间。我已经认下了自己没有犯的罪，我以为我能够把自己已经犯下的错全都偿还。现在，已经无须回避过去了。我正朝它走去，在痛苦的回忆和思考中，我的心怦怦地乱跳着，但我知道，我活该如此。

当罗切斯特的灯光开始在地平线上闪烁的时候，时间已经是凌晨三点多了。我们来到了商业区，道路上仍然空无一人。

当我们经过通往松树谷的岔道时，我挺直了腰板。在困惑中，我四下张望，确保我没有看错路标。然后，我回头看了看警长，他仍然在镇定自若地以最高限速开着车。直到梅奥医学中心出现在地平线上之后，他才驶出高速公路，艰难地穿行在居民区的大街小巷，把车开进了一个不起眼的加油站。他把车停在了离加油机较远处，没有熄火。

我等待着，过了一分钟，他叹了一口气，打开了两个座椅之间的隔板。

“看来你不记得今天是什么日子。”

我不记得了。我觉得时间已经没有太多意义。

他把手伸进储物箱，拿出了几张纸，从窗口里推了过来。我就着加油站的灯光打开纸，看了上面的内容之后，我张大了嘴巴。

那是海蒂为我们两个人买的巴士车票。开往纽约的单程车票，发车时间是 2008 年 6 月 9 日凌晨 3:38。自从我承认杀人以来，我还没想过这两张车票的事。我和海蒂在那个谷仓里所享受到的偷来的短暂欢愉就像一场梦，一场不可能成真的幻觉。现在这两张车票就在我的手上，车票的纸已经变得皱巴巴的，纸张轻脆，我们两人的名字以匀整的黑体字被打印在上面。在我还没来得及想清楚这一切是怎么回事的时候，他又递给了我一个信封。海蒂的名字写在信封外面，是我写的，里面有一张便条和三百美元。

“现在，这些都已经不是证据了。”他说，眼睛从我的脸上移开。

“我不懂。我以为……”当我支支吾吾地试图说出我的想法时，一辆灰狗巴士开进了加油站，它的发动机轰隆一声停了下来。有几位睡眼惺忪、头发蓬乱的人从里面下来，慢悠悠地进了楼里。

“最好马上出发。”

我再次看了看那两张汽车票和那笔钱，然后看了看警长的后脑勺。“你为什么要这么做？”

他叹了一口气，我觉得他不会回答我。然后，他合上储物箱，清了清喉咙。

“巴德·霍夫曼是我的朋友，我们成为朋友的时间与你活着的时间几乎一样长。我不想让他做出什么他可能会后悔的事。你最好马上就离开这里。”

然后，他转过身去，整个夜晚，他第一次看我，不是一个警长看一名罪犯或一个正义的人看一个罪人的眼光，而是像一出生就失散了的两个亲人，又像在墓园里擦肩而过的两个人。警长的表情中包含着既安静又强烈的感情，过了一会儿，我咽了咽口水，点头同意了，我把两张车票折好拿在手心里。

在从警车里爬出来的那一刻，我意识到，我刚刚了解了沃巴什郡警长的一切。

穿过停车场，我深深地吸了一口气，最后一次感受着明尼苏达州的空气。我把我的车票递给司机，上了车，然后注视着停车场另一端的那辆车，直到巴士发动。警长面无表情地拿起他的帽子戴到头上，扶正了他眉毛上方的帽檐，开着他的巡逻车上了路。经过我的窗户时，他的手指从方向盘上抬起了一英寸。当我举手向他致意的时候，他已经消失不见了。

巴士轰鸣着驶离了市中心。陈旧的座套和熟睡中的旅人身上的汗水让我确信，我真的还活着，这里所发生的一切都是真的。我靠在冰凉的车窗玻璃上，注视着窗外的乡下。几个小时之后，天空破晓了。那些小山绵延起伏，直到现在，当我被迫离开的时候，我才真正地领会到它们的美。大片大片的植物在这里茂盛地生长着，根深叶茂，沐浴在新一天的晨光里。在这片土地上，我看到了玛丽，还有海蒂。我看到了海蒂的灵魂和决心。

太阳带着火焰般的橘红色从地平线喷薄而出，我打开了警长给我的那个信封，取出了那张便条。

去纽约吧……

尽管便条是我亲自手写的，但这些话仿佛都是她说过的，在我耳边的空气里向我絮语，在这片疾驰而过的土地上呼吸着，它们带着无法言说的痛苦充满了我的胸口。这是我余生都会带在身上的定情信物，它将指引我走向不可能完成的赎罪之旅。

……要记住，我爱过你。